골아보카

4·3문학회 문집 　　창간호

아마존의나비

『굴아보카』를 펴내며

　제주4·3 항쟁 및 학살 76주년을 맞이하는 새로운 봄날에 4·3의 진실에 관하여, 혹은 4·3문학의 향방에 관하여 이제 무슨 말을 더 보탤 수 있을까 하는 의구심에서 이 책을 출간하려는 기획이 시작되었습니다. 4·3문학회는 2017년에 재경 청년 유족 중심으로 김석범의 『화산도』를 완독하려는 책읽기 모임에서 출발하여 그동안 제주와 제주4·3을 형상화한 문학 작품을 읽고 토론하고 창작하는 활동을 펼쳐오는 한편 제주4·3의 진실을 규명하고 평화와 인권을 지향하는 활동에도 참여해 왔습니다. 그럼에도 불구하고 그간의 활동을 일부 매듭지어 여기 내어놓는 글들이 이러한 의구심을 떨칠 수 있으리라고는 생각하지 않습니다. 더구나 교묘하고 강퍅한 정치 세력이 피우는 법석에 의해 역사에 대한 망각을 강요당하는 오늘 한국의 많은 시민들에게 "예전 사람들을 맴돌던 바람 한 줄기"를 다시 불러오는 일은 감지할 수 없을 만큼 미미한 움직임에 지나지 않을지 모르겠습니다. 하지만 따지고 보면 세상에서 이루어지는 많은 일은 우리가 이루고자 해서가 아니라 우리를 스치고 지나가는 그

바람 한 줄기에 우리가 휩쓸림으로써 벌어지는 일이 아닌가 하는
생각도 듭니다.

　여기에 실린 글들은 제각기 70여 년 전 과거의 바람 한 줄기가 남
긴 흔적일 뿐이지만, 그것이 참혹한 기억을 들추어내거나 잃어버린
어떤 신화를 복구하기보다는 머지않은 미래에 좀 더 분방한 상상력
으로 피어날 씨앗이 될 수 있으리라는 희망으로 감히 모아 내놓습
니다.

　책의 첫머리에는 4·3문학회 회원 아홉 명(김현희, 한경희, 양영심,
김권혜, 임삼숙, 현민종, 김선아, 정원기, 김지민)이 자신의 4·3 체험을 풀
어 놓는 특별기획「제주4·3과 나」가 놓입니다. 아홉 명 가운데 일곱
이 제주가 아닌 곳에서 나고 자란 사람이며, 제주에서 나고 자란 두
사람 또한 고향보다 타향에서 생활한 시간이 훨씬 깁니다. 또 둘은
이른바 MZ 세대에 속한 사람입니다. 아홉 편의 글은 이들이 제각각
어떤 사연으로 제주4·3이라는 벅찬 역사적 사건을 마주 대할 결심
을 하고 그것을 어떻게 자신들의 삶 속에 그려내고 있는지 진솔하
게 보여 줍니다.

　회원들의 창작품으로는 회원 여섯 명(이광용, 김정주, 오대혁, 양경
인, 윤상희, 양태윤)이 쓴 열한 편의 시와 장성자 회원이 쓴 단편동화,
그리고 양경인 회원이 쓴 에세이를 싣습니다. 시와 동화는 제주에
관한 아름답고 슬픈 추억, 제주4·3의 참혹한 진상과 그 여파를 간직
하려는 안간힘을 보여 주며, 강요배 화백의 그림을 다룬 에세이는

제주에 관한 모든 기억의 배경을 이루는, 지울 수 없는 바람의 흔적을 다루고 있습니다.

제주4·3과 밀접한 관련이 있는 역사 현장을 다녀온 회원 두 사람(이경자, 양태윤)이 쓴 기행문은 감당하기 어려운 역사적 책무를 떠맡은 군인들의 실존적 선택에 관한 물음을 던집니다. 두 편의 기행문은 잊힌 역사의 한 자락을 되짚어 보는 착잡하고 아쉬운 마음을 담고 있습니다.

4·3문학회는 매달 모임에서 제주4·3뿐만 아니라 역사, 기억, 제주도, 트라우마 등을 다루는 픽션 및 논픽션 작품을 함께 읽고 토론해 왔습니다. 「북 리뷰」 섹션에는 회원 다섯 명(이광용, 백경진, 김정주, 임삼숙, 양영심)이 쓴 독후감을 싣습니다. 여기 실린 다섯 편의 독후감은 함께 읽고 토론할 때 발제를 맡았던 회원이 자신의 생각을 다듬어 쓴 것입니다.

토론 현장의 목소리를 담은 「독서 토론」 섹션에는 정지아의 『아버지의 해방일지』와 시바 료타로의 『탐라기행』을 읽고 회원들이 나눈 대화가 실려 있습니다. 정지아의 소설은 시대와 불화했던 빨치산 세대 부모의 삶을 돌아보는 작가의 애정 어린 시선과 발랄한 언어에 주목하게 하였고, 시바 료타로의 기행문은 일본 지식인의 눈으로 보는 한국의 역사와 제주의 문화에 대하여 어떤 평가를 내릴 수 있을까 하는 물음을 던져 주었습니다.

그다음에는 「특별 인터뷰」 형식으로 이산하 시인의 근황과 목소리를 전합니다. 장편 서사시 『한라산』의 저자인 시인은 지난 2022

년 4월에 4·3문학회의 초청으로 '내가 만난 제주4·3'이라는 주제의 강연을 한 바 있습니다. 여기 실린 서면 인터뷰는 그때 강연에서 시인이 이야기한 것을 일부 복기하고 미처 이야기하지 못한 것들을 후속 질문으로 보충하여 싣는 것입니다.

「제주4.3과 사람들」 섹션에는 제주4·3 희생자 유족인 문광호 선생이 들려주는 제주4·3의 상흔을 김동욱 회원이 에세이 형식으로 기록한 글, 그리고 재일 제주인들의 삶에 대한 사회학적 연구를 통해 제주4·3의 진실을 기록으로 남긴 고(故) 고선휘 교수와 그녀의 유지를 잇고 있는 남동생 고휘창의 이야기를 에세이 형식으로 쓴 오대혁 회원의 글을 싣습니다.

책의 말미에는 두 편의 글이 「덧붙임」이라는 형식으로 놓입니다. 「첫 번째 덧붙임」에는 2023년 11월 12일에 대학로 한예극장에서 열린 (사)제주4·3범국민위원회 주최의 '4·3 역사 콘서트: 역사 부정과의 전쟁, 그리고 4·3' 토론회 현장 가운데 제주4·3과 역사 왜곡에 관한 부분을 중심으로 주최측의 허락을 구해 싣습니다.

「두 번째 덧붙임」에는 고(故) 장동석 선생의 글 「수난의 족청 시절」을 유족의 허락을 받아 싣습니다. 이 글은 1993년 『신동아』 논픽션 공모 최우수작으로 제주4·3 시기 민족청년단 활동을 하다 우익 대동청년단과 경찰에게 고초를 당한 경험을 생생하게 기록하고 있습니다.

책의 표지로 돌아가면 강요배 화백의 그림 「별-나무」가 있습니다. 어두운 밤에 큰 나무 밑에서 하늘을 올려다보면 수많은 별이 마치 나무에 핀 꽃들처럼 보이는 모습을 그린 듯합니다. 다만 화백은 나무와 별빛만을 그린 것이 아니라 보이지 않는 어둠 속에서 나뭇가지들이 거대한 소용돌이를 이루며 서서히 자라 별들과 만나는 생명의 신비로움을 그리려 하지 않았나 생각하게 됩니다. 특히 강요배 화백은 지난겨울 4·3문학회 회원들과 만나는 자리에서 자신의 그림 「동백꽃 지다」를 두고 그 그림에서 무참하게 지는 동백꽃과 그 뒤편의 죽음의 현장만 바라보지 말고 떨어진 꽃이 달려 있던 자리에 어렴풋하게 그려 놓은 태자리를 보라고, 생명의 씨앗을 보라고 말한 바 있습니다. 표지 그림 사용을 허락해 주신 강요배 화백께 감사드리며, 오늘 우리가 펴내는 『굴아보카』에 실린 글 하나하나가 제주4·3 항쟁 및 학살의 이야기를 전하는 생명의 씨앗이 되기를 감히 바랍니다.

편집위원들의 마음을 모아

김정주 씀

차례

특별기획

제주4·3과 나

잘, 살아야 한다

김현희[*]

나는 중학교 2학년 때 제주도를 처음 가 보았다. 광주에서 페리호를 타고 제주도로 수학여행을 갔었다. 거대한 배 위를 벗어나자마자 제주의 바람이 동글동글 불어왔다. 난 그때의 바람을 잊지 못한다. 한라산 아래 구멍 송송 뚫린 시커먼 돌담과 제주 여학생들이 교복 밑에 까만 양말을 신었던 모습(당시 육지에서는 대부분 하얀 양말을 신었다), 흔히 말하는 에메랄드빛 같다는 제주 바다, 그런 인상들이 지금도 짙게 남아 있다.

특히 내 눈에 들었던 제주 바다는 보라, 초록, 군청색, 갈색, 등등 수많은 색이 어우러져 있었고 햇살 받은 물이 반짝반짝 빛을 내어 눈부셨다. 그때 나는 바다가 한 가지 색이 아니었음을 처음으로 깨달았다. 그전까지는 사전 속 바다색만을 떠올렸고 바다는 오로지 한 가지 색인 줄로만 알고 있었다.

아직도 정명되지 않고 있는 제주4·3도 마찬가지이다. 선생님들

---

[*] 동화와 청소년 소설을 쓰고 있다. 『넌 문제아』로 아동문학세상 57호 신인 장편상으로 등단. 서울 도봉구 도서관 정책 위원을 맡고 있고 4·3문학회 회원이다. 『나는 강아지 날개』, 『오월, 그 푸르던 날에』, 『팥빵 먹을래, 크림빵 먹을래?』 등 여덟 권의 동화와 청소년 소설을 출간했다.

은 제주4·3에 대해 한 마디도 언급하지 않았다. 그저 천혜의 아름다운 관광지 정도쯤으로 이야기했고 나도 제주도를 그런 곳으로 인식했다.

그랬던 내가 동화를 쓰기 시작하면서 신화를 공부했고, 제주인들의 상상력이 만들어 낸 창조 신화의 원형인 '제주 설문대할망'을 접했으며, '자청비' 등을 탐독하게 되었다. 나의 제주 스토리텔링은 풍부해질 수밖에 없었다.

엄청나게 큰 설문대할망의 이미지는 나를 압도하기보다 거인신화가 들려주는 하나의 외로움으로 다가오기도 했다. 자청비 역시 자청하여 뭔가를 하는 여성으로 그녀들의 몸속에는 제주 사람들의 모든 것을 가졌다. 농경신이요, 자유자재로 공간을 이동하는 그녀를 보면서 생명 현상의 갱신을 느낄 수 있었다.

그렇게 제주 신화를 공부하며 보낸 과정들이 제주도를 알아가는 밑바탕이 되었다. 그리고 '4·3문학회'에 들어갔다. 신화로만 알아가던 제주도를 4·3 관련 문학과 비문학 작품을 읽고 토론하고 다크투어를 하며 좀 더 현실감 있게 받아들였다. 학교와 집만 오고 가던 내가 현장에서 치열하게 맞서 투쟁적인 삶을 살아온 사람들을 알게되면서 깜짝 놀랄 수밖에 없었다.

더군다나 여러 역사의 폭압들을 구체적으로 알아가고 듣게 되었을 때, 난 전전긍긍할 수밖에 없었다. 미미하게나마 내가 할 수 있는 일들은 뭘까, 하는 생각들을 처음으로 가지게 된 계기였다.

공권력의 무차별적인 민간 학살, 반공 우익 세력의 집요한 역사 탄압과 왜곡, 그리고 미국의 개입, 거기에 편승해 배를 불렸던 사람들과 그 무모한 재력이나 지위로 부모의 대를 현재까지 잇는 사람들을 보면서, 자신의 안위만을 생각하며 살아왔던 나와 다를 것 없음에 부끄러워지기도 했다.

그러면서 자연스레 내 고향 광주를 떠올릴 수밖에 없었다. 한때 나는 지긋지긋한 광주를 벗어나고 싶어 안달했고 결국 대학을 서울로 왔다. 애향심이라곤 없었다. 하지만 제주4·3 문학에 점점 발 들여놓으면서 설문대할망의 외로움을 떠올렸고, 제주인들의 숨소리를 의식하게 되면서 생각이 차츰 달라져 갔다. 40년 세월 간격이지만 제주4·3과 광주5·18은 여러 교집합을 가진다는 걸 알게 되었고, 두 사건 다 한국 정부에 대항한 민중항쟁사였음을 깨달았다.

무장 민중 봉기로 자유 투쟁을 했던 사람들을 '폭동'으로 몰아 억압했던 위정자들, 이런 위정자들은 무고한 양민을 학살 순간으로 끝내지 않고 긴 시간 역사 탄압으로 이어갔다. 이런 사실들을 볼 때 제주의 붉은 섬이 되풀이되어 나타나는 타원형의 세상은 나에게는 이제 낯선 세상이 아니었다.

그 타원형의 공간에서 바람을 마셨다 뱉으며 숨소리를 의식하게 되듯이 제주도를, 아니, 핍박받은 그 어디든 사람 사는 세상을 만드는 일이 우선 시급하다는 걸 알게 되었다.

그리고 오목조목한 99개의 골짜기에 360개의 오름과 한라산의 신들이 쉬어 가는 쉼터와 마치 요정들이 내려앉을 것 같은 비자림과 그 외 제주에 있는 천혜 자연들을 떠올리면 더욱더 애잔한 마음이 든다. 이들을 지켜내고 가꾸는 것은 우리의 생명을 지키는 것과 직결된다는 것도.

이렇듯 생명의 쇠퇴와 갱신, 그리고 환생꽃으로 피어날 제주와 4·3의 희생자들을 내 가슴에 품어 보는 일은 나를 한층 성장시키는 시간들이었다. 제주 설문대할망의 외로움은 4·3 희생자와 유족들과도 무관하지 않다는 것도 알게 된 셈이다.

그리고 지금 나는 "바람이 분다. 살아야겠다"란 문장을 머릿속에 떠올린다. 프랑스의 시인이자 철학자요, 슬픈 눈동자를 가진 폴 발레리의 문장이다.

이런 발레리의 문장이 갑자기 떠오른 것은 제주의 바람 때문일까, 아니면 4·3의 아픈 역사 때문일까?

나 역시 폴 발레리의 문장 위에 이런 말을 덧붙여 본다.

"제주 바람이 분다. 잘, 살아야 한다."

아픈 역사를 마주하다

한경희[*]

2018년 어느 날 평소처럼 팟캐스트 '제주 WHAT 수다'를 틀었
는데, 마침 진행자가 제주4·3 특집으로 「김익렬 연대장 회고록」을
낭독하고 있었다. 2018년은 제주4·3 70주년이기도 해서 광화문에
서 70주년 기념 행사가 대규모로 진행되었다. 이때 나는 서울제주
도민회청년회 사무국장으로 한용수 회장과 참석했었는데, 그 현장
의 뭉클한 열기를 간직하고 있던 때여서 더 집중해 듣게 되었다. 그
때 김익렬 장군에 대해 처음 알게 되었다. 회고록이나 4.28 평화회
담은 더더욱 처음 듣는 생소한 내용이었다. 그 뒤로 한동안 반복해
서 듣고 또 들으면서 회고록에 등장하는 선무 공작, 경비대, 산길
도로, 지프차, 초등학교, 무장대, 김달삼, 백기 귀순, 오라리 방화
사건, 경찰, 군정장관 등을 머릿속에 그려 보며 안타까운 마음으로
1948년의 봄을 붙잡고 있었다.

얼마 후 2018년 9월, 재경제주4·3희생자유족청년회(이하 유족청

---

[*] 제주도 서귀포에서 태어났다. 서울에 터를 잡아 35년째 살고 있다. 4·3이 연결고리가 돼서 고향 제주에
대한 인식을 확장하고 있으며, 4·3문학회를 통해 성장하고 변화하고 있다. 4·3문학회 총무를 맡고 있다.

년회)가 창립되었고 월례 모임에서 김익렬 장군 회고록을 읽고 그 뜻을 되새기는 시간을 가지게 되었다. 이 일이 계기가 되어 2019년 봄, 4.28 평화회담을 기념하여 현충원 내 김익렬 장군 묘역을 참배하게 되었다. 참배를 앞두고 유족청년회 회원들이 서로 나누어 제사 음식을 준비했다. 나는 갱국과 쇠고기, 돼지고기 산적을 맡았다. 제주도식으로 제수를 진설할 생각을 하면서 준비하는 며칠 동안 기다리는 사람 맞이하듯 들떠 있었다. 해마다 4월에 들어서면 책꽂이에서 김익렬 장군의 회고록을 꺼내 읽게 된다.

2022년 초여름, 「제주4·3희생자유족신문」을 보는데 '박경생'이라는 큼지막하게 쓰인 이름이 들어간 기사 제목이 눈에 들어왔다. "딸 바보 아버지 박경생… 그 이름 이제는 목 놓아 불러 봅니다." 분명히 귀에 익은 이름인데 누구였더라, 하며 기억을 더듬는데 바로 아래 낯익은 얼굴이 있었다. 자세히 보니 박부자 어르신(이하 박부자 님)이었다. 기사 내용을 재빠르게 읽고는 바로 박부자 님께 전화를 드렸다.

"어르신 축하드렴수다. 재심 청구해서 무죄판결 받으셨구나예."
"예, 아이구 고마워요. 진짜 꿈만 같아요. 이제는 하늘나라에 가서 아버지를 만나도 부끄럽지 않을 것 같아요."

휴대폰 너머로 어르신의 떨리는 목소리가 전해졌다. 박부자 님의 기억에 의하면 여덟 살이던 1948년 10월쯤에 베레모에 총을 멘 사람들이 워커를 신은 채 안방으로 들어와 다짜고짜 아버지를 끌고 갔다고 한다. 그 후 아버지는 돌아오지 않으셨고 75년 세월이 흘러 딸은 이제 팔순이 넘었다.

나와 박부자 님과의 인연은 2019년 (사)제주4·3범국민위원회에서 진행한 '재경 제주4·3 생존 희생자 및 유족 증언 조사' 사업의 보조 연구원으로 참여하며 시작되었다. 김애자 선배님과 한 팀이 되어 박부자 님을 만나게 되었고 4·3 때 헤어진 그리운 아버지의 사연과 그 이후 휘몰아친 집안의 몰락 사정을 알게 되었다. 어머니는 아버지가 끌려 나가신 이후에도 어딘가에서 살아 계실 거라 믿었고 돌아오기를 바라는 마음에서 10여 년 넘게 굿을 했다고 했다. 그러던 어느 날 수장되었다는 소문을 들은 이후에는 아버지가 나가신 날을 기준으로 제사를 지냈는데, 아버지의 몸이 바다 생선들에 물어뜯겼을 거라는 생각에 생선류는 일절 제사상에 올리지 않았다고 했다. 얘기를 들으면서 가슴이 저릿했던 기억이 떠오른다.

그 뒤로도 박부자 님과는 간간이 전화나 문자로 안부를 주고받았고, 2021년에도 (사)제주4·3범국민위원회에서 진행한 '도외 4·3 생존 희생자 및 유족 실태 조사'를 위해 그해 늦여름 다시 댁으로 방문했다. 몹시 무더운 날이었는데, 먼 길 와 줘서 고맙다며 알이 크고 싱싱한 포도를 접시에 내놓으시던 모습이 눈에 선하다. 설문지 작성이 끝난 뒤에는 헤어지기 아쉬운 마음에 댁 근처 중랑천 주변을 같이 거닐며 더위를 식혔던 기억이 난다. 그 뒤로도 유족청년회에서 주관하는 유족의 날 등의 행사에서 자주 만났는데 유독 반가운 분이었다.

나의 4·3 활동은 2018년 9월 이후 유족청년회가 서울제주도민회청년회와 본격적으로 연대하면서 시작되었다. 유족청년회 사무국장 현승은과는 유난히 공감하는 부분이 컸고 4·3 관련 행사 때면 유족 어르신이나 그 외 관심을 가지고 찾아 주시는 한 분 한 분을 성심을 다해 맞이하는 모습이 무척이나 인상적이어서 가까이에서 배우고 싶었다.

제주4·3을 내 마음의 중심에 들인 이후 지난 5년 동안은 고향인 제주의 아픈 역사를 모르고 보낸 시간이 몹시 부끄러우면서도 한편 더 늦기 전에 알게 된 것도 다행이라 스스로 위로하면서 몸으로도 열심히 뛴 기간이었다. 책이나 뉴스 또는 팟캐스트나 유튜브를 통해서 제주4·3이 눈에 띄면 뭐든 뒤적거렸고 들었고 보았고 가능하면 행사 현장에도 많이 참여하려고 했다.

4·3이 나의 일상과 아주 가까워진 어느 날 문득 초등학교 5학년 때쯤 선생님이 4·3사건(당시는 그렇게 불렀다)에 관한 글짓기 숙제를 냈었던 기억이 떠올랐다. 당시 나는 4·3사건에 대해서 아는 내용이 전혀 없었고 숙제는 해야 했기에 좌식 책상에 아버지랑 나란히 앉아 아버지가 불러 주는 대로 원고지에 적었었다. "4·3 사건은 1948년 4월 3일 일어난 사건으로 폭도들이…" 다행히 우리 아이들은 편향되거나 왜곡되지 않은 관점으로 4·3을 이해하는 것 같다. 엄마가 4·3 활동하는 모습이 보기 좋다고 응원도 해 주고 제주도로 여행이라도 가게 되면 동백꽃 기념품을 사들고 와 친구들에게 선물도 하고 가방에도 걸고 다닌다.

몇 년 전부터 미술 심리 상담사 과정을 공부하고 있다. 미술 심리 상담이란 어떤 사건으로 인해 내재된 슬픔이나 억압된 분노 등의 감정을 언어로 표현하기 힘들거나 자기 검열로 인해 언어로 솔직하게 표현하는 데 한계가 있을 때 언어보다는 저항이 덜한 그림으로 접근해 무의식 속의 나를 만나 상처를 치유하고 트라우마를 극복할 있도록 돕는 과정이다. 이 과정을 공부하면서 구술 채록을 위해 만났던 박부자 님을 비롯한 여러 유족 어르신의 얼굴이 가장 먼저 떠올랐다.

골목마다 온통 눈이 새하얗게 쌓이고 휘영청 보름달이 환하던 무자년 겨울밤, 불에 타는 마을을 뒤로 하고 누나 손 잡고 막냇동생을 업은 어머니를 뒤따라가다 결국 어머니와 헤어지게 되었는데, "다음날 어머니와 갓난아이였던 막냇동생이 흰 눈 위에 선명한 핏자국을 남기고 죽은 채 누워 있었어"라고 말하며 눈시울이 붉어지던 팔십 넘은 어르신은 무자년 겨울 여섯 살 아이로 돌아가 있었다.

초등학교 졸업 무렵 자신을 '빨갱이 자식'이라고 적대시하는 동네 어른들의 표정을 보게 되었는데 당시에는 무슨 뜻인지 몰랐으나 사춘기에 접어들면서 그 표정이 떠올라 반항심이 극에 달했고, 오랫동안 방황하며 중고등학교를 다섯 군데나 옮기며 겨우 졸업했다고 고백하시던 한 유족의 스산한 표정도 잊을 수 없다.

기회가 된다면 그간 인연이 되었던 유족 어르신들과 그림으로 만나 70년 넘게 꾹꾹 눌러 온 감정들을 마주하고 마음껏 드러내어 표현할 수 있게 도와드리고 싶다. 그 억압된 감정에서 자유로워야 남은 삶 동안이라도 오롯이 자기 자신으로 살 수 있다고 생각하기 때문이다.

"속솜허라"가 남긴 것들

몇 번쯤이나 들었을까. "오라리 쪽 하늘이 막 벌겅허게 큰 불이
난 거라. 집집마다 불을 질렀젠. 꽝장허였주." 어려서부터 어머니
와 김을 매거나 비가 와서 바느질을 할 때면 듣던 레퍼토리다. 어머
니가 친정인 오도롱 마을에 갔다가 목격하게 된 오라리 방화 사건
에 대한 증언인 셈이다. 호기심이라도 발동하여 좀 더 들어볼라치
면 어머니는 갑자기 긴장하시며 "속솜허라, 속솜허여사 산다," 하며
스스로 다짐을 두듯이 침묵하셨다. "속솜허라"는 말은 어머니에게
서 들어본 나의 기억 속 제주4·3 관련 낱말 조각 하나이다. 오도롱
도 많은 피해를 당한 마을이다. 해방 후 일본에서 돌아온 가난한 아
버지에게서는 삼국지나 수호지 이야기 외에는 별말씀 들어 보지 못
했다. 무심결에 토하듯 터져 나오는 어머니의 한숨은 우리 작은이
모의 삶 속에도 스며들어 있었다.

이모네가 우리 동네에 살기 시작한 것은 내가 태어나기 전부터

---

* 1952년 제주시 한림리에서 태어나고 자랐다. 광화문에서 열린 4·3 70주년 추모제에 참가하며 4·3과
깊은 인연을 맺게 되었다. 서울에서 중등 교장으로 은퇴하였다.

였단다. 자라면서 어쩌다가 어른들의 대화 중에서 어렴풋이 알게 된 이야기는 이모부가 노름꾼이라는 것이었다. 노름꾼이란 몹시 나쁜 삶의 태도이기 때문에 이모가 그곳을 떠날 수밖에 없었을 것이라 믿었었다. 내가 청소년기를 벗어날 무렵이 돼서야 비로소 알게 된 사실은 이모부가 노름꾼 이전에 '산폭도'였다는 것이었다. 오도롱에서 자란 이모부는 제주농업학교를 다닌 엘리트였고, 사회주의 운동에 가담했다고 하였다. 육지에서 수형 생활을 했는지 모르지만 이모부는 제주도에 돌아와서도 이모와 같이 살지 않았다.

우리 옆집에는 큰아버지의 둘째 아들인 사촌오빠가 살았다. 이모가 우리 집에 오면 어머니는 사촌오빠를 몹시 의식하거나 경계심을 갖곤 하였다. 또, 이모부가 우리 집에 다녀간 걸 알면 사촌오빠는 술에 취해 우리 집에 와 아버지한테 시비를 걸어오기 일쑤였다. 한번은 사촌오빠가 아버지 앞에서 "폭도를 집에 들어오게 해도 됩니까?" 하는 바람에 아버지가 작대기로 사촌오빠를 때리려고 들어 난리법석이 난 적도 있었다. 내가 이모부 모습을 직접 본 것은 두어 번에 지나지 않았다.

북한에 조선민주주의인민공화국이 수립되자 남한 정부는 입산한 무장대의 활동에 대하여 대대적인 유혈 무력 진압을 시작하였다. '촐왓'으로 가려던 9월 어느 날 아침 큰아버지의 둘째 아들과 셋째 아들은 한림초등학교로 끌려갔다. 연설을 들으러 오라 해서 간 건데, 그날 이후 형제는 사흘 동안 교실에 수용되었다. 이 소식을 들은 작은아버지가 돈 가방을 들고 한림초등학교에 나타났다. 작은아버지는 장 공장을 경영하여 지역에서는 제법 큰 부자에 속했다. 돈 가방 덕에 큰집 두 사촌오빠가 생사의 갈림길에서 무사히 생활하게 되었다는 '전설'은 비밀이 아니었다. 한림초등학교에 같이 수용되었던 이웃집 친척은 아무런 죄목도 모른 채 뱅듸동산에서 처형당하였다. 사촌오빠는 그 죽음의 문턱까지 가게 된 원인을 순전히 '폭도들' 때문으로 여기고 있었다.

우리 마을 사람이나 친척 중에는 산으로 올라 무장대가 된 사람이 없었다. 두드러지게 토벌대원으로 활동한 사람도 없었다. 제주도가 온통 참혹한 아수라의 고통에 시달리고 있는 시기임에도 우리 동네는 비교적 어떤 마찰이나 큰 갈등을 모르고 지냈다. 그렇지만 친척이건 동네 이웃이건 간에 '시국'에 관한 한 "속솜허라"는 불문율이 되어 있었다.

어릴 적 우리 아이들의 놀이 중에 '폭도 순경'이라는 놀이가 있었다. 술래잡기가 낮에 어느 집 울타리 안에서 이루어지는 놀이라면, '폭도 순경'은 주로 달밤에 월대 부근이나 어느 골목 하나를 놀이의 영역으로 삼았다. 남자아이들 놀이였는데 가끔은 여자아이들도 섞여 놀았다. 우선 패를 나눈다. 가위바위보로 폭도가 될지 순경이 될지 정했다. 순경이 폭도를 모두 찾아내면 폭도와 순경 역할이 바뀌거나 놀이가 끝난다. 나는 '폭도 순경' 놀이를 좋아하지 않았다. 쫓기는 행위 자체가 싫었다. 그뿐만 아니라 순경 입장에서도 야밤에 숨어 있는 사람을 찾으러 다니는 게 왠지 언짢았다. 그런 스릴을 즐기는 아이들이 있었다. 놀이 이름에서도 알 수 있듯 이 놀이는 아마 제주도에나 있음직한 놀이일 것이다.

한번은 평소 밤에는 잘 어울리지 않던 A가 '폭도 순경'에 끼게 되었다. A는 나와 같이 순경 편에 들었다. 어느 집 '촐눌(꼴단)' 뒤로 폭도를 찾으러 가는데, 누군가 우리들을 향하여 벼락같이 큰소리를 치는 것이었다. "A를 괴롭히지 마라!" 그 집을 도망치듯 빠져나오면서 새삼 깨우치게 된 건 'A는 온 마을 사람들의 보호를 받는 친구구나'였다. A의 아버지는 민보단의 일원으로서 우리 마을을 지키느라 야간 보초를 서다 폭도에게 희생당했던 것이다. A는 등록금을 내지 않는다고 하였다. 군경 유자녀이기 때문이다. 나는 등록금을 내지 않아도 된다는 것만 부러울 뿐, 그 친구가 왜 군경 유자녀가 되었는지 몰랐다. 어른들은 물론이고 아이들 간에도 시국 이야기는 금기어였기 때문이다.

내가 4·3의 실체를 구체적으로 접하게 된 것은 청년이 되어서였다. 1980년도에 현기영의 『순이 삼촌』을 만나고서부터였다. 그렇지만 4·3에 대한 역사의식이 바로 생겨났다고 할 수는 없다. 문학 작품을 뛰어넘어 역사적 문제로 읽어내지 못했음을 고백한다. 오히려 '불온서적'에 대한 불안과 염려가 깔려 있지는 않았을까? 가끔씩 신문이나 책에서 단편적으로 알게 되는 4·3의 역사는 그렇게 내 안으로 불러오지 못하고 있었다. 그러던 어느 날, 버스를 타고 광화문을 지나다 "4·3은 대한민국의 역사입니다"라고 써진 현수막을 보게 되었다. 나는 서둘러 차에서 내렸다. 제주4·3 70주년을 알리는 행사가 광화문광장에서 대대적으로 열리고 있었던 것이다. 천막 안의 행사 본부에서 양경인 선생과 현승은 선생의 안내를 받으며 전시를 둘러보고 리플릿 등을 가져왔다. 기다렸다는 듯 관련 서적들도 구입했다. 4·3 70주년 기획물들은 단박에 4·3 역사에 대한 나의 과제로 안겨졌다. 유럽인들의 아메리카 원주민 학살, 나치에 의한 유대인 학살 등 저 멀리 있는 세계에 대해서는 알수록 분노하고 아파하면서 정작 내 고향의 참극에 대해서는 왜 더 알려고 하지 못했을까? 늦게나마 4·3의 역사가 내 곁으로 다가오기 시작하였다. 부끄러운 일이기도 하고 뿌듯한 일이기도 하다. 고향을, 제주도를 소중하게 여긴다고 자부하는 사람으로서 이제 겨우 4·3 역사 공부를 하고 있으니 말이다.

"4·3? 이제는 잊을 때도 되었주게." 고향 사람들에게서 자주 듣게 되는 말이다. 나이를 의식하라는 핀잔이거나 자조적인 무관심의 발로가 아닐까 한다. 역사적 진실을 묻기보다는 내 편인가 아닌가를 가르기 위한 말이라는 느낌을 받게 된다.

나는 4·3 이후에 태어났다. 마을이 잿더미가 되지 않았고, 유가족은 물론 아니다. 가까운 친척이나 동네 사람의 희생도 거의 없었다. 청년기 이후에는 고향을 떠나 나름 바쁘게 살았다는 환경이 핑곗거리가 되었다. 4·3 70주년 이후 늦게나마 뜻있는 젊은이들과 함께 4·3 역사 정명(正名) 운동에 뛰어들게 되었다. 활동에 참여하다 보니 감상적인 애향심뿐만 아니라 객관적인 눈으로 제주도를 보려고 노력하게 된다.

4·3 특별법이 만들어졌지만 치유와 화해라는 과제는 여전히 무겁고 먼일인 것 같다. 세상이 발전한다길래 평화를 기대했더니 오히려 대립과 불화를 부추기는 사회가 되어 가는 것만 같다. 역사의 정명은 어찌해야 끝이 날까?

이제 우리가 해야 할 일, 내가 할 수 있는 일은 무엇일까? 4·3 당시 제주도 미군 사령관 브라운 대령의 제주도 입도 일성은 "원인에는 흥미 없다. 나의 사명은 진압뿐"이었다. 이 엄청난 발언은 대량 학살을 예고한 것이나 다름없었다. 미군정 경무부장 조병옥은 제주를 방문하여 "온 섬에 휘발유를 뿌리고 불태워 버려야 한다"라고 하였다. 이념이 뭔지도 모르는 양민들을 무참히 학살하는 데 주저함이 없었다. 그 결과 너무도 참혹하여 수많은 인명의 희생으로 나타났다. 미국은 여전히 자신들의 행위에 대해 사과조차 않고 있다. 가해자인 미국과 이승만 정부의 사과를 받아내야 평화 통일로 가는 다음 단계로 나아갈 수 있을 것이다. 아직도 '빨갱이'라는 적대 의식에서 벗어나지 못하는 사람들이 화해와 상생의 필요성을 인식하게 해야 한다. 제주도민 모두가 미군정과 이승만 정부의 피해자라는 사실이 국민과 세계에 널리 알려져야 할 필요가 여기에 있다.

근래에 홍범도 장군 흉상 철거와 이승만 동상 건립 움직임 등 정권이 역사를 바꾸어 놓으려 하고 있다. 심지어 제주에서조차 서북청년단의 이름으로 활동하는 이들이 출몰한다 하니 참으로 우려스러운 일이 아닐 수 없다. 상투적인 구호처럼 들리던 "역사가 바로 서야 미래가 있다"는 말이 새삼 뼛속 깊이 사무쳐 오는 시간이다.

역사 교육이 제대로 이루어져야 한다. 4·3의 과제는 유족들이나 소수 시민들의 활동에만 맡길 수 없다. 오늘 내가 현기영의 소설 『제주도우다』를 읽는 이유이다.

귀한 인연

김권혜[*]

　푸르른 하늘에 구름 한 점 없는 어느 가을날이었다. 검암 도서관 독서 모임 회장이냐고 묻는 전화 한 통을 받았다. 그렇게 도서관에서 제주가 고향인 양경인 작가와 인연이 맺어졌다. 책을 한 권 소개받았다. 현기영 선생의 『마지막 테우리』였다. 내용이 너무 놀라워 이 책의 내용이 사실이냐고 물었다.

　제주4·3이란 말을 듣긴 했어도 별 관심을 가지지 않았다. 해마다 몇 번씩 제주도를 찾았지만, 제주는 아름다운 하와이 같은 섬으로만 알았다. 만장굴, 산굼부리, 주상절리, 섭지코지 등은 79년 신혼여행 당시 들른 곳이다. 구두를 신고 넓고 긴 만장굴을 걸을 때는 웅장함보다 너무 힘들었던 기억만 남았다. 성산 일출봉은 딸과 사위, 남편과 함께 일출을 보기 위해 새벽에 올랐다. 넓은 분화구가 웅장하게 파인 모습은 장관이었다. 후에도 친구 부부와 오후에 올라 간식을 먹으며 한참을 쉬다가 화산 폭발을 상상하며 내려왔다.

* 1952년 생. 6·25 전쟁이 한창일 때 부친이 군 입대하는 날 경남 김해에서 태어났다. 부산에서 공무원 생활을 했다.『부산문학도시』로 등단하여 수필을 쓰고 있다.

오설록의 차밭은 보성 차밭에 버금가는 곳이었다. 우도, 성읍민속마을, 세화해변, 한림공원, 협재해수욕장, 미천굴을 관광하며 즐겼다. 한라산 영실 코스에서 오백 나한과 병풍바위의 기암괴석을 보니 백록담을 못 본 아쉬움은 사라졌다. 곶자왈이 있는 지역과 비자림은 내가 좋아하는 곳이라 매번 들른다. 이런 관광지를 돌며 눈과 마음의 호사를 즐겼다.

양 작가께 4·3과 관련된 책을 추천해 달라고 부탁했다. 허영선 선생의 『4·3을 묻는 너에게』, 현기영 소설가의 『순이 삼촌』, 장성자 작가의 『모르는 아이』, 정란희 선생의 『무명천 할머니』 등 몇 권의 책을 소개받아 며칠에 걸쳐 단숨에 다 읽었다.

세상에 어찌 이런 일이. 평화롭고 아름답기만 한 제주에서 끔찍한 학살이 벌어졌다는 게 믿을 수 없었다. 여행 가서 즐겼던 곳에서도 학살은 있었다고 한다. 정방폭포, 표선 백사장, 관덕정 등 가는 곳마다 4·3 영혼이 떠나지 못하고 있었을 것이라 생각하니 가슴이 아려왔다. 수많은 풍광을 보고 좋다고 손뼉 치며 환호성을 지른 내 모습을 본 영가들이 얼마나 슬퍼했을까? 억울하고 한이 맺혀 수십 년이 지난들 어찌 그곳을 떠날 수 있겠는가? 해원굿을 수백 수천 번을 올려서라도 한이 풀린다면 나도 무녀와 함께 춤추며 위로하리라.

지난해 지인의 딸 혼사로 난생처음 혼자 제주도를 찾았다. 3박 4일간 양 작가 어머님 댁에 묵게 되었다. 둘째 날 저녁 양 작가 어머님과 이야기 나눌 기회가 있었다. 어머님께 무슨 이야기를 꺼낼지 생각 끝에 내가 어릴 때 할머니와 지냈던 이야기를 끄집어냈다. 양 작가 모친도 12세 때 겪은 4·3의 한 맺힌 이야기를 하셨다. 당신의 어머니와 오빠, 아기 업은 큰언니 이야기를 하시며 몇 번이나 한숨을 쉬었다. 양 작가에게 들었지만, 어머님이 하시는 이야기는 더 내 가슴에 와 닿았다. 어머님은 자녀들에게 4·3 이야기는 하지 않았다. 어머님뿐 아니라 제주인들은 아무리 절친한 사이라도 억울한 죽음에 대해 말할 수 없었다. 연좌제에 걸려 곤란해지고 또 억울함을 당할까 봐서 30년 지기 친구라도 4·3은 함구하는 단어였다.

얼마 전 집안 시동생 안부를 듣게 되었다. 그는 서울 법대에 들어가 법관이 되려 하였으나 부친이 처남 대신 보도연맹에 연루되어 연좌제로 인해 꿈을 접었다. 그는 철학과로 전과했다. 졸업 후 학원을 운영하다 이것저것 일을 했다. 결혼은 했지만 술로 세월을 보내다 추석 전에 죽었다는 안타까운 소식을 들었다. 시동생이 대학 3학년 때 5개 국어에 능통하다고 자랑스레 말하던 그 모습이 떠올랐다. 그 시동생으로 인해 제주4·3에 관련된 가족들이 묵언할 수밖에 없었던 마음이 더 실감 나게 다가왔다.

동행 없이 제주 4·3평화공원을 찾았다. 희생당한 분들 성함이 마을별로 비석에 즐비하게 새겨져 있었다. 이름도 없는 아기들, 오달용의 자 2세 오애기, 누구누구의 큰아들 또는 둘째, 셋째 딸 이렇게 표기돼 있었다. 어른들의 이름은 알지만, 그 집 아이들의 이름은 모르기 때문에 그렇게 표기해 놓은 것이었다. 내려오다 눈 속에 아기를 안고 총에 맞아 죽은 여인의 동상을 보았다. 젊은 엄마와 아기가 상상되어 답답한 가슴을 안고 위령탑으로 향했다. 영령들의 혼이 나를 감싸는 듯했다. 삼삼오오 떼를 지어 우는 까마귀들의 까악까악 소리가 넓은 공원 전체를 압도하고 있었다. 까마귀의 울음도 영혼을 달래는 소리 같았다. 위폐 봉안관에 모셔진 한 분 한 분의 위폐를 보는 동안 콧잔등이 시큰거렸다. 한참 동안 영혼을 위해 묵념했다.

제주4·3항쟁으로 제주도 인구의 10%에 해당하는 3만여 명이 희생되었다. 그중 어린이, 노인, 여성이 30%나 된다고 한다. 불탄 마을이 130여 개이며, 고문 후유증, 트라우마로 자살한 이들도 있었다. 어린 아기, 노인네도 피 흘리며 쓰러지는 형상이 꿈인가 생시인가 밤낮으로 내 눈에 선했다.

제주4·3을 알게 된 이후 나는 제주도에 가면 아름다운 경치와 돌하나에도 희생된 그들을 위해 기도하는 마음이 되곤 한다. 4·3 당시 희생자 대부분은 국가 공권력에 의한 피해자였다. 그러나 표면적으로는 좌우의 이념 대립처럼 보이는 현실이 안타까웠다. 그동안 적잖은 4·3 강연, 세미나, 다큐 영화, 오페라 등을 듣고 보았다. 모두아픈 역사를 드러내어 치유하려는 의지가 담긴 절절한 내용들이었다. 내가 살던 부산에는 아직도 "4·3은 대한민국의 역사"라는 말을 낯설게 생각하는 분들이 많은 편이다. 늦은 나이에 4·3을 알게 되었지만, 서울 등지에서 진행되는 역사 바로 세우기 흐름에 동참하면서 작은 힘이라도 보태고 싶다. 내 삶에 균열을 일으킨 4·3문학회와의 인연을 소중하게 생각한다.

광주에서 제주로, 4·3에서 5·18로

임삼숙[*]

"넌 빛나는 80학번이야. 그것도 전남대."

입도한 지 3년쯤 지났을 즈음의 어느 날, 크게 웃고 열정적인 제주도민인 그녀가 내게 해 준 말이다. 아니 그냥 한 말이다. 서귀포에서 근무하며 시위에 참석하기 위해 자주 제주시를 오갔고, 시위가 끝나면 단골로 갔던 제주시 동문통의 주막에서 처음 들었다. 그 후에도 몇 번을 내게 한 말인데, 그때의 나에겐 선물 같았고 들으면 늘 뻐근해졌다.

서울의 봄, 80년 대학 입학 후 보는 일상은 점심시간마다 도서관 앞 시위, 정문 앞의 전투경찰, "전두환…"으로 시작하는 인쇄물, 가끔씩 칠판 위에 써 있는 "오늘은 휴강입니다"라는 문구, 멀리서 바라보는 나였다. 그렇게 5·18은 나를 지나갔다. 대학을 겨우겨우 졸업하고, 1984년 2월 완도-제주행 카페리호에서 내내 구토를 하며 제주에 갔다. 도망이듯 희망이듯 제주살이가 시작되었다. 서귀포

---

[*] 광주가 고향이고, 제주에서 16년을 살았다. 제주의 땅과 색깔을 좋아하고, 제주말 '무사'를 좋아한다. 제주를 그리워한다.

바다 가까이 있는 남자중학교에 발령받았고, 거주지는 서귀포 시가지 서쪽 대신호텔 부근의 절이었다. 지금은 독실한 천주교 신자인 어머니가 믿었던 미륵불을 모신 사찰, 주택가 안의 조그만 절이었다. 어머니의 정보력은 지금으로 치자면 대치동 맘을 넘어선 것일 게다.

5월까지 3개월간 감기를 앓으며 호된 입도식을 치렀다. 서귀포 시내를 가로지르는 출근길에 뚝뚝 떨어진 동백꽃은 아침마다 나를 흔들었고, 교무실에서 일상으로 듣는 광주 사태, 폭도 등의 단어들은 나를 찔러댔다. 이애주의 춤이 생각나는 공항 입구의 협죽도 진홍빛 꽃은 매번 가슴을 쥐어짜는 듯했다. 까까중 녀석들과 연애하듯 지내며 서귀포, 남원, 중문 바다를 휘휘 다녔고, 주말이면 5·16 도로를 넘어 제주시의 시위에 참석하는 그런 나날이었다. 여기도 저기도, 이것도 저것도 아닌 정처 없는 생활이었다. 어떤 날은 수업이 끝난 오후 6시에 총알택시를 타고 제주시로 가 탑동 바닷가를 헤매다 다시 서귀포로 돌아왔다. 밤새 두 번 반복해 그냥 출근한 적도 있고, 제주를 떠날 듯이 공항에 가 하염없이 앉아 있다 온 적도 있다. 그러다 어느 날은 바다 수평선을 보며 '난 세상의 수직과 수평 어느 지점에 서 있는 걸까?'라며 내 자리 하나 잡지 못하고 있는 게 한심하단 생각을 한 적도 있다.

어쨌든 흔들거리면서도 나의 지점을 찾아갈 수 있었던 것은 제주 4·3을 만났기 때문이 아닐까 생각한다. 4·3을 알고서 5·18에 대한 부채감, 자기 연민 등으로 인한 징징거림이 사라지고, 공감과 연대가 생겨 개인적 성향에 깔려 있는 것 외의 외로움은 사라졌다.

4·3과의 만남에는 두 개의 뚜렷한 기억이 있다. 하나는 제주와 4·3에의 입문으로 볼 수 있는 『제주도지』를 읽게 된 것이다. 제주 1년차 겨울, 일직 근무 중 무료함에 교무실 책장을 뒤지다가 학교마다 구비되었던 『제주도지』를 발견하였다. 아무도 건들지 않아 먼지가 수북이 쌓여 있던 벽돌 책을 거의 한 달 동안 읽었다. 제주의 신화와 역사, 자연과 지질, 문화와 풍속 등을 보았다. 시험지를 "태워주라"는 말이 배부하라는 뜻인 줄 어찌 알겠는가? 신구간에만 이사를 하고, 옆에 앉은 선생님은 제사를 나누어 지낸다 하고, 시장에 가면 모두 싸우는 줄 알았다. 여태까지 보아 온 육지 내 지역의 차이와는 너무 달라 궁금한 게 많았다. 죽음의 추모를 중요하게 여기고, 제사 때만 비우는 조건으로 그냥 방을 빌려주고, 제사상에 넓적한 카스테라를 놓고, 경조사에 형제, 부모가 따로따로 부조를 주고받고, 나이 든 부모와 한집에 살면서도 안거리 바깥거리 하며 각자 밥을 해 먹고, 동사의 어미를 짧게 줄여 말하고, 바다와 땅의 동서남북이 다르고, 300개나 넘은 오름이 있는 등 궁금한 것들이 『제주도지』를 통해 많이 해결되었다. 4·3에 대해선 현대사 부분에서 왜곡, 축소된 내용이 간략하게 서술되었는데 내겐 그 의미가 크게 다가왔다. 낭만적인 섬이 아닌 광주와 나란한 실체로 보게 되었다. 우습게도 그 후 광주에서처럼 비켜서지 않고, 부끄럽지 않기 위해 건강하고 건실해야겠다는 생각을 했던 것 같다. '부끄럽지 않게', 늘

붙들고 있는 그 명제가 왜 내게 중요할까 궁금했었는데 마음 공부하며 성향을 분석해 보니 나의 예민한 부분이 수치심이란다.

둘째는 4·3 연구하는 친구와의 만남이다. 나름 열심히 살던 제주 정착 3년차는 레드콤플렉스로 입 밖으로 꺼낼 수 없는 4·3이 그제야 조금씩 표면으로 드러난 시기이기도 하다. 친구는 4·3 유족들을 만나 그들의 얘기를 녹음하고 채록했다. 어떤 사정으로 같이 살았는지 이유는 정확히 생각나지 않지만 몇 달 동안 함께 지내며 퇴근하고 돌아와서는 녹음을 함께 들었다. 친구의 채록은 몇 번씩 되감기를 하며 타자로 치는 작업이었는데, 그 친구는 어처구니없게 내게 무슨 말 같냐며 묻기도 했다. 녹음기 밖으로 쏟아지는 잘 알아들을 수 없는 사투리는 거친 바람 속 수숫대 같았고 이름도 얼굴도 모르는 이들의 숨은 두려움과 한이 느껴졌다. 친구의 어머니도 4·3에서 혼자만 살아남으셨다 했다. 그 친구는 그 후 30년간 채록을 지속하여 최근에 책을 내었는데, 나는 내용은 물론이고 열정에 감동하였다. 지속된 열정만이 이룰 수 있는 제주에 대한 그녀의 사랑을 보았다.

1989년 제주도에 4·3연구소가 설립되었다. 정기적으로 받아 본 4·3연구소의 『이제사 말햄수다』를 읽고 수많은 강연, 전시, 답사, 시위 등 행사에 참여하며, 제주에서의 삶이 깊어져 갔다.

그 후 결혼을 하고 아이를 낳고 학생들을 가르치면서 2000년 제주를 떠나기까지 17년 동안 내 생애 최고로 행복한 시간을 살았다. 노동하고, 생산적이고 서 있는 곳과 할 것을 분명하게 아는 그런 삶을 살고자 했고, 그리 사는 게 행복했고 충만했다. 1년이면 광주와 제주를 몇 차례씩 오갔다. 그때 쌓인 항공 마일리지가 지금도 10만이 남아 있을 정도로 자주 오갔다. 제주의 동료와 지인들은 광주를, 광주의 친구들은 제주를 서로 좋아하도록 해야 한다는 마음을 갖고서 광주의 인맥을 연결시키기도 하면서 오갔다. 4·3을 알아가는 시기, 1987년에는 6·10항쟁과 6·29선언이 있었고, 광주에서는 독일 기자가 찍은 5·18 사진이 국내에 들어와 처음으로 광주에서 전시되고, 5·18 진상 규명 운동이 한창 일어났고, 제주에서도 민주화 시위가 자주 일어났다. 시위는 4·3의 시발점이 된 1947년 3·1절 발포 사건이 있었던 관덕정 근처에서 주로 시작되었는데 그곳은 내게 5·18의 광주 도청이 되기도 하였다. 난 다랑쉬 유적을 답사하며 광주의 학살지를 보고, 4·3 희생자 발굴 사진을 보면 5·18 희생자의 시신이 떠오르고, 턱이 날아가 무명천으로 감싼 할머니의 사진을 보면 5·18 부상자가 떠올랐다. 숨은 곳이 학살지가 되곤 하는 계곡과 소개되어 사라진 마을에 가서도, 강요배 화백이 그린 한라산과 동백꽃을 보면서도 늘 광주를 보았고, 진실을 찾아 끊임없이 연구하고 활동하는 제주의 사람들을 보면서도 광주를 떠올렸다. 시간은 쌓이고 1995년 '5·18 민주화 운동 등에 관한 특별법'이 제정되고, 기념관이 세워지고, 사법 재판이 이루어졌다. 제주에서도 1999년 '제주4·3 사건 진상 규명 및 희생자 명예회복을 위한 특별법' 제정이 이루어졌고, 그 후 이어진 노무현 대통령의 사과, 기념관 설립 등 4·3의 진실에 다가가는 과정 중에 있었다. 어려운 일이라는 것은 알지만 4·3의 규명이 5·18보다 한발씩 늦게 진행되는 게 늘 마음이 쓰였다.

소설가 한강은 5·18을 다룬 『소년이 온다』에서 4·3을 다룬 『작별하지 않는다』로 가는 4년을 "껍데기에서 몸을 꺼내 칼날 위를 전진하는 달팽이 같은 무엇이었을 것이다"라고 했는데, 그 아픔이 절절하게 느껴졌다. 4·3을 통해 비켜서 있었던 5·18로 갔다. 광주에서 제주로, 다시 제주에서 광주로 가는 왕복의 길이다.

지금 내가 사는 곳은 경기도이다. 아이들이 대학만 가면 제주로 돌아가리라던 희망이 있었지만 어찌저찌한 이유로 가지 못하고 있다. 아니 이제 제주와 광주 모두 돌아가지 못할지도 모른다. 그렇지만 지인들과 제주를 여행할 땐 백조일손지묘를 시작점으로 삼고 안내한다. 광주에 여행 오면 꼭 전남대를 들른다. 참 다행이다. 이만큼으로 살 수 있어서. 제주와 4·3 덕분이다. 이젠 난 나이가 몇이냐고 물으면 당당하게 "80학번이야. 그것도 전남대"라고 말한다.

4·3 유족과 앞날

현민종*

제주4·3 유족인 나는 서울에서 출생해 초, 중, 고, 대학을 다녔고 현재까지 61년째 살고 있다. 아버지가 돌아가신 다음 해인 1988년부터 35년간 매년 가을 산소 벌초 때 제주도에 가고 있다. 아버지 산소는 용인공원에 있으나 증조부모와 조부모의 산소가 제주도에 있기 때문이다. 나의 친가와 외가는 제주4·3으로 큰 피해를 입었다. 조부와 백부, 숙부, 셋째와 넷째 고모, 그리고 외조부까지 도합 여섯 분이 희생자이다. 조부는 50세, 외조부는 40세가 되던 1949년도에 학살을 당하셨다. 미혼이던 나머지 네 분은 현재까지 행방불명이다.

먼저 나의 아버지 이야기를 해 볼까 한다. 4·3 당시 열두 살 막내였던 아버지는 해병대 제대 후 철도청에서 근무하셨지만 연좌제로 직장을 잃으셨다. 키 크고 사람 좋으셨던, 10년 넘게 통장과 새마을지도자를 했던 아버지는 말 그대로 호인이셨다. 하지만 아들에게

---

* 서울에서 태어나고 자랐다. 제주4·3 유족이다. 2020년부터 4·3 활동가로 함께 하고 있다. 현재 제주 4·3범국민위원회 이사로 있다.

4·3에 대해선 살아생전 한마디도 하지 않으셨다. 가족들이 당했고 당신이 목격했을 끔찍한 만행들을 말이다.

마침내 아버지는 4·3 당시 조부께서 돌아가셨던 오십 나이에 간암으로 세상을 뜨셨다. 가족사 역시 나중에야 어머니와 제주도 삼촌들로부터 들을 수 있었다. 왜 그랬을까? 내가 아버지 나이가 되어서야 알게 되었다. 4·3이 얼마나 엄청난 비극이었는지, 또 아버지가 왜 그토록 입을 꾹 다무시고 술만 드셨는지. 아버지는 홀로 정신적 트라우마를, 그 고통을 어떻게 감내했을까? 이렇게 우리 2세대 3세대에 이르기까지 수만 명의 희생자 유족들은 억울하게 학살되고 행방불명된 가족의 한을 평생 지울 수 없는 상처로 안고 살아가고 있는데 말이다.

서울에도 제주4·3을 알리기 위해 노력하는 이들이 있다는 걸 뒤늦게 알았다. 기회는 뜻하지 아니하게 일어났다. 코로나19로 재택 대기 중이던 2020년 11월 19일에 나는 「4·3특별법 "국회가 답하라"」라는 제목의 『경향신문』 기사를 읽게 됐고, 바로 그때 제주4·3재경유족청년회 측에 연락을 했다. 국회 앞에서 특별법 개정 시위가 있으니 함께하면 어떠냐는 제안에 나는 그 길로 달려갔고, 겨울이 되도록 한 달 넘게 매일 1인 시위에 참여했다. 이것은 나의 생애 처음 하는 잊을 수 없는 시위였다. 많은 것을 보고 느끼고 알게 됐다. 국회에서 법안이 이루어지기까지 수많은 어려운 과정을 거치고, 많은 사람들이 연결된다는 것을 말이다. 많은 사람들 앞에서 우리 유족들의 억울한 사연들을 알렸고 외쳤다. 국회 앞에서 외쳤던 피켓 시위 구호를 들려 주고 싶다.

"4·3은 대한민국 역사, 역사의 명령이다", "제주도의 간절한 염원이다", "70년을 기다렸다, 4·3특별법 개정으로", "명예 회복 추진하라. 진상조사법에서 피해보상법으로", "불법적인 군사재판 무효화와 전과 기록 말소", "4·3특별법 개정하라!" 이 구호들 대부분이 다음 해 개정된 4·3특별법에 어느 정도 반영된 것은 다행이라고 생각한다.

국회 앞에서 1인 시위를 하면서 많은 분들을 만났다. 나는 4·3을 조금씩 알아가게 되었고, 2021년 1월에서야 어머니는 제주도청 4·3과에 유족 신청을 하게 되었다. 그리고 조부의 형사사건부와 판결문, 백부의 마포 형무소 수형자 신분장을 국가기록원에 가서 직접 받았고, 제주4·3 진상 규명과 명예 회복을 위한 도민연대(대표 양동윤)와 법무법인 해마루의 도움으로 2021년 5월에 조부에 대한 재심청구서를 제출하여 2022년 3월 29일에 제주지방법원 재판장 장찬수 판사 외 2인으로부터 무죄 판결을 받았다. 또한 2021년 10월에 백부의 재심을 청구했고, 2022년 9월에 제주지방법원 재판장 장찬수 판사 외 2인으로부터 무죄 판결을 받았다.

작년에 조부의 산소에 가서 알렸다. "할아버님, 무죄 판결을 받았습니다. 늦게나마 온갖 고문과 함께 억울한 옥살이를 한 할아버님의 명예가 다소나마 회복되고 그동안 덧씌워진 굴레에서 벗어나게 되어 다행입니다. 이제부터 편안하게 잠드시길 바랍니다. 제주4·3은 이 손자의 전생에 걸친 과제이지만 이번 벌초를 하면서 기쁜 마음으로 할아버님께 고합니다. 손주 민종."

　많은 분들이 4·3의 진상을 알고 억울함을 씻어 낼 수 있는 기회를 얻었으면 한다. 불법 재판에 대한 재심청구에 적극적인 관심을 가졌으면 좋겠다. 무죄 판결에 따른 보상은 국가배상청구와 형사보상청구 두 가지가 있는데, 무죄 판결일부터 유효 기간 3년 이내에 청구해야 한다. 나는 2023년 9월에 조부의 무죄 판결에 따른 국가배상 소송을 청구하여(피고 대한민국-법무부장관에게 손해 배상), 11월에 판결을 받았으며("국가 기관의 명백한 불법 행위로서 피고는 원고들에게 위와 같은 위자료[희생자의 배우자 및 자녀의 위자료에 대한 상속청구분]를 지급함이 상당하다"), 12월에 배상금 지급 기관인 국방부로부터 상속법 지분만큼 배상금을 받았다. 형사보상청구금과 제주4·3특별법상 희생자 보상금은 둘 다 받을 수 없기 때문에 나는 특별법상 희생자 보상금을 선택하였다. 이들 보상금은 조부와 조모, 백부, 숙부, 고모, 아버지의 희생에 대한 대가이므로 4·3 활동을 위해 쓸 것이다.

　현재 나는 서울에서 제주4·3범국민위원회 이사, 재경 제주4·3유족청년회 고문, 4·3문학회 회원으로 활동하고 있다. 이 모임 회원들과 서울에서 열리는 제주4·3 관련 행사에 꾸준히 참여하고 있다. 제주인이 아닌 다른 사람들의 시각에서 볼 때 제주4·3은 3만 명의 엄청난 희생이 있었음에도 불구하고 대한민국 현대사에서 큰 비중을 차지하지 않는다. 70여 년 동안 감추고 왜곡해 왔기 때문이다. 그래서 제주4·3의 진상 규명, 전국화, 세계화 등 갈 길이 바쁘다. 나는 올해, 내년, 후년, 그리고 80주년 행사 등 중단기 계획과 실천으로 4·3을 널리 알리는 데 일조하고 싶은 마음이다. 남은 생을 4·3 활동가로서 뜻을 나눌 분들과 함께 할 것을 다짐한다.

제주4·3을 바라보며

김선아[*]

성당에서 알고 지내던 양경인에게 문학회에 참가하라는 권유를 받고 2023년 2월 구로동의 빌린 사무실 한 켠에서 진행되는 문학회에 참석했다. 제주4·3과 제주도에 관한 책을 읽고 토론하는 문학회인 것은 나중에 알았다. 딱 한 사람 양경인만 아는 이 문학회에서 회비도 십만 원이나 낸다고 하는데 참가자에 관한 정보는 전혀 없어 당황스러웠다. 내게 낯설었던 문학회는 그 후 스멀스멀 내 중심으로 다가와 이제는 가장 중요한, 아니 가장 재밌고 설레는 모임이 되었다. 밥은 매일 먹기에 그 중요함과 특별한 맛을 느끼기가 가장 까다로운 법이다. 평범하게 다가와 요상하게 매력 있고 이제는 헤어나지 못할 마력까지 느낀다.

좌장인 김정주는 글을 버무리는 솜씨가 탁월하다. 그의 얘기는 그대로 적어도 글이 된다. 총무인 한경희는 매사 정확하고 깐깐하다. 파주댁 양영심 언니는 매번 맛있는 것을 가져다 우리를 먹인다.

---

* 1967년 서울에서 태어나 광주에서 어린 시절을 보내고 중학교부터는 줄곧 서울 등지에서 살고 있다. 세월호 참사를 계기로 사회운동에 참여하기 시작했으며, 14년째 천주교 레지오 단원으로 활동하고 있다.

언니 말대로 "영"하다. 현민종, 변경혜, 김권혜, 김현희, 백경진, 이광용, 이경자 등 우리 멤버들은 세상에서 가장 말 많은 사람들이다. 토론을 이렇게 맛깔지게 할 수 있는 탁월한 능력자들을 한자리에 모은 양경인의 능력도 대단하다. 이런 모임에 날 끼워준 게 감사해서 토론을 듣는 중에 바로 회비를 보내고 2023년을 매달 용인 수지에서 구로동과 서대문을 오가며 발자국을 찍게 되었다. 사실 나는 그날 살짝 간만 보려 했는데 이렇게 푹 담그게 된 거다.

초등학교 시절을 광주에서 보낸 내게 5·18항쟁과 관련된 각종 서사가 씨줄과 날줄로 얽혀 내 삶의 모든 곳에 영향을 주고 있다. 나는 중학생이 되면서 서울로 오게 되었다. 그러나 나를 행복하게 해주는 기억으로 가득 찬 광주가 언제나 그리웠다. 커다란 무등산 수박을 가져다 무등산 계곡에 담그고 가족들과 닭백숙을 나누어 먹었었다. 눈을 감으면 사직공원의 비둘기가 날아다니고, 양동시장 아줌마들과 금남로의 화려한 밤거리를 걸었다. 석고상 아저씨가 독서하는 소녀상을 파는 옆에서 몰래 『선데이 서울』을 읽었다. 광주는 작은 식당에도 글과 글씨가 가득한 액자를 걸어놓는 문향의 도시다. 그런데 내 마음속 행복한 기억으로 가득 찬 광주를 부정해야 했다. 부모님은 어디 가서 절대 광주 사람이라고 말하지 못하게 했기 때문이다. 그런 말을 들을 때마다 체기가 있는 것처럼 속이 갑갑했다.

문학회에 참가하기 전에 제주도는 사람들이 신혼여행지로 선호하고 종려나무가 제주공항 길 가로수로 심어져 있는 이국적이고 낯설어 여행지로 더욱 매력 있는 지역 그 이상도 이하도 아니었다. 그런 내가 제주의 역사와 문화를 배우고 나니 제주도의 타원형 지도가 눈감아도 척척 보인다. 관덕정이 있고 산방산이 있고, 차귀도가 지도 왼쪽에 찍혀 있다. 이제는 제주 4·3이 마음속에 들어왔다.

1948년은 해방 후 3년째이면서 아직 6·25가 일어나기 전이다. 그랬던 시점에 엄청나게 많은 사람들이 학살되었다. 내게는 약 3만이라는 숫자보다 18세에서 32세까지 성인 남자의 40%가 살해되었다는 상황의 규모가 더 경악스러웠다. 젊고 한창 일하고 결혼하고 인생의 가장 행복한 시간을 보내야 할 젊은 인재들이 모조리 학살된 것이다. 물론 남녀노소 어린아이까지 학살당한 사람들의 수가 거의 3만인 것이다. 거기에 더해 중산간 대부분 마을과 가옥이 불에 탔다. 다시 돌아와 살아갈 집이 없고 농사지을 남자가 없었다. 제주의 생태계가 파괴된 것이다.

4·3은 가해자가 여럿이다. 미군정이 첫 번째 가해자이고, 서청으로 일컬어지는 서북청년단이 두 번째 가해자이고, 당시 남한 정부의 수반이던 이승만과 그의 명령에 따라 학살을 집행한 군경 토벌대가 세 번째 가해자이다. 그 와중에 국가권력에 의한 갈라치기에 의해 제주도민 사이에서도 우익과 좌익으로 나누어지는 내분으로까지 확대되었다.

그 당시 남로당은 45년 해방 이후 합법적 정당이었다. 그런데 미국과 소련의 갑작스런 정세 변화로 냉전이 시작되면서, 남로당의 합법적 위치가 없어졌다. 우리 국민 대다수는 남북한 통합 선거에 찬성하고 있었다. 이러한 상황에서 38선 이남에서 유엔 단독 선거의 합법화 조건은 모든 지역에서 총선거를 실시하고 여기서 단독 선거를 찬성하는 결과가 나와야 한다는 것이었다. 제주도의 2개 선거구는 단독 정부 수립을 끝까지 반대하여 총선거를 보이콧한 유일한 지역이었다. 모든 지역에서의 찬성만이 정부 수립의 조건인 가운데 그들은 살육과 방화에 의한 공포로 이 일을 해결하려 들었다. 이미 남한 정부 수립을 선언하였지만 제주도 2개 선거구만은 총선거를 거부하였기 때문에 국제법상 남한 정부의 권한이 미치면 안 되는 상황이었다. 또한 미군정은 48년 이전에 제네바협정에 의해 주둔지 국민에게 직접적인 폭력 행위를 하면 안 되었는데, 제주에서의 일은 국제법 위반 사항이었다. 이러한 일들을 통합해 생각해 볼 때 제주의 불행은 한국의 정치적 부조리의 총결집체였다.

비슷한 일이 2023년 현재 이스라엘의 가자 지구에서 일어났다. 이스라엘은 하마스를 말살한다는 명분으로 가자 지구의 민간인을 무차별 학살하고 병원, 정부 기관, 법원, 학교, 유치원까지 폭격하며 주민들이 다시는 가자에 돌아와 새롭게 정착할 수 없게 초토화시키고 있다. 이 과정에서 사상자만 9만 명 가까이 되었다. 방어할 수단이 한정된 가자 주민들은 국제 사회의 도움을 절실히 바라지만 유엔에서 미국의 반대로 인해 그들의 기대는 한낱 꿈이 되었다. 가자는 예전의 제주와 비슷하다. 제주는 바다로 갇혀 있고, 가자는 장벽으로 갇혀 있다. 예루살렘은 크리스마스를 즐기지만 가자의 주민

은 절망과 공포만으로 가득했을 것이다

이제 4·3은 거대한 발자국이 되어 세상에 서서히 아픈 상처를 드러내기 시작했다. 오랜 세월의 역사에 사라지지 않고 살아남는 것이다. 없어지거나 사라질 수 없다. 4·3을 겪은 많은 제주인은 입 밖으로 내지 못했다. 4·3은 침묵하는 시간을 뚫고 서서히 터져 나오는 중이다.

아무도 가해자로 인정된 사람은 없고 피해자만 있는 제주에서 사람들은 꿋꿋이 살아가고 있다. 설화 속 설문대할망의 힘이 살아 있는 섬 제주는 불을 품은 화산의 용암처럼 일어났고, 씨를 품어 새 생명을 성장시켰다. 모진 흉년을 겪고 부모형제의 죽음을 목격하고 홀로 살아남은 어린아이는 성장해 아버지가 되었다. 무너지고 밟혀, 생명이 꽃필 수 없는 땅이라 여겼던 제주는 건재하다.

제주는 내게 과거를 통해 미래의 비전을 보여 준 땅이다. 넘치도록 힘이 가득한 땅이다.

오늘 내가 만나는 4·3,
그 역사의 격랑으로부터 생명이 움트길

나는 대학에서 한국 음악을 전공했다. 경기 도당굿, 진도 씻김굿, 동해안 별신굿 등 나름 잘 알려진 굿 음악은 경험을 했지만 제주도의 굿 음악은 몰랐다. 자전거를 타고 섬 한 바퀴를 돌던 스무 살의 추억을 쫓아 제주를 여행하고 싶었고, 굿을 볼 수 있다는 핑계로 비행기를 탔다. 2018년 3월에 본 사계리 잠수굿은 마을 해녀들의 축제 같았다. 고덕유 심방을 만났고, 깨끗하게 정돈한 요왕길 위로 해녀들이 돌을 등에 지고 봄을 맞는 모습이 특별하게 보였다. 또 이른 새벽에 같은 미용실에서 파마를 한 것처럼 똑 닮은 할망들이 하얀색 스웨터를 입고 구덕을 등에 진 채 서서 기다리는 수산리 영등굿의 전경은 새벽 미명에 고요하게 울리는 기도처럼 경건했다. 2만

---

* 작곡가, 프로듀서, 뮤지컬 음악 감독이다. 얼터너티브 밴드 Punk-Daze의 1집 『현혹하지 마세요』 (2023), 뮤지컬 『사월, The Great April』(2023~24), 『한국사대모험』(2022~23), 『고헌 1921』(2021), 『얼쑤』 (2018~23) 등 작곡, 음악 감독을 하였다. 제주4·3과 한반도의 현대사를 주제로 『더 필드, 밝히지 않은 유산』 (2022), 『제노사이드 그리고 증언』(2022), 『포스트메모리: Ritual Laments of Korea's Cheju Massacre』 (2021) 등을 발표했다. 현재 중앙대학교 한국음악이론학과 박사 과정에 재학 중이다.

오늘 내가 만나는 4·3, 그 역사의 격랑으로부터 생명이 움트길   49

원을 꽂아 둔 쌀 그릇을 가지고 한 해 집안 대소사를 논의하는 제주 할망들과 심방의 모습을 보며 굿은 일상을 담고 있구나 생각했다. 그러고 보니 그때도 지금도 제주 할망들이 나를 보면 "육지에서 와 수과?"라고 자꾸 묻는다. 육지, 참 이상한 말이다.

　나는 그 문화가 더 알고 싶어졌다. 그래서 서순실 심방을 찾아갔다. 그녀는 굿이 뭔지, 언제 왜 굿을 하는지, 굿을 할 때 무엇에 주안 점을 두는지 꼬치꼬치 캐묻는 나를 일월맞이, 붉시왕맞이, 귀양풀이 할 것 없이 데리고 다녔다. 그래서 나는 주로 사가집 굿을 보게 되었고, 굿을 보는 내내 왜 이렇게 우나 싶었다. 심방도 울고, 본주 도 울고, 소미도 울고, 제주어를 못 알아듣는 나도 울고, 그러다 춤 을 추는 굿판의 모든 일이 생경했다.

서순실 심방과 나
(2023년 6월 18일, 제주큰굿보존회 전수관)

　보통 굿을 하기 전에 본주와 심방은 열명을 쓰면서 조상의 사연을 확인한다. 그때 "4·3에 돌아간 어른"이라고 하 거나, 영계울림을 하며 "아이고 나 자순아, 그 때는 말도 못 해연"이라 고 하는, 구체적이지는 않지만 감춰진 느낌의 대화를 자주 들었다.

굿을 보다 자투리 시간이 생기면 관광지가 아닌 곳을 다녔다. 일본군이 파놓은 무기 창고라기에 들어간 깊은 숲속의 큰 동굴 철문 앞에서 문을 열어야 하나 말아야 하나 혼자 마음을 졸인 일이라든지, 안개 자욱하게 낀 늦은 오후에 들른 4·3평화공원 행방불명인 묘역에서 까마귀 울음소리에 맞춰 차 문이 꽝 닫히는 바람에 부리나케 도망간 일이라든지. 원고를 쓰려고 사진을 찾다 보니 터진목, 섯알오름, 곤을동, 낙선동 4·3성, 수악주둔소가 내가 처음 만난 4·3 유적이었다.

2018년은 제주4·3 70주년을 기념한 큰굿 행사가 있었다. 각 마을 단위로 유족을 초청해 치른 대대적인 행사였다. 나는 그 행사에 참석하지는 못했지만 서순실 심방에게 뒷얘기를 들을 수 있었다. 그녀는 4·3때 아버지를 잃은 유복자가 육지에서 살다 때마침 아버지 꿈을 꾸고 제주에 들른 일화를 내게 얘기해 줬다. 그 유복자 어른은 그 꿈 덕에 해원상생굿에 참석했고 아버지 이름을 열명에 올릴 수 있었다. 긴 세월의 묵은 설움을 풀고 육지로 돌아간 유복자 어른에 관한 얘기 끝에, 그녀는 "심방은 부모의 한도 자손의 한도 잘 풀어야 한다"고 말했다. "죽은 사람은 미여지뱅뒤의 앙상한 나뭇가지에 이승의 원과 한을 다 풀어 두고 저승 열시왕 관문을 잘 넘어가도록 질을 쳐야 한다"고. 그러고 나서 4·3 연유닦음을 불러줬다. 나는 이 무가와 시왕맞이 질침을 엮어서 『정화淨化X무악巫樂』(2019)을 발표했고, 국악 관현악 반주를 붙여 「4·3 연유닦음」(2020)을 발표했다.

♬「4·3연유닦음」,
중앙국악관현악단, 최수정 연주

『정화淨化X무악巫樂』 연주자들과
서순실 심방 (2019년 12월 30일,
제주큰굿보존회 전수관)

　　나는 서순실 심방을 통해 단골의 삶에 공감하는 방법을 하나씩 배
웠다. 그것이 자연스레 제주4·3에 대한 관심으로 이어졌지만 4·3에
얽힌 여러 기억이 의례로 재현되는 현재의 모습을 어떻게 이해해야
할지 혼란스러웠다. 그것은 기록된 역사가 아니라 계속 진행되고 있
는 담론이라는 생각이 들었기 때문이다. 그래서 김성례 교수를 찾았
다. 그녀는 내가 갖고 있는 질문을 근 40년간 연구하고 있었다.

　　김성례 교수는 내게 2009년 정뜨르 유해 발굴 현장에서 진행된
해원상생굿의 내용을 알려줬다. 그녀는 정공철 심방의 '혼 부름'과
이정자 심방의 '영게울림'을 내게 들려줬고, 듣는 순간 1949년 정
뜨르에서 일어난 총살 현장의 아득함이 상기되었다. 반사회적 '폭
도'에서 국가 폭력에 의해 살해된 '희생자'로 신원이 바뀌는 시간의
흐름 속에서 망자에 대한 기억의 소유권이 무엇을 의미할까? 나는
그녀의 연구를 통해 제주도 공동체가 심방을 빌려 '시국에 일어난
일'을 추모하는 현재적 의미를 구체적으로 이해하기 시작했다.

　　2022년 1월, 나는 무가에 담긴 증언을 표현 양식으로 삼아『제노

♫『더 필드, 밝히지 않은 유산』
공연 실황

『더 필드, 밝히지 않은 유산』 공연이 끝난 뒤
재경4·3유족 및 4·3문학회 회원 여러분과 출연진
(2022년 11월 26일, 플랫폼 엘 라이브스튜디오)

사이드 그리고 증언』을 발표했다. 그리고 우리 역사 속에서 4·3과
냉전으로 단절된 것이 무엇인지 살피며, 70년이 넘도록 '속솜'했던
제주의 일과 침묵했던 분단사의 여러 맥락을『더 필드, 밝히지 않은
유산』(2022)에 담았다. 이 작품은 최옥삼의 가야금 산조를 토대로
음악적 서사를 구축했고, 자이니치 정병춘의 시왕맞이굿 무가와 동
복리 4·3학살의 증언을 토대로 만들었다. 작품을 준비하던 어느 날
새벽 2시, 최수정 명창이 내게 녹음 메시지를 보냈다. 그녀는 깊은
명상 속에서 내가 쓴 대본을 자신의 언어로 노래했고, 그녀의 영계
울림 때문에 나는 밤새 울었다.

　2023년 4월, 제주에서 4·3전야제 음악 감독을 했다. 광주 5·18
유스 오케스트라, 한충은과 포레스트, 최상돈의 공연을 꾸렸고, 뮤
지컬『사월, The Great April』(이하 사월)을 쇼케이스했다. 작품을
발표하기 전,『사월』출연진과 4·3평화공원을 견학한 순간을 잊을

수 없다. 제주민예총 김동현 이사장은 배우들에게 "왜 이곳에 행방불명인 묘석이 있는지", "왜 봉안소 위패 중 빈자리가 있는지" 차근차근 설명해 주었고, 배우들은 견학하는 내내 울었다. 배우들이 4·3을 몸소 느낀 뒤 작품에 생명이 움텄다. 리허설을 하는 동안 그들의 표현은 더할 나위 없이 깊어졌다. 작품이 생동하기 시작한 것이다. 그렇게 많은 분들의 도움으로 뮤지컬 『사월』은 성황리에 쇼케이스 되었다. 공연이 끝난 뒤 도쿄의 '제주4·3을 생각하는 모임' 조동현 회장은 "우리 부모님들의 이야기"라고 말하며 목이 메기도 했다.

2023년 5월, 나는 도쿄로 갔다. 그곳에서 조동현 회장과 도쿄의 예술가들을 만났고, 낯선 일본에서 사는 제주 사람들을 통해 4·3으로 야기된 현재를 이해할 수 있었다. 그리고 6월 제주에서 김시종 시인을 만났다. 그에게 4·3 기억의 세대 전승은 당연한 일이 아니라 감사한 일이었다. 내가 어떤 작업을 했고 무엇에 관심을 두고 있는지 얘기할 때 그의 눈시울이 붉어졌다. 그가 흘리는 눈물의 의미는 왠지 삶에 대한 감사로 느껴졌다. 메르세데스 소사(Mercedes Sosa)가 부른 「인생이여 고마워요(Gracias a la Vida)」처럼.

4·3문학회는 내가 서울에서 만나는 또 다른 4·3이다. 양경인 작가의 친절하고 생생한 안내는 나를 4·3 증언 현장에 있게 만든다. 이제 나는 제주의 문화와 4·3과 자이니치의 삶을 아우르는 큰 흐름 속에서 내가 만난 아주 작은 이야기를 하나씩 꺼내려고 한다. 새로운 세상을 여행하고 싶었던 육지 아이가 부르는 노래 속에 아름다운 대화가 움트길 바라며.

♬ 2023년 4·3전야제 공연 실황 중 뮤지컬 『사월, The Great April』 쇼케이스 (1시간 8분부터 시작)

뮤지컬 『사월, The Great April』 출연진 및 제작진 (2023년 4월 1일, 제주4·3평화공원)

　　원고를 쓰며 그동안 내가 어떻게 4·3을 만나고 있었는지 회고할 수 있었다. 지면을 빌려, "제주말도 못 알아듣는 아이가 굿판을 따라다니느라 고생한다"는 심방 삼춘들의 격려에, 어딜 가든 나를 공부하는 아들이라고 소개하며 절기를 놓치지 않고 우리 가족의 안부를 챙기는 서순실 심방의 애정에, 생각의 지평을 넓혀 주는 김성례 교수의 열정에 보답하고자 다짐하며 감사의 마음을 전한다. 그리고 나는 기대한다. 한참 울고 난 뒤 춤을 추는 굿처럼, 오늘 내가 만나는 4·3이 내일 또 다른 누군가와의 만남으로 이어지길, 그 역사의 격랑으로부터 생명이 움트길.

♬ 제주4·3 추모곡 「꽃이 피어나」 (2022년 12월 4일 구좌읍 세화리 연두망동산 해원상생굿에서 발표)

[부록] 제주4·3 추모곡

Vocal/Reduction Score

꽃이 피어나

가사 김경훈, 고석철, 정원기
작곡 정원기

온 마을이 키운 잉글랜드산 박사, 독터 킴

김지민[*]

무식하면 용감하다

2018년, 나는 영국의 킹스칼리지런던에서 호기롭게 제주4·3을 연구 주제로 심리의학(psychological medicine) 박사 학위 과정을 시작했다. 흔히들 시작이 반이라는 얘기를 한다. 정말 시작을 하는 게 어려우니 시작만 하면 될 것 같았다. 처음 제주4·3을 알았을 때 나는 경악과 분노를 금치 못했고, 그것이 내가 제주4·3을 박사 학위 논문 주제로 고르게 된 이유였다. 최소 2만 5천 명에서 3만 명이 사망한 이렇게 심각한 사안을 어떻게 모르고 자라도록 둘 수가 있나? 아니, 왜 이런 중요한 것을 가르치지 않았나? 이것은 국가가 나의 교육 받을 권리를 침해한 것이라 생각했다.

제주4·3평화공원의 전시관을 둘러본 감상을 지도교수에게 토로

---

* 한라산과 온 마을이 키운 영국 박사. 제주에는 전혀 연고가 없었지만 제주4·3 연구를 위해 1년 가까이 제주에 살았다. 『제주투데이』에 '지민 in 런던' 칼럼을 연재했다. 제주4·3기념사업위원회의 국제위원장으로 활동 중이며, 이화여자대학교 신산업융합대학 건강과학융합연구소 연구원으로 건강 연구와 정신 보건을 강의하고 있다.

했다. 『제주4·3사건 진상조사보고서』의 영문판을 이메일로 보내 어떻게 이런 일이 있을 수 있냐며, 자국민이 이렇게까지 모르게 할 수도 있는 거냐며 경악을 금치 못한 심정을 얘기했다. 지도교수의 반응도 비슷했다. 그는 비록 영국인이지만 본래 역사를 전공했고, 특히 전쟁으로 인한 역사적 트라우마 등을 연구하는 연구자이기에 적지 않게 놀란 듯했다. 다른 국가의 일이라 해도 이 정도 규모의 사건을 전혀 모르고 있었다는 게 충격이라고 했다. 제주4·3을 연구해야 한다는 데 지도교수 또한 이견이 없었다.

그 후로 제주와 런던을 오가며 연구를 위한 준비를 했다. 4·3 유적지들을 찾아다니기도 하고 위령제와 추념식에도 참석하며 4·3과 나의 거리를 조금씩 좁혀 갔다. 제주4·3평화재단에서 보존해 둔 그간의 발간 자료들과 연구들을 살펴보며 사안의 심각성에 비해 연구가 정말 적다는 느낌이 들었다. 더군다나 내가 전공하고 있는 보건학적 접근의 연구는 거의 부재에 가까웠다. 시기는 제2차 세계대전의 홀로코스트와 그렇게 많이 차이가 나지 않는데, 제주4·3에 비하면 홀로코스트에 관한 연구와 저서, 조사 자료, 박물관, 기념관, 영화와 같은 콘텐츠는 정말 그 종류와 양이 방대하다. 이제는 좀 더 본격적으로 국가 폭력 생존자의 건강에 관한 연구를 해야 한다고 생각했고, 지금 당장 할 수 있는 사람이 하는 게 맞다고 생각했다.

영국에서 박사 과정에 입학하기 위해서는 연구 계획서를 작성한 후 지도해 줄 교수를 찾아야 한다. 사전에 지도교수를 찾고 연구 계획을 상의해 입학 원서를 제출하면 면접을 통해 지도교수와 입학

담당자가 해당 연구가 해당 학교에서 지도 가능한지 여부를 심사한다. 그때만 해도 학교가 영국에 있고, 연구지가 한국에 있다는 게 큰 문제가 될 것이라는 생각은 하지 못했다. 지도교수는 항상 나만이 할 수 있는 특별한 것을 연구할 수 있어야 한다고 조언했는데, 제주 4·3 연구야말로 영국인들은 감히 하기 힘든 나만이 할 수 있는 연구라 생각했다.

무식하면 용감하다고 했던가. 지금 다시 생각해 보면, 그때는 몰랐던 것들이 많았기에 감히 박사 과정 연구 주제를 제주4·3으로 삼고자 했던 것 같다. 제주에 어떤 연고도 없었던 나에게 영국에서 제주4·3 연구를 한다는 것은 쉬운 일이 아니었다. 학교 위원회를 설득하는 일이 첫 관문이었다. 영국의 대학들은 미국과는 달리 박사 과정 첫해가 끝날 즈음에 업그레이드라는 구술시험을 본다(필기시험을 보는 대학도 있기는 하다). 그때 내가 쓴 보고서와 함께 앞으로의 박사 과정 연구를 어떻게 할 것이라는 연구 계획을 설명해야 하는데, 위원회는 특히 제주에서의 데이터 수집 부분을 걱정했다. 때문에 3년 안에 영국이 아닌 외국에서 혼자 이만한 연구를 해 낼 수 있는지를 설득시켜야 했다.

연구에 기꺼이 참여하여 인터뷰해 줄 사람을 찾는 일은 쉽지 않았다. 더군다나 나는 제주4·3 당시 성인이었거나 막 성인이 된 사람을 연구 대상으로 했기에 특정 연령 이상의 대상자를 찾아내야 했다. 때문에 추천을 받는 일도 쉽지 않았는데, 당시 나이로 만 82세 이상이어야 했기 때문이다. 연구가 가장 시급한 연령층이기도 했다(아마도 내 연구가 거의 마지막으로 그분들과 인터뷰가 가능했던 연구일지도 모르겠다). 설문 조사는 100명 이상, 면접 조사는 50명을 목표로 잡고 수행하기로 했다. 차근차근 해 보자 생각했지만 쉽지는 않았다. 누구도 도와주지 않았고 도와줄 수도 없었다. 꼬박 열 달 정도를 채우고서야 인터뷰와 설문 조사를 모두 마칠 수 있었다. 하루 종일 제주도 여기저기를 돌아다니며 경로당을 방문했다. 비가 오나 바람이 부나 안개가 끼나 변하지 않았다. 그 덕에 내 운전 실력도 대폭 늘었다. 그렇게 나의 험난한 제주4·3 모험과 고난이 시작되었다.

온 마을이 키운 박사 과정생

본래 낯선 사람과 이야기를 잘하는 성격이 아니었다. 처음에 경로당을 방문해야 했을 때, 얼마나 문 앞에서 긴장하고 서성이다 들어갔던가. 하지만 종래에는 운전을 하다 경로당이 보이기만 하면 들어가 노인회장님을 찾아뵙고 인사부터 했다. 지금도 내가 내성적이라고 하면 아무도 믿지 않는다. 마을마다 경로당의 분위기도 많이 달랐는데 지금도 기억에 남는 곳들이 있다. 인터뷰를 위해서는 주로 오전에 찾아뵙고 경로당 한 구석에서 인터뷰를 시도하거나 댁으로 찾아뵈었다. 그러다 보면 으레 점심시간 즈음 인터뷰가 끝났는데, 그때마다 대부분의 삼촌들은 밥을 먹고 가라 권했다.

한국인은 밥심이지. 거절도 예의가 아니라 식탁 한 귀퉁이에서 밥을 얻어먹곤 했다. 그렇게 붙은 별명이 '온 마을이 키운 박사 과정생'이었다. 아이를 키우려면 온 마을이 필요하다고 했다. 박사 과정생 역시 마찬가지여서 나는 여기저기서 밥도 많이 얻어먹고 챙김도 많이 받았다. 서역만리에서 공부하느라 고생한다, 밥은 먹고 다니냐, 밥은 챙겨 먹고 해야지 등등, 유독 끼니를 챙기라는 말씀을 많이 해 주셨다. 그날도 식탁 한 귀퉁이에서 밥을 얻어먹는데, 삼춘한 분이 나를 가리키며 누구냐 물었다. 내가 무어라 대답하기도 전에 "누군지가 무슨 상관이냐, 배 안 곯는 게 중요하지"라고 말씀하셨다. 많은 의미가 함축된 한마디였다. 누군지 몰라도 살아오신 삶이 어떠했을지 감히 상상하는 것은 어렵지 않았기에 더욱 무겁게 내려앉게 하는 말씀이었다.

삼춘들의 걱정은 밥 걱정에서만 멈춘 것은 아니었다. 어느 경로당에서 다 함께 모여 계실 때 연구 설명문을 나눠 드리며 어떠한 연구이고 어떠한 질문을 드리려 한다는 설명을 드릴 때였다. 한 삼춘께서 휘둥그레진 눈으로 조심스럽게 나에게 물었다. "4·3을 국가 폭력이라고 불러도 되냐?" 순간적으로 나도 할 말을 잃었다. 삼춘께서는 재차 물었다. "너 어디 끌려가는 거 아니냐? 진짜 괜찮냐?" 옆에 계시던 다른 삼춘이 요즘은 세상이 변해 국가 폭력이라고도 한다며 괜찮다 하셨지만, 정말 괜찮은 게 맞냐는 두려움과 진짜로 세상이 바뀌긴 했나 보다 하는 신기함이 혼재해 있는 그 삼춘의 표정은 오랫동안 뇌리에 남았다.

하지만 모든 마을에서 걱정과 격려를 받았던 것은 아니었다. 똑

같은 연구 설명문을 가지고 똑같은 설명을 했는데 크게 혼나고 내쫓겼던 적도 있었다. 어떻게 국가 폭력이라고 부를 수 있냐며 굉장한 노여움을 마주한 적도 있었다. 아마도 경찰 유족일지도 모르겠다는 얘기를 후에 들었는데, 가끔이지만 싫은 소리를 들으며 내쫓기는 경우도 종종 있었다. 분노의 맥락을 알아도 그건 그거였고 폭언은 폭언이었다. 나는 그때 어리고 경험도 적어서 언어 폭력에 무방비하게 노출되면 눈물이 찔끔 나기도 했고 서러움에 길바닥에서 대성통곡하기도 했다.

제주4·3을 연구하기로 한 결정을 후회한 적은 없었지만 이렇게까지 힘들 줄은 몰랐다며, 미리 경고해 주지 않은 실체 없는 누군가를 원망하기도 했었다. 아무도 하라고 시킨 사람이 없으니 원망의 대상은 나 자신이었다. 알았더라면 4·3 연구를 안 했을 것인가 하는 질문을 한다면, 그건 또 아니라고 대답했겠지만 어쨌든 쉽지 않은 것은 사실이었다. 인터뷰 내내 울음을 참는 일도 쉽지 않았다. 내가 연구를 하기 전 단 한 가지 다짐이 있었다. 인터뷰를 하면서 절대 연구 참여자 앞에서 울지 말자는 것이었는데, 다짐을 지키기는 했으나 위태로웠던 적이 한두 번이 아니었다. 어느 하나 서럽지 않은 경험을 하지 않은 이가 없었다.

하지만 제주4·3 공부를 시작하고 처음으로 대성통곡했던 날이 있었다. 아마 70주년 추념식 즈음이었다고 생각한다. 그때는 평화공원의 위령 제단 앞에 큰 굿판이 차려졌고 일주일에 걸쳐 해원상생굿을 했다. 굿판 제사상에 올릴 것들을 할망들이 챙겨 오시기도 했다. 난생처음 가까이에서 보는 굿판이었기에 신기한 마음에 아침부터 여기저기 구석구석 다니며 구경했다. 마을 분들이 함께 오셔서 심방이 그 이름을 부를 때까지 희생자들의 이름이 적힌 안내 책자만을 들여다보고 계셨다. 심방이 익숙한 이름을 읊기 시작하면 우리 마을 시작한다며 주변 할망들끼리 조용하라며 주의를 모으기도 하셨다. 그 이름 한 번 불리는 것을 그렇게도 애타게 기다릴 수가 있나. 찰나의 순간에 불리는 그 이름을 제대로 들으려 하던 이야기도 멈추고 집중하는 그 모습에서부터 이미 내 눈물주머니는 차기 시작했을 것이다. 그 장면을 생각하면 지금도 울컥한다.

그럼에도 기어이 내 눈물주머니를 터트린 할망은 따로 있었다. 기자들 틈바구니에서 굿판 이모저모를 구경하고 있었는데, 저 멀리서 지팡이를 짚은 채, 한껏 휜 허리 위로 상자를 끈으로 묶어 위태롭게 들쳐업고 오는 할망의 모습이 눈에 들어왔다. 그 모습은 기자들에게도 인상적이었는지 다들 카메라를 그쪽으로 들이댔다. 할망은 제사상 앞에 쭈그리고 앉아 가져오신 상자를 열었다. 배추 상자였는데 안에 든 것은 찐빵처럼 생긴 것이었다. 처음에는 찐빵인 줄 알았는데 후에 검색해 본 결과 상애떡이었을 거라는 생각이 들었다. 삼춘을 향한 플래시 세례에 삼춘은 상자를 풀다 겸연쩍으신 듯 허허 웃으셨다.

호텔에 돌아와 씻지도 못하고 침대 위로 엎어졌다. 자꾸만 그 삼춘의 느릿한 걸음걸이가, 한껏 굽었던 허리가, 상자 앞에 쪼그려 앉은 작은 몸이, 상자를 풀어 내던 뭉툭한 손길이 머릿속에 반복되었다. 지나오셨을 인생이 멋대로 머릿속에 그려졌다. 제주4·3 연구를 하며 익혔던 그 시기의 생활과 분위기 같은 것들이, 그 시절을 살아 보지도 목격한 적도 없으면서 감히 한 사람에게 투영하여 상상되었다. 마치 소설을 읽고 머릿속에 파노라마가 펼쳐지듯이. 여기저기에서 읽고 익혔던 그 삶들을 한데 모아두어 마치 한 사람의 인생인 듯한 그런 기분이었던 건지, 마치 그 영혼이 내 몸에 들어온 듯 그 감정을 고스란히 느끼는 듯한 그런 기분이었다. 어찌나 펑펑 울었던지. 성인이 된 이후로는 그렇게 소리 내어 엉엉 울어 본 적이 없을 것이다. 왜 우는지도 모른 채 엉엉 울었다. 옷에서 향냄새가 나는 듯했다.

제주 삼춘들은 나를 먹여 키우기도 했지만, 연구자로서 가져야 할 중요한 감수성 또한 길러 주었다. 현장에서 보고 듣고 느끼며 배울 수 있는 것들이 있다. 내가 질적 연구를 박사 과정 연구 방법론으로 선택한 이유도 비슷했다. 설문 조사의 숫자가 설명하는 그 이상을 알고 싶었다. 때문에 만약 누군가 또 나와 비슷한 공부를 하고 싶다면 다른 건 몰라도 꼭 위령제나 추념식은 반드시 참석해 하루 종일 있어 보라 권하고 싶다.

귤은 얻어먹는 파치가 제일 맛있다

한창 인터뷰를 다니던 시기인 9월 즈음이었다. 이제 여름이 다 가고 가을이 와야 할 때였다. 으레 추석 언저리가 되면 태풍이 하나씩 올라오기는 하지만, 한 달 동안 나는 거의 일주일에 태풍 하나씩 경험했던 것 같다. 어느 주는 태풍의 영향권에 들고, 그다음 주는 태풍이 스쳐 지나가는 등, 경로도 다양한 날씨의 변덕을 겪어야 했다. 하늘에 구멍이 난 듯 비가 퍼부었다.

그때 '가을장마'라는 말을 처음 들었다. 그날도 비가 많이 왔지만 인터뷰를 쉴 수는 없기에 서귀포로 향했다. 이제 어느 정도의 비와 안개 낀 한라산을 넘어 운전하는 일은 그리 어렵지 않게 되었을 즈음이었다. 인터뷰를 마치고 삼춘 댁 마루에 함께 앉아 내리는 비를 가만히 바라보고 있었다. 삼춘은 쉴 새 없이 내리는 비를 보며 귤 농사 걱정을 하셨다. 이렇게까지 비가 많이 오면 맛이 없다고, 뭐든 적당한 것이 좋은데, 하시며 귤 농사에서 여러 가지 변수들에 대해 설명해 주셨다. 나는 그때 귤의 종류도 잘 몰랐고 귤은 종류 상관없이 그냥 무조건 맛있는 과일 아닌가, 생각했던 촌스러운 인간이었다. 하지만 그때 삼춘이 해 주신 과외 수업 덕에 귤이 너무 커도 너무 작아도 팔 수 없다는 것을 처음 알았다. 그리고 상품성이 떨어지는 그런 귤을 '파치'라고 한다는 것도.

방금까지 그리 유쾌하지 않았을 4·3 이야기를 해 주셨음에도 삼춘은 친절하게 귤 농사에 대해 이것저것 설명해 주셨다. 이건 이렇게 해야 잘 자라고 이렇게 하면 귤이 맛이 없다, 하는 설명이 나에게는 마치 맛집 레시피같이 느껴졌다. 방법을 듣는다고 내가 그대로 따라 할 수도 없거니와 따라 해 봤자 그 맛이 나지 않을 것이 분명한 그런 고수들의 노하우 같은 것. 그때는 단순하게 '와 정말 전문가이시구나' 정도의 생각이었으나 지금 다시 떠올려 보니 그건 농부의 자부심이자 귤나무와 함께 뿌리내린 삶에 대한 의지 같은 것이 아니었을까 한다.

귤나무는 인터뷰에서 종종 등장하는 친구였다. 그도 그럴 것이 제주도민의 삶에서 귤나무는 큰 비중을 차지하고 있으니 자연스러울 만도 했다. 대학나무라고 말씀하셨던 분도 계셨던 것 같다. 제주에서 귤 농사는 경제적으로 큰 역할을 했다. 귤 농사를 지으며 그래도 조금 사는 게 나아졌다고 말씀하시는 분들도 계셨다. 가족을 부양하고 생계를 챙기는 일에 있어 귤 농사는 큰 자부심이 될 만했다. 나는 어떤 것을 기르고 키워 낸 경험이 없지만 오랜 세월 자식을 키우고 귤 농사를 지으며 가족을 일구어 냈다는 데 대한 자부심으로 마음이 뿌듯할지 감히 상상할 수도 없다.

내가 얻어먹었던 파치들은 인터뷰가 끝난 후 삼춘들이 한 움큼씩 봉지에 담아 주신 것들이었다. 혼자 사는 살림에 한두 봉지만 받아 와도 냉장고 과일 칸이 꽉 찼다. 크기도 다양하고 맛도 다 달랐는데, 하나 같이 다 맛있었다. 촌스러운 이 육지 사람은 또 이렇게 달고 맛있는 귤은 처음이네 하며 먹을 때마다 감동했다. 아침마다 제주시와 서귀포를 넘나들면서 입안에 귤 하나를 통째로 넣고 새콤달콤한 맛을 한껏 만끽하며 운전했다. 그 파치는 아침 대용으로 입안에 하나씩 집어넣기에 아주 그만인 크기였다. 마침 그때 놀러 왔던 친구들이나 가족도 이렇게 맛있는 귤은 손에 꼽을 정도라며 극찬을 해댔다.

아마 제주도 사람이라면 아니 파치에 저렇게 감동할 일인가 싶을 것이다. 어쩌면 어차피 버릴 거 그냥 먹으라고 주었거나 정말 중요한 사람이었다면 파치가 아니라 상품을 줬겠지, 하고 생각할지도 모르겠다. 하지만 길바닥에 무심하게 굴러다니기도 하고 카페나 음식점에 쌓아 놓고 원하는 사람 다 가져가라고 하는 제주도 파치들은 홀로 외로이 섬으로 와 공부하는 불쌍한 대학원생에게는 삼춘들이 먹여 준 밥만큼 소중한 것이었다. 인터뷰를 통해 배우는 사람은 항상 나인데 수고했다며 공부 열심히 한다고, 줄 게 없는데 귤이라도 가져가라며 주신 파치였으니까. 귤나무의 의미가 어떤 것이었는지 어렴풋하게 느꼈기 때문에 삼춘들이 자랑스러워하시는 귤 농사로 지은 것이 파치건 상품이건 어느 하나 소중하지 않을 수 없다.

어쨌든 언젠가 끝맺음은 온다

처음 연구를 시작할 때에는 너무 무섭기도 했다. 무식하니 용감했기에 시작은 했으나 하나씩 하나씩 무언가를 알아 갈수록 이걸 내가 해도 되는 게 맞나 하는 끝없는 자기 성찰의 굴레에 빠졌다. 물론 자기 성찰은 박사 과정의 당연한 수순이고 목적이니 문제가 될 것은 없었지만 한창 연구하는 와중에는 그게 쉽지가 않았다. 끝없는 자신에 대한 의심은 나를 포함한 주변 박사 과정생들 모두가 겪는 과정이다. 나의 주된 성찰 중 하나는 혹시라도 내 연구가 오랜 제주4·3의 진실 규명과 명예 회복의 과정에 누가 되지 않을까 하는 것이었다. 혹시라도 내가 뭘 잘못하면 어떡하지 하는. 지금 생각하면 사실은 별로 실체 없는 걱정이었지만 배우는 학생의 입장이었으니 두려웠을 만도 했다. 그래서 박사 과정은 그렇게 공부를 많이 할 수밖에 없는 과정인가 싶었다.

윤리적 연구 수행을 위해 연구를 설명하는 절차나 프로토콜을 세우는 것 또한 따로 학교에서 훈련받았다. 배우를 섭외해 연구 설명과 동의서를 받는 단계에서 생길 수 있는 여러 가지 상황들을 가정하고 받는 훈련이었다. 잠재적 연구 대상자를 실제로 어떻게 대할 것인지에 대한 훈련이었는데, 배우가 실습생마다 성격을 달리 설정해 주었다. 나의 경우 연구 참여를 주저하며 이것저것 연구 참여에 관한 여러 가지 정보들을 물어보는 설정이었는데, 앞으로의 연구 과정 중 왠지 많이 만나야 할 분인 듯하여 많은 도움이 되었다.

이렇게 차근차근 연구 수행 훈련을 받고 공부하며 실제 데이터 수집을 통해 익힌 감각으로 어찌저찌 일 년 가까이 제주에 머물며 많은 이야기를 듣고 다녔다. 지지부진할 듯했던 연구 참여자 모집도 어찌저찌 다 해내었다. 매일 밤 누군가에게 쫓기는 듯한 꿈을 꾸며 수집한 자료들을 분석했고 논문도 써 냈고 학위도 받았다. 끝나지 않을 것만 같았던 고통이 그래도 끝을 맺었고, 박사 과정을 시작할 때 느꼈던 실체 없던 두려움도 어쨌든 나는 시작했고 끝을 맺었다는 생각에 삼촌들이 가꾼 귤나무에 대한 자부심처럼 어느 정도 자신감으로 탈바꿈되는 듯했다.

눈물 나지 않는 사연 하나 없었다. 하지만 끔찍했던 시절을 겪어도 삼춘들은 두 발 딛고 제주 땅 위에서 다시 살았다. 사람은 마냥 약하지만은 않아서 어느 정도 회복할 수 있는 힘이 있다. 역경을 극복하는 힘, 트라우마를 겪기 이전의 마음 상태로 되돌리려는 회복의 힘을 회복 탄력성 또는 리질리언스(resilience)라고 부른다.

제주의 삼춘들이 보여 준 리질리언스는 정말 강력하여 나에게도 많은 영향을 주었다. 내가 아무리 힘든 시기를 겪고 마음고생을 하더라도 이것이 이 삶의 끝이 아니라는, 이 힘듦은 언젠가는 끝이 나고 삶은 이어진다는 그런 영감을 주었다. 이보다 더한 경험을 하고도 삶을 살아 낸 사람들을 눈앞에서 보고 그 목소리로 트라우마의 경험과 삶의 의지에 대한 이야기를 들을 수 있었던 나로서는 내가 겪고 지나고 있는 이 힘듦이 내 삶을 송두리째 흔들만한 것이 아니라는, 삼춘들이 그러셨던 것처럼 나도 버틸 수 있다는 생각을 하게 되었다.

내가 만났던 4·3은 속절없는 고통들 속 삶의 끈기였다. 나에겐 성찰의 순간들이었으며 성장의 순간들이었다. 하지만 그것들은 사실 겪지 않았어야 하는, 겪어서는 안 되는 고통들이었다. 제주4·3과 같은 국가 폭력이 없었더라면 삼춘들이 저마다의 고통을 견뎌 내었던 삶의 끈기는 다른 방향으로 더욱 찬란하게 피어났을지도 모를 일이다. 한 사람의 생애에 마땅히 누려야 할 행복과 기회를 송두리째 앗아간 것, 사람의 마음을 다치게 하고 피눈물 나게 만든 것은 죽어서도 갚지 못할 원죄임에 또다시 나로 하여금 자기 성찰을 하게 한다. 많이 힘들지도 모르겠지만 그래도 살아가면서 다른 사람 마음 다치게 하는 일은 하지 말자, 피눈물 뽑을 만한 일은 하지 말자 다짐하게 되는 것이다. 사람이 마음을 다쳤을 때 얼마나 힘든 시기를 지나야 하는지 아는 이는 다른 이의 마음을 생각하는 일을 멈추지 않아야 한다는 것을 제주 삼춘들로부터 배웠다.

창작

시

동백이 찾아가다 잃어버린 봄

이광용*

봄이 와도 봄이 아니던 봄날을

이제 봄날 꽃처럼 얘기한다

추운 겨울 지내면 꽃샘추위여도

당연히 오는 줄 알았던 봄

노란 유채꽃 왁자하게 피는 봄날에

자신을 지워 봄을 잊어야 했던 동백

봄을 움켜잡고 놓지 않은 뿌리에서

작은 싹 하나 살아 튼튼한 나무로 자라기까지

봄이 와도 봄이 아니던 봄날이 있다

개나리 진달래 기쁘게 온 들판을 달음질할 때

돌아오지 않는 동백이 보이지 않아 서러워도

피는 꽃이 무엇이든 다 나의 꽃인 줄 안다

봄꽃처럼 피던 겨울날 붉은 동백꽃들이

---

* 1959년 제주시에서 나고 자랐다. 영문학 박사이자 시인이다. 현재 수원여자대학교 교수로 재직 중이다. 『절실하게』 외 3권의 시집과 수필집 『세상에 위로가 아닌 게 어디 있으랴』, 번역서 『죽이고 싶은 여자가 되라』 등을 냈다. 한국문인협회, 가톨릭문인회, 은평문인협회 회원이다.

느닷없이 빨갱이 이름 붙여져 목 떨어지고
영문 모르고 혼자 살아남은 어린아이가
백발이 되어 맞이하는 봄이
우리가 만나는 봄과 같은 줄 알았던가
다른 동산의 봄을 빌려 들려주던 봄
이제 그 빼앗겼던 봄을 찾아준다
차마 알지 못한 그의 봄을 들려주고
은밀하게 감춰졌던 그의 봄을 보여준다
같이 따뜻하고 즐거울 거라 생각하다가
같은 시대를 같이 걸어온 줄 알았던 봄이
한쪽에선 이렇게 따로 힘들게 걸어왔구나
겨울 일찌감치 동백이 찾아가다 잃어버린 봄을
이제 진짜 봄날 꽃처럼
같이 맞이하자고 서러움 풀며 얘기한다.

4·3에 되새기는 밥맛

이광용

어린 시절
제삿날 쌀밥 먹듯 드물게 들었던 4·3
그때 불타버린 우리 집도
갑자기 끌려가 행방불명된 작은 아버지도
봄날 그즈음 제사 때면
그저 하얀 고봉 맛있는 쌀밥으로 모여
나를 배불리 먹여주곤 했다
집을 불사른 쪽에 대한 원망과
작은아버지를 붙잡아 간 쪽에 대한 증오와
갑자기 사촌 형제로 갈려버린 형의 슬픔이
서로 다름에도 사실은 다 같아서
언제고 때 되면 다시
그저 가족 친척들 모두 불러
구수한 하얀 쌀밥을 나누며
우리가 한 식구임을 알게 했다
어린 내겐 그날이 그렇게 기억되었다

기름이 잘잘 흐르는
구수한 쌀밥 냄새로 기억되는 그날
이제 그날 아니어도
맛있는 쌀밥을 먹게 되면서
그때의 구수한 냄새 아련해지고
그날도 잊혀져 간다
오늘의 그날
난 여전히 하얀 쌀밥을 먹지만
서로를 불러 위로하던 밥의
그 구수함을 잊어가고 있으므로
한번 먹어도 일 년 동안 내 몸에 남아
피가 되고 살이 되던 그 밥맛이 아니다

메기의 추억

김정주[*]

그 퀭한 눈동자 아래 검은 피멍울을 기억해
폐선의 닳은 밧줄에 기대어
마른 날숨을 모두고 있었지

하얗게 굴복하리라 생각하지 않았어
오랜 너울거림 끝에 닿은
위태로운 평온을 유영하고 있을 따름

발목을 잡아채는 혼곤함은 다만
여윈 물살의 음습과 함께
낯익은, 푸른 생채기로부터 왔지

---

* 제주에서 나고 자랐으며, 고려대학교에서 영문학 박사학위를 받았다. 인천대학교, 고려대학교에서 초빙
교수를 지내고 덕성여자대학교에서 연구교수를 지냈다. 현재 제주대학교 영어교육과에서 강의하고 있다.
『살아 있는 인형』, 『아서 매켄 단편선』 등을 번역했으며, 「영어권 및 국내 독서치료용 도서 비교 분석—인문
학적 독서치료의 필요성에 관한 제안」 등의 논문을 썼다. 4·3문학회에서 좌장을 맡고 있다.

그러곤 느닷없이 질척한 해미
섬섬한 모랫벌 위로 길게 널부러지고
돌이켜 돌이켜도 결코 빼앗을 수 없는
아, 속수무책 달려드는 황홀한 비릿내를

굴거리

윤상희*

성판악을 지나는 겨울
굴거리를 만나다

물질하러 간 삼촌
심방이 들고 온 나뭇가지
굴거리에 앉았다는데
삼촌은 끝내 돌아오지 않고
시끄러운 소리만 가득했던
깜깜한 어느 밤

성판악 겨울 굴거리는
바다에서 걸어오는 발자국
터벅터벅 젖어 있다

---

* 곶자왈을 좋아하는 숲 해설가로, 제주 가서 제줏말로 제주의 식물들과 바람과 돌과 지나간 시간들이 묻어나는 '지금'을 이야기하고 싶어 한다. 시가 되거나 여행이 되는 제주를 좋아한다. 바람이 전하는, 돌에 스민 제주의 이야기가 궁금하다.

밖은 넓은 잎인데
속은 피 고인 동굴이더라

노래도 물에 잠기고

새잎 나고 하늘 차지하고 있어야
묵은 잎 땅으로 가는 굴거리

하늘 보는 새잎이 없어
자식이 없어
애닳아 하던 삼촌이 영주산으로 간다

성판악을 지나다 붙들린 겨울

트멍

윤상희

총소리 들으며
살아남으려 웅크린다
트멍에서
살다 못 산 사람들
웃뜨리 밭에 쓰러지고
쓰러진 사람들 위로
바람이 지나가며 울더라
트멍에 숨은 사람들
살아남았다고 안도하지 못하고
살아남았다고 가슴 쥐어짜면서
죽도록 트멍에서

레드 헌트(Red Hunt)*

오대혁**

찔레꽃 들길을 걸어

어웍밭 가로질러

언덕 위에 오르면 하늘의 푸른 물

내 몸을 휘감싸며

할로산 산신령이 지폈다

하르방 짝을 이룬 누렁인

킁킁 콧방귀 뀌며

숨 죽여 움츠렸던

목 붉은 장꿩을 날렸다

꿩억꿩억 비명을 지르며

푸드득 솟아오른 장꿩이

---

* 레드 헌트(red hunt): 1947년 6월 3일 미군정 보고서에서 '빨갱이 사냥'을 뜻하는 'red hunt'라는 표현
을 썼다. 미군정은 제주를 '빨갱이 섬(red island)'으로 규정하고 토벌대를 만들어 무고한 제주도민들을 무
차별 학살했다.

** 국문학 박사. 시인, 문화비평가이며, 제주일보 논설위원과 피앤피뉴스 논설주간을 맡고 있다. 2005년
에 『신문예』로 등단했다. 저서로 『원효설화의 미학』, 『금오신화와 한국소설의 기원』, 『시의 끈을 풀다』(공저)
등이 있다.

오름 같은 포물선을 그릴 때

언덕 위에서 나는

꿩이다 소리쳤다

검은 수캐는 화들짝 눈을 치뜨며 달리고

아방은 윤유리 몽둥이를 들고 암캐를 쫓고

장꿩은 어웍밭에 사뿐히 내려 앉아

종종걸음 칠 때 수캐는 장꿩의 목덜미를 물었다

검은 수캐 이빨엔 피가 흩뿌려지고

허둥대며 달려온 아방은

저승사자 윤유리 몽둥일 휘둘러

장꿩을 뺏어 들고

할로산신께 머리 조아렸다

어스름엔 정지에 둘러앉아

붉은 목 장꿩의 깃털을 뽑아

조상님께 올리는 산적에

참기름 바르는 붓으로 삼고

우리는 꿩죽을 쑤었다

누렁이 검은 암캐에겐 양푼에

쉰밥 그득그득 담아주었다

할로산신이 허락한 사냥이었다

미군정 비밀 보고서에 쓰인

레드 헌트(red hunt)를 가만히 들여다보며
슬픈 눈을 쫑긋 세우며 떠올렸다
죽살이 경계 넘나들던
제주 사람들 떠올렸고
피에 굶주린 마구니들 사냥으로
핏빛 동백
핏빛 철쭉
흐드러진 붉은 섬(red island)
피눈물 흥건히 고인 채 떠올렸다
마구니들의 빨갱이 사냥
할로산 등허리엔 붉은 총칼 자국
미군정 비밀 보고서에 똬리 틀고
살아 있었다
사라지지 않고
충혈된 독사눈으로 살아 있었다
시뻘겋게 살아서 꿈틀거렸다
할로산신이 허락지 않은 사냥이었다

가시리 동백꽃

오대혁

가시리 형님

동백 보며 그러시데

보리밥 조밥 섞어 도시락 싸던 시절

혼식을 장려해 곤밥은 안 되던 계절

스물댓 명 반 아이들이

그날따라 곤밥

하얀 이밥에 옥돔 두어 조각

맛나게들 싸 왔는데

나라에서 혼식 허라는디

느네는 귓고냥이 맥혀시냐

손바닥 엉덩짝 불을 댕기고

눈물 콧물 섞어

곤밥을 꾸역꾸역 삼켰노란다

간밤에 음복하고 남은 젯밥 들고 온 건데

담임 선생님은 아무것도 몰랐다

뒤돌아보지 말고 걸어가라는 엄포에

표선 바다 하얀 모래톱에 설운 발자국
동네 형아, 웃드르 삼촌, 아랫말 당숙
산 사람이 된 가족들 뒤로 하고
푸른 용궁으로 떠나간 가시리 사람들
제삿날 젯메를 싸고 온 건데
매타작에도 찍소리도 못하며
동백꽃 떨군 곤밥을 먹던 날
가시리 형님 동백 보며
그날을 그리시데

아기 업고 서방질

양경인*

어멍, 분시 어신** 우리 어멍

남자 이름만 붙은 사람이

오라면 따라가고

가라면 돌아오고

울타리 해 줄 남자 찾아

신촌에서 성산까지

허천나게 다니며

아들 낳고도 못살아

다시 돌아온 설운 어멍

---

* 제주에서 나고 자랐다. 20대에 4·3과 인연을 맺은 후 제주4·3연구소의 창립 멤버로 일했다. 재경 제주
4·3 희생자와 유족 증언 조사 책임연구원, 제주4·3 70주년 신문 편집위원장을 맡는 등 제주4·3을 세상에
알리는 일을 하였고 현재 4·3 평화 인권 교육 강사로 활동하고 있다. 『이제사 말햄수다1』(공저), 『4·3과 여
성』 1~5권(공저) 등을 출간했으며, 『선창은 언제나 나의 몫이었다』로 제9회 제주4·3평화문학상 논픽션 부
문을 수상했다. 4·3문학회에서 회장을 맡고 있다.

** 철없는, 분별없는

1948년 무자년 12월,
와삭와삭 조여 오는 죽음의 그림자
아기 포대기에 마른 조침떡* 찔러주며
할머니의 지엄한 분부
- 우리 늙은이들은 앉은자리 죽어도 그만,
너는 살아 씨앗 보존허라
오라비는 그때 네 살
포릇포릇한 막내는 한 살 물애기
경찰도 군인도 산사람도 다 무서워
한라산 눈벌판 쫓겨다니다
손에 잡은 오라비 푹 쓰러지는데
한데 벌판에 버려두고
포수 총 피하는 노루 새끼로 헤매다
- 얘야, 아기 좀 봐라, 울지도 않고, 자는가
- 어멍, 애기 눈이 이상하우다
죽은 아기 업고 종일 다닌
미련한 우리 어멍

춥고 배고파 기어들어간 밤

---

* 좁쌀로 만든 설기떡

나는 하마하마 잠들고
어머님, 어머니~임
우리 어멍 정지문 가만가만 흔들 때
- 씨종자 할 손자들 다 죽이고 씹년들만 들어왔느냐
올레 밖으로 쫓겨난 우리 어멍

식은 밥 한 양푼에도 치마 올리고
오라는 사람 있으면 졸졸 쫓아가
아기 낳고 살다 못 살면 돌아오고

나 시집간다는 기별에
인편에 부쳐 온 명주 한 필
얼굴도 가물가물한 우리 어멍
아기 업고 서방질 다닌
허황* 들린 우리 어멍

---

* 헛것이 몸에 들어와 혼이 나간

시왕맞이 굿

양경인

아버지, 난
귀신 테운 몸이우다[*]

일본 생활 30년, 마흔하나에
입에서 피가 괄락괄락 쏟아져
병원에선 폐병이라 하고
고치진 못하고
밤에 누우면 아버지가
피 묻은 입성으로 나타나니
문전 단점[**] 백계 보살 말하길
"생 나무, 생 피 냄새 진동하는구나,
빨리 굿을 허라, 굿을 해야 산다"

---

[*] 어떤 복이나 재주를 갖고 태어난

[**] 점하는 집

굿 하겠다 약속하고 고향산천 찾아오니
4·3이 몰아쳐 간 내 고향 동복리
부모 집 불타고, 아버지도 저 세상 가고

부모 호상 만들어 굿 하니
아버지 영혼 영신 덕에
목에 피 터지는 병 고쳤수다
그때부터 버는 대로 번 만큼 굿 했수다
이제 일곱 번째 굿이 되엄수다

아버지, 나 살젠 허난
호적 없는 땅 일본에서　　･
포주 업, 파친코, 고기 장사…
도둑질 말고는 안 해 본 일 없수다
죽어도 내 몸 썩지 않을 거우다
나 속 헐려서 난 여덟 아기들
서천꽃밭으로 네 오누이 보내고
아들 둘은 북송선 태워 북으로
고향에 딸 하나
일본에 아들 하나
그렇게 살암수다, 아버지
북에 간 자식들 천대받지 말라고

고깃집, 파친고 돈 나오는 대로
올려보내는 일이 내 공사가 되었수다
통일은 멀고 훈장만 바글바글
김일성 훈장만 스무 개가 넘었수다
이 훈장은 산간벽지 우물 판 공로,
저 훈장은 트럭 한 대 산 공로
이걸 무슨 짝에 씁니까. 브로치나 할까요

조상굿 하려니
죽어서도 한 마을에 모여 사는 영혼 영신들
"정병춘 집 굿 하니 어서들 구경 가자"
우르르 올레로 들어오는 거 닮아서
한 명 두 명 모셔 들이는 것이
156명이 되었수다, 큰 굿이 되었수다
동복 마을 영가님들
제삿밥 얻어먹는
외로운 동네 영혼들
호상 차려 저승길 닦아내니
칭원한 마음 다 내려놓고
나비다리 나비 날듯 훨훨 가십서
폐병 걸려 죽은 어린 동생아
스물여섯 청대 같은 오라버니도

비새[*] 울음 거두고 잘들 가십서

아버지, 난
귀신 태운 몸이우다

담(潭)과 장(墻)

양태윤[*]

한라산 몸부림치던 날
천지 울부짖고
모자 벗어버리듯
백록담 바다로 날아갔다

바다에 빠진 백록담
비양도가 닮았다

화산재 뿌려진 땅
생명의 터전 일구었고
사방에 쏟아진 용석 조각
우리 집 담장이 되었다

---

* 제주 한림에서 태어났다. 1950~60년대에 청소년기를 보내고 청년기를 직업 군인으로 지내면서 반공 이념에 충실한 보수적 삶을 살아왔다. 퇴역 후 이념과 사상의 편견에 매몰된 자신의 모습을 돌아보게 되었으며, 제주인으로서 4·3의 아픔을 함께 하며 넓은 세상에서 새로운 길을 걷고자 결심했다.

태풍이 몰고 온 세찬 비바람
구멍 숭숭 돌담 깡다구로 버티었다

수만 년의 상실된 찰나
영겁으로 흘러
전설의 기억으로 남고

그 터전에선
인고의 생명들이
거센 숨결로 살아가고 있다

제주 밤바다

양태윤

수평선 고기잡이배
가로등 불 밝히면
땀에 젖은 어부
바람 속으로
젖은 노래하고

별빛 따라 밀려온 파도
어머니 간절한 기도 되어
쉼 없이 밀려왔다

갯바위에 던져진 파도
흩날리는 포말이
비린내 토할 때
자식 걱정 어머니 눈물 되어
산산이 부서져 가슴을 적신다

엄마가 올까요?

장성자[*]

오름백수가 횡단보도 앞에 있다. 오 분만 더 있다 올걸. 버스가 가는 방향으로 고개를 돌리고, 오름백수가 빨리 지나가길 빌었다. 느릿느릿한 걸음으로도 다 지나갔을 거라 생각하고 고개를 다시 돌렸다.

"안녀엉…."

휴, 새어 나오는 한숨을 참으며 고개를 까딱했다. 까딱하고 고개를 들지 않았다. 왜 매일 마주치는지 모르겠다. 안 보이는 것 같아 정류장에 오면 꼭 횡단보도 앞에 서 있다. 오름백수의 낡은 운동화가 오름 쪽으로 움직였다.

버스가 왔다. 기대 없는 눈길에 버스에서 내리는 한 아줌마가 잡혔다. 캐리어는 없고, 1박 2일용 가방과 핸드백을 들고 있다. 아줌마는 주변을 두리번거렸다. 어느 화가의 옛집을 보러 온 사람일 것이다. 나한테 묻겠지? 책가방을 매고 있으니 이 동네 아이가 뻔하니

---

[*] 어렸을 적에 떠난 바다와 오름과 사람들에 대한 그리움으로 글쓰기를 시작하였고, 동화작가가 되어 다시 고향으로 가고 있다. 제주4·3을 다룬 동화 『모르는 아이』로 마해송 문학상을 수상했다. 『초희의 글방 동무』, 『내 왼편에 서 줄래?』, 『철두철미한 은지』, 『70년 만에 돌아온 편지』, 『바라의 금동대향로』 등을 출간했다.

까. 아줌마는 묻지 않았다. 화가네 집으로 가지도 않았다. 아랫길로 내려갔다. 바다 구경을 왔나? 바다 구경을 위해 이 동네에 오는 사람은 많지 않다. 더 예쁜 바다와 카페를 볼 수 있는 해변이 많으니까.

아줌마의 뒷모습이 지나가는 차에 가렸다 보였다 했다. 또 버스가 왔지만 누가 내리는지 보지 않았다. 그 아줌마가 내려간 길을 따라 나도 내려갔다. 아줌마를 따라 간 건 아니다.

"굿모닝"

로또백수다. 로또백수의 인사는 항상 굿모닝이다. 자기가 일어나서 한 시간 이내에 나를 보는 거라나. 이번에도 고개를 까딱했다. 역시 고개를 들지 않고 로또판매점 옆, 옆집 대문으로 몸을 밀어 넣었다.

할머니는 집에 없었다. 공공근로는 벌써 끝났을 시간이다. 아마 밥집에서 쉰다리 한잔하며 반찬을 만들고 있을 것이다.

전화가 울렸다.

"내 강생이, 이제 완?"

"여기 밥집으로 오라. 오늘은 여기서 밥 먹게."

'싫은데…'

밥집은 이 동네 백수들이 다 모여 아침과 저녁을 먹는 식당이다. 할머니의 친구가 하는 식당이라 할머니의 아르바이트 장소이기도 했다. 할머니가 전화를 끊었다.

숙제를 하고 책을 읽었다. 배가 고프지 않으니, 밥집엔 가지 않을 생각이다. 해가 지고 날이 점점 어두워졌다. 마루에 서서 발끝을 세웠다. 저 앞에 원룸들 사이 사이로 바다가 보였다. 바다 위 하늘이 점점 붉어지다가 먹구름에 휩싸였다. 배가 지나갔다. 저 배는 육지로 가는 배. 사람도 실어 가고, 당근도 실어 가고, 겨울이면 귤도 싣고 간다. 실어 가고 또 실어 온다. 배는 3년 전 엄마를 싣고 왔고 싣고 갔다. 엄마가 사 온 선물에 정신을 빼앗겼던 열 살 내 모습이 떠올랐다. 그 뒤로 엄마는 오지 않았다.

가슴으로 가득 물이 들어온다. 저 바다의 물이 이 시간이면 막 들어와 몸이 출렁거렸다. 숨을 쉬면 수증기가 빠져나가는 것 같았다. 아픈 것 같은데, 상처가 나거나 머리가 아픈 게 아니다. 열도 나지 않았다.

신발을 신었다. 이럴 땐 밥집에 가야 한다. 가서 백수들이 뭐라고 뭐라고 떠드는 소리를 듣다 보면 피식피식 웃음이 새어 나오기도 한다. 가슴에 가득 찼던 물이 어디론가 빠져나가는 것 같은 시간이다.

로또백수가 밥집으로 들어왔다. 자리에 앉자마자 로또 종이를 보며 주문을 외우고 지갑에 넣었다. 작년엔가 저 로또점에서 2등이 나온 이후로 로또백수는 매일 로또를 샀다. 금요일엔 말한다. 일요일에 자기가 나타나지 않으면 로또가 된 거니 찾지 말라고. 로또백수는 일요일에 꼭 나타났다.

도서관백수가 책을 한 아름 안고 밥집으로 들어왔다.

"다연아, 이 책 읽어봐. 도서관 어린이실에 새 책 많이 들어왔더라."

그래도 안녕 외에 나에게 말을 길게 하는 사람이다. 도서관백수가 내미는 책을 받아 들었다.

"우리 다연이 책 좋아허주게. 어멍 한티 편지도 잘 쓰곡. 요샌 안 쓰주마는…."

할머니는 속상한 표정으로 말했다. 안 쓰는 게 아니라 못 쓰는 거다. 주소가 틀렸다며 돌아오는 편지를 계속 쓸 수 없으니까.

"거, 책 속에 로또가 되는 방법 같은 건 없나?"

"왜 없어요? 책을 많이 읽으면 인생을 잘 살게 되고 그게 로또 맞은 것 이상으로 좋은 거 아닙니까?"

"그런 교과서적인 이야기는 학교에서나 해야지."

"누가 이기나 해 봅시다. 로또냐, 책이냐?"

백수들은 서로 자기가 하고 싶은 말만 한다.

"어서 밥들이나 먹읍서."

밥집 할머니가 식탁에 찌개 냄비를 올려놓으며 말을 잘랐다.

"오늘은 돼지고기 김치찌개네요. 정말 맛있어 보입니다."

"어, 저는 따로 달라고 했었는데요."

"아이구, 국자로 먼저 뜨면 되잖아요. 왜 할머니 일거리를 만들어요?"

식탁 네 개가 전부인 조그만 밥집이다. 백수가 많을 땐 열 명이나 밥을 먹을 때도 있었다.

본인들은 우리(식당 할머니, 우리 할머니, 나)가 백수라고 부르는 줄 모른다. 자기들끼리는 형이나 아저씨, 기자님, 작가님이라고 불렀다. 잠시 재충전하러 제주에 여행 왔다가 제주가 너무 좋아 계속 재충전 중이라고 했다. 육지에선 잘 나가던 직업이 있었지만, 꿈꾸던 삶을 살기 위해 준비 중이라고 했다.

로또를 기다리며 재충전, 오름을 오르며 재충전, 책을 읽으며 재충전, 사진을 찍으며 재충전, 게스트하우스에서 일하며 재충전….

식당 할머니는 핸드폰을 충전하며 꿍얼거렸었다.

"충전은 무슨, 백수주. 백수."

그래도 식당 할머니는 백수들 중 한 명만 보이지 않으면 백수들에게 전화를 건다. 밥 먹으라고, 충전하라고.

지금은 세 명이 앉아 있다. 두 명은 서울에 볼일을 보러 갔다고 했다. 면접을 보러 갔을 거라고 했다. 아무도 그 둘이 돌아오길 기다리지 않았다. 충전은 그 정도면 됐다고.

드르륵.

밥집 문이 열렸다. 밥을 먹던 사람들이 에휴 하는 눈빛으로 문 쪽을 봤다. 그 두 사람이 다시 왔다고 생각했다. 나도 그랬다. 그래서 문을 보지 않고 밥을 먹었다.

"저, 여기서 밥을 먹을 수 있다고 해서요."

낯선 여자 목소리에 고개를 들었다. 아까 버스에서 내렸던 아줌마다. 더 실망이다. 아줌마백수까지 생기다니.

"아고, 맞수다. 이쪽으로 앉읍서."

아줌마가 식탁에 앉았다. 다른 백수들은 말없이 밥을 먹었다. 소개 같은 건 없다. 얼마 지나면 다 알게 된다.

집으로 가는 길에 할머니는 말이 없었다. 새로 백수가 올 때면 할머니도 얘깃거리가 많아지는데.

"내일 새벽에 자리 사당 자리젓이나 담그카?"

할머니는 엄마를 생각하고 있다. 그 아줌마를 보니, 딸 생각이 났나 보다. 가시도 세고 냄새도 구린 자리젓. 엄마가 어릴 때 잘 먹었었다고 질리도록 들은 말이다. 엄마는 나를 낳고, 할머니에게 맡겼다. 1년마다, 2년마다 오던 엄마는 3년이 되었는데도 오지 않고 있다.

정류장을 그냥 지나치겠다는 다짐은 매일 한다. 하지만 하루도 지켜지지 않았다. 비가 와도, 눈이 와도 버스는 늘 오니까. 오늘은 바람이 많이 불고 있다. 제주에서 바람은 이웃이나 마찬가지다. 다정해도 포악해도 늘 있는 이웃.

아줌마 백수가 이쪽으로 길을 건너고 있다. 아줌마가 정류장 의자에 앉았다. 나는 일어서지도 못하고 그냥 앉아 있었다. 밥집에서 몇 번 봤지만 말은 해보지 않았다. 아이에게 관심 갖는 백수는 없었다.

"매일 여기 앉아 있더라?"

아줌마가 나에게 말했다. 나는 고개를 살짝 끄덕였다.

"누구 기다리니?"

나는 못 들은 척 가만히 있었다.

내 가슴에 담긴 물에 대해 누구와도 말하고 싶지 않았다. 4학년 때 좀 친해진 친구에게 말을 한 적이 있었다.

"야, 난 엄마가 어디 좀 갔으면 좋겠다. 맨날 집에서 잔소리, 으…."

그 뒤로 나는 점점 입을 닫았다. 5학년 때 할머니와 식당 할머니가 몰래 하는 이야기를 들은 이후 나는 아무 말도 할 수가 없었다. 할머니는 허깨비처럼 다닌다고 걱정했다. 정류장 앞에 가는 건 버릇 같은 거다. 기다림은 저 바닷물에 버린 지 오래다.

"내일 토요일인데, 나랑 같이 오름에 가지 않을래? 할머니에게 허락받을게."

놀라서 아줌마를 바라보았다. 아줌마가 어깨를 으쓱했다. 나는 손가락으로 횡단보도를 건너가는 오름백수를 가리켰다. 아줌마는 고개를 저었다.

"너랑 같이 가고 싶었는데…."

나는 대꾸 없이 일어나 아랫길로 내려갔다. 로또점 앞에서 로또 백수가 굿모닝, 했다.

할머니는 집에 없었다. 바람에 비가 섞여 마루로 들이쳤다. 문을 닫지 않고 발끝을 세워 바다를 보았다. 출렁거리는 바다가 보였다. 점점 검어지는 바다에 하얀 파도가 밀려오고 밀려갔다. 원룸 3층에 그 아줌마가 서 있었다. 아줌마도 바다를 보고 있다. 아줌마의 옷이 펄럭였다.

엄마가 오고 있다. 저 높은 바다 위 엄마를 신고 오는 배가 출렁거린다. 엄마의 옷이 펄럭이고, 머리카락이 날린다. 엄마가 휘청거린다. 엄마를 잡아줘야 하는데, 내 몸이 더 휘청거린다. 그런데 엄마는 어떤 아이의 손을 꼭 잡고 있다. 아이의 손을 놓지 않으려고 안간힘을 쓰고 있다.

'저 아이가 나야, 저 아이가 어릴 때 나야…'

"아니거든! 나는 너 아니거든!"

그 아이가 소리친다. 그 아이가 엄마의 몸을 꼭 안는다. 그 아이는 내가 아니었다. 엄마가 지키려는 아이는 내가 아니었다. 파도가 출렁이고 내 몸이 출렁였다. 속이 울렁거렸다. 수증기가 아니라 속엣것들이 마구 쏟아져 나왔다.

"다연아! 다연아!"

엄마가 소리친다. 엄마가 배에서 내렸을까. 엄마는 괜찮을까, 아이는….

"거기! 빨리 다연이네로 들어가 봐요!"

엄마가 악을 쓴다. 아니다. 아줌마가 소리를 지르며 손을 휘휘 저었다. 누군가 대문을 밀고 달려왔다. 나를 앉히고 등을 두드렸다. 목구멍에 가득 찼던 토가 쏟아져 나왔다. 쓴 물이 목을 훑어 나왔다. 목이 아팠다.

"다연아, 나한테 업혀."

언제 왔는지 로또백수가 나를 들쳐 업었다.

"조심해요."

아줌마가 내 등을 쓸며, 같이 대문을 나갔다.

"무, 무슨 일이에요?"

책을 집어 던지고 도서관 백수가 따라왔다.

"저기, 밥집에 가서 할머니 놀라지 않게 말하고, 전화 줘요."

택시 안에서 나는 아줌마에게 기대어 숨을 내쉬었다. 겨우 비집고 나온 수증기가 아줌마의 옷 속으로 스며드는 것 같았다. 미안해졌다. 몸을 일으키려 했다.

"괜찮아…."

아줌마가 두 팔로 나를 안고 토닥였다.

일요일 저녁 밥집에 모두 모였다. 로또백수도 밥을 먹으러 왔다. 할머니가 백수들이 들어올 때마다 고맙다며 절을 했다. 나도 일어나서 고개를 숙였다.

"우리 백수들도 쓸 만하죠?"

"아이고, 백수라니…. 추, 충전허시는 분들이 우리 강생이 살려준 거 아니우꽈. 이 은혜를 어떵 갚을 거라…."

"다연이가 몇 번이나 그랬다고 의사가 말하던데요."

아줌마가 걱정스럽게 나를 바라보았다.

"오지도 않는 어멍, 혹시나 올 때 파도 셀까 걱정해서 그런 거주. 나도 아들 기다릴 때 바당 쳐다보고 있으면 속이 막 울렁거릴 때 있었주."

식당 할머니가 혀를 끌끌 차며 말했다. 더 앉아 있기가 싫었다. 할머니에게 집에 간다는 표시를 하고 바깥으로 나왔다.

월요일에도 정류장에 갔다. 버릇이다. 아줌마가 와서 옆에 앉았다. 오름백수가 오름으로 갔다. 로또백수가 굿모닝이라고 했다. 아줌마가 나를 따라 마당으로 들어왔다.

"나, 내 방으로 가는 거야."

마루를 사이에 두고 건넌방이 아줌마 방이란다. 전에도 재충전하는 대학생 언니가 산 적이 있었다.

아줌마가 마루에 밥상을 폈다. 나는 방으로 들어갔다. 밥집에 오라는 할머니의 전화가 왔다. 마루에 나가니 밥상에 노트 한 권이 있었다. 겉장에 '다연에게'라고 적혀 있었다. 아줌마는 없었다. 노트를 폈다.

–다연아, 나 혼자 하는 말은 재미없어서 이 노트를 만들었어. 우리 여기서 말하자. 다연아, 하고 싶은 말 아무 말이나 써도 좋아.

나는 노트를 닫았다.

며칠 동안 아줌마 혼자 말했다.

–학교에 잘 갔다 왔니?

노래 좋아하니?

장날에 같이 놀러 가자.

아줌마는….

우리 아침마다 운동할래?

오름에 가서 바다 보자.

아줌마도….

아줌마는 내게 많이 묻고 말했다. 그런데 '아줌마는'이라고 쓰고는 더 이상 쓰지 못했다. 아줌마도 자기 이야기를 못 하고 있었다. 아줌마의 글을 읽는 게 또 버릇이 되어 갔다. 마루에 가방도 놓기 전에 노트를 펴서 읽곤 했다.

–다연아, 학교 잘 다녀왔니? 아줌마는 오늘 집에 가. 아줌마는…. 아줌마의 어린 시절을 돌아보고 싶어서 고향에 왔어. 아줌마가 살던 집은 없어지고, 마을도 많이 변했지만 다연이와 백수들을 만나서 좋았어. 다연이가 늘 앉아 있는 그 자리에 아줌마도 많이 앉아 있었었대. 기억은 나지 않지만 우리 할머니가 그러셨지.

다연아, 그리움을 너무 웅크려 안지 말고 다른 사람들과 나눠 봐. 누구나 그리움 하나쯤 안고 살고 있거든. 동네 백수들은 기다리고 있어. 너의 그리움을 나눠 주기를….

노트를 덮고 일어서서 발끝을 세웠다. 수평선이 짙었다. 배가 우리 동네를 지나가고 있었다.

학교에서 바로 내려가면 정류장이다. 오늘은 도서관으로 바로 갔다. 어린이실 안에 도서관백수가 있었다. 책장을 왔다 갔다 하며 책을 고르고 있었다.

"어린이실에 자주 오시네요."

사서가 도서관백수를 알은체했다.

"네, 울 동네 꼬맹이가 읽을 만한 책 빌리려고요."

'나 꼬맹이 아니거든요.'

어린이실을 나왔다. 도서관백수가 빌려 올 책을 기다리기로 했다.

정류장 횡단보도에서 오름백수가 서 있다. 가까이 가니 정류장 쪽을 보고 있었다. 뒤에서 톡톡 건드리자 놀라서, 나와 정류장을 번갈아 보았다.

"아, 안녕. 하, 한참 기다렸네…."

오름백수는 내 얼굴을 살피며 말했다. 내가 피식 웃었다. 그제야 오름백수는 횡단보도를 건너 오름으로 갔다.

로또백수가 보이지 않았다. 목요일인데. 로또점 안에도 없고, 골목에도 없었다. 로또백수가 살고 있는 집을 보았다. 헐렁한 운동복이 아닌, 셔츠와 면바지를 입은 로또백수가 대문 밖으로 나왔다. 로또가 된 건가. 로또가 되면 더 이상 로또백수를 볼 수 없다. 내 표정이 점점 굳어갔다.

"굿모닝."

똑같은 인사를 했다. 내가 한참 쳐다보고 있으니 로또백수도 자신을 훑어보았다.

"아, 이 옷? 운동복을 빨아서 입을 옷이 없더라고."

그제야 웃음이 나왔다. 내 웃음을 따라 로또백수도 웃었다.

밥상 위에 노트가 그대로 있었다. 노트를 폈다. 매일 읽던, 아줌마가 쓴 글을 또 읽었다. 연필을 들고 천천히 아줌마에게 말을 했다.

- 이번 토요일엔 우리 다 같이 오름에 갈 거예요. 오름에 올라서 바다를 볼 거예요. 버릇처럼 엄마를 기다리는 내 이야기를 할 거예요. 그리고 물어볼 거예요.

'엄마가 올까요?'

나 혼자 묻고 나 혼자 답했던 말을요.

에세이

양경인 강요배의 바람

강요배의 바람

양경인[*]

『춘향전』에 "마파람에 게 눈 감추듯"이라는 표현이 있다. 거지로 변장한 이 도령이 장모가 차려준 밥을 순식간에 먹어 치우는 장면을 묘사한 대목이다. 강요배의 「마파람 1」은 이런 일상적인 바람의 의미를 넘어선다. 20년 서울 생활을 정리하고 제주에 정착한 화가는 제주의 바람을 포착하였다. 그가 처음 그린 바람은 마파람이었다.

먹장구름이 휘모리장단처럼 밀려오는 심상찮은 노을빛 아래, 밭담 위로 솟은 대죽낭(수숫대)이 파초처럼 큼직한 잎사귀를 퍼덕거리고 있다. 아니, 온몸으로 절박한 시위를 하고 있다. 제주서 나고 자란 나는 이 그림을 오래 볼 필요도 없었다. 언뜻 보는 인상만으로도 오랜 시간 묻어두었던 유년의 고향이 아우성치며 달려왔으므로. 마파람 속에 잉태된 모태 정서의 뿌리. 강요배의 그림 「마파람 1」에는 내가 살아온 내력이 고스란히 들어 있었다. 어쩌면 제주도 전체가 요약되는 역사성으로 박진감 있게 다가온다. 「마파람 1」을 보고 있으면 도스토옙스키의 소설 『악령』의 한 구절이 떠오른다. "어디서

---

* 필자 소개는 86쪽 참조.

「마파람 I」캔버스에 유채, 72.7×116.8cm, 1992

무슨 일이 벌어지고 있는가. 어디선가 무서운 일이 일어나는 것만
같다."

소설 속 악령은 무정부주의자와 무신론자를 의미한다. 등장인물
23명 중에 14명이 죽어 나가는 상황처럼 강요배의 「마파람 1」도 외
세에 의해 제주 공동체가 무참히 파괴되는 4·3의 전조처럼 보이는
것이다. 제주도에 악령과 같은 기운들은 역사의 갈피마다 있었다.
조선시대부터만 훑어도 조정은 진상품을 잘 받으려고 제주도민들
을 섬 안에 가뒀다. 전복, 우황, 귤 등을 제대로 걷으려면 사람들 특
히 남자들이 빠져나가지 못하게 막아야 했다. 그렇게 시작된 출륙
금지령으로 200년 동안 제주 사람들을 묶어놨고, 금지령이 풀린 후

에도 제주 사람들은 조정과 가렴주구의 수탈에 시달려야 했다. 그러다 더 이상 참을 수 없을 때 제주 사람들은 거친 바람처럼 일어섰다.

기름진 흙을 만들지 못하는 척박한 제주 땅은 조밥 섞인 보리밥 한 덩이를 달게 먹기 위해서 과도한 노동을 요구했다. 메밀이나 조는 여름 볕이 과랑과랑 정수리에 내리쬘 때도 김을 매 줘야 자란다. 조밭의 김을 맬 때 잘 익은 자리젓을 콩잎에 싸서 먹으면 언제 목구멍으로 넘어가는지 모르게 입에서 녹았다는 어머니는 밥 한술의 수고로움을 모질게 가르쳤다. 지금도 나는 수챗구멍으로 빠져나가는 밥알을 심상하게 보지 못한다. 쉰밥도 찬물에 두어 번 헹구면 탈이 나지 않는다는 걸 경험으로 알았으니까. 어머니는 마파람을 '첩 바람'이라 했다. 이 바람이 지나가면 농기구가 녹슬고 사방에 곰팡이가 피어나고 음식이 썩고 관절염으로 뼈가 녹아내리며 집안을 흉흉하게 만든다는 것이다.

마파람을 그린 화가는 다음 해 샛바람을 그렸다. 「마파람 1」이 바람을 의식화, 대상화했다면 「샛바람」에서 화가는 바람 속으로 한 발 더 들어갔다. 검은 현무암으로 둘러싸인 밭담은 거친 바람으로부터 여린 싹을 보호하기 위한 병풍으로 보인다. 밭담 모퉁이에서 바람이 콸콸 쏟아지며 보리 싹들을 키워내고 있는 그림. 내 머릿속으로도 진초록 바람이 솔솔 들어오는 것 같았다. 샛바람은 동풍이다. 서쪽에서 부는 하늬바람이 사람과 자연을 후려치며 정신을 얼얼하게 해 놓고 가는 바람이라면, 샛바람은 어머니 따스운 손길처럼 청보리 순을 자라게 하고 매화며 수선화 꽃망울을 틔우게 하는 부드

「샛바람」캔버스에 유채, 33.4×53.0cm, 1993

러운 바람이다. 어머니는 샛바람을 '본처 바람'이라고 했다. 집안에
활기를 불어넣고 없는 살림도 일구어 포실하게 만드는 소생의 바람
이라는 것이다. 보리농사에 소중한 이 바람도 여러 날 억세게 불면
'궁근(흔들리는) 샛보름'이라 했고, 잔잔히 불어오면 '지름(기름) 샛보
름'이라 좋아했다. 강요배「샛바람」도 '지름 바람'이다.

　제주 마을들을 돌아다녀 본 사람은 알겠지만, 어느 마을에도 몇
백 년 된 팽나무 한두 그루쯤 버티고 있다. 하늬바람 거친 삭풍*에

* 본래 하늬바람은 서풍인데 제주 사람들은 겨울철 매섭게 몰아치는 북서풍을 하늬바람이라고 한다.

「**팽나무**」 캔버스에 유채, 89.4×145.5cm, 1993

쓸려 한쪽으로 기운 겨울 팽나무는 바람에 저항하며 살아낸 제주 사람의 모습이다. 제주에서 성장기를 보낸 사람은 발길은 앞으로 내딛는데 몸이 뒤로 밀려 나가는 경험이 있을 것이다. 그런 바람을 거역한다는 것이 불가항력이라는 것도. 어머니는 겨울 하늬바람은 '남편 바람'이라고 두둔했다. 맵차게 들어와 어수선한 일상의 잔가지를 시원하게 정리하는 위엄 있는 바람이라는 것이다. 유교 가정에서 자란 가부장적 사고 속에 나온 말일 것이다.

강요배의 바람은 그가 그리는 제주의 자연, 삼라만상에 스며 20년 이상 계속되고 있다. 최근에 강요배는 「불인(不仁)」이란 제목의 그림을 내놓았다. 1948년 음력 12월 18일, 북촌리 마을 전체가 불길에 타들어 가는 장면을 표현한 그림이다. 인가가 불타고 마을 팽

「불인(不仁)」 캔버스에 아크릴, 333×788cm, 국립현대미술관 소장

나무도 타고, 북촌 바다 성난 파도는 광풍에 휩쓸려 마을을 덮칠 기세다. 불길 속에 울부짖는 소리는 아마 미처 빠져나가지 못한 우리 속 짐승의 단말마일 것이다. 그날 하루에만 마을에서 300여 명이 총살되었는데 사람의 모습은 어디에도 없다. 부재로써 그것을 더 깊이 느끼게 한다. 강요배 그림에서 제목은 그림 세계를 확장하는 역할을 한다. 화가는 노자의『도덕경』에 나오는 "천지불인(天地不仁)"에서 제목을 따왔다고 한다. 자연은 어질지 않다고, 그저 존재할 뿐이라고.

아일랜드 내전을 다룬 켄 로치(Ken Loach) 감독의 영화『보리밭을 흔드는 바람(The Wind That Shakes the Barley)』(2006)은 그 제목만으로도 나를 설레게 했다. 제주와 비슷한 역사와 자연을 가진 나라다. 외세인 영국을 상대로 조국의 독립을 위해 함께 싸운 형제는 부분적인 독립을 이뤄냈다. 하지만 어떤 형태의 정부를 원하는지를 두고 형제는 갈라서야 했다. 상황은 영국 정부와 절충한 형태의 부르주아 정부를 선택한 형이 사회주의 정부를 원한 동생에게 총부리를 겨누는 내전으로 이어진다. 해방 후 우리나라 상황과 비슷했다. 제주4·3도 해방 후 통일된 나라에서 의젓한 삶을 꿈꾸던 제주 사람들의 열망이 분단 국가를 세우려는 공권력에 의해 무참히 희생된 역사라 할 수 있다. 보리밭을 흔드는 아일랜드의 바람은 그 시대와 불화하며 더 많은 사람들의 평등과 자존을 위해 싸운 순결한 젊은이들을 역사의 제단에 희생물로 바쳤다. 영화 속에서 조국의 참된 가치를 묻는 동생 다니엘의 처절한 물음은 4·3의 통일 열망과 닮아 있다. 그러나 제주4·3을 "보리밭을 흔드는 바람" 정도로 표현할 수 있을까?

4·3을 겪은 사람들은 "다시 그런 시대가 오면 미리 약 먹고 죽겠다"고 한다. 제주4·3은 바다 밑까지 훑고 뒤집어 새로운 먹이사슬을 만드는 혁명의 바람, 태풍을 넘어서 광풍이었을 것이다.

기행문

문상길 중위와 손선호 하사의
진혼제를 다녀오다

이경자[*]

뜨거운 햇살과 구름 한 점 없는 파란 하늘이 조화롭고 맑은 날이었다. 4·3문학회에서 문상길 중위와 손선호 하사의 넋을 기리는 진혼제가 제주4·3진상 규명과 명예 회복을 위한 도민연대와, 제주통일청년회, 제주4·3기념사업회 주최로 열린다는 소식을 들었다. 찾아간 곳은 경기도 고양시 덕양구 용두동에 있는 문상길 중위와 손선호 하사의 총살 추정지였다. 불행한 역사의 현장을 찾아 한강을 건너고 수색역을 지나 용두동으로 들어서니 어두운 역사의 현장 주변은 아파트단지로 변하고 있었다.

길가에 진혼제 현수막을 걸어 놓고 제주에서 올라온 제주통일청년회 회원들이 제사상을 차리고 있었다. 공적인 장소가 아닌 사유지에서 지내는 제사라 조촐했지만 오랜만에 보는 익숙한 제주 제사 음식 상차림에 마음이 뭉클했다. 진혼제는 식전 제례에 이어 국민의례와 묵념, 약력 및 경과 보고, 추모시 및 총살 목격기 낭독, 주

---

[*] 제주에서 태어나고 자랐다. 경기도에서 중등교사로 퇴직했다.

제사와 추도사, 헌화 분향 순으로 진행되었고, 「잠들지 않는 남도」 노래를 부르는 것으로 마무리되었다. 강호진 제주4·3 기념사업회 집행위

원장은 "오늘 우리는 문상길 중위와 손선호 하사를 비롯해 이름조차 제대로 기억되지 못한 이들을 기억하고 추모하기 위해 모였다"고 진혼제의 취지를 설명했다. 작년에 이어 두 번째 지내는 추모제라고 했다. 이날 진혼제는 문상길 중위와 손선호 하사 외에도 당시 박진경 대령 처단에 가담했던 양회천 이등상사, 강승규 일등중사, 신상우 일등중사, 황주복 하사, 김정도 하사, 배경용 하사, 이경우 하사도 함께 기억하는 시간이 됐다.

박진경 중령은 "폭동 진압을 위해서는 제주도민 30만 전체를 희생시켜도 무방하다"며 연대장 부임 후 40여 일 동안 6천 명 이상의 제주도민을 폭도로 몰아 노인, 여자, 어린아이 가리지 않고 체포한 공로로 대령으로 특진하였다. 승진 축하연을 마치고 숙소로 돌아와 잠을 자던 1948년 6월 18일 새벽 문상길 중위 외 8명의 부하에 의해 암살되었다.

1948년 9월 23일에 23세 문상길 중위와 20세 손선호 하사는 상관을 살해한 혐의로 대한민국 건국 1호 사형수가 되어 총살당했다.

다음은 문상길 중위가 남긴 법정 최후 진술이다.

"이 법정은 미군정의 법정이며 미군정장관 딘 장군의 총애를 받은 박진경 대령의 살해범을 재판하는 인간들로 구성된 법정이다. 우리가 군인으로서 자기 직속상관을 살해하고 살 수 있으리라고 생각하지는 않는다. 죽음을 결심하고 행동한 것이다. 재판장 이하 전 법관도 모두 우리 민족이기에 우리가 민족 반역자를 처형한 것에 대하여서는 공감을 가질 줄 안다. 우리에게 총살형의 선고를 내리는 데 대하여 민족적인 양심으로 대단히 고민할 것이다. 그러나 그런 고민을 할 필요는 없다. 이 법정의 성격상 당연히 총살형이 선고될 것이며, 우리는 그 선고에 마음으로 복종하며 법정에 대하여 조금도 원한을 가지지 않는다. 안심하기 바란다. 박진경 연대장은 먼저 저세상으로 갔고 수일 후에는 우리가 간다. 그리고 재판장 이하 전원과 김 연대장도 장차 노령해지면 저세상에 갈 것이다. 그러면 우리와 박진경 연대장과 이 자리에 참석한 모든 사람들이 저세상 하나님 앞에서 만나게 될 것이다. 이 인간의 법정은 공평하지 못하여도 하나님의 법정은 절대적으로 공평하다. 그러니 재판장은 장차 하나님의 법정에서 다시 재판을 하여 주기를 부탁한다."

무고한 제주도민들을 죽음의 늪에서 구하고자 죽음을 선택한 문상길 중위와 손선호 하사는 반역자란 이름으로 잊혀졌다. 문상길 중위의 비극은 여기서 끝나지 않았다. 제주도 상황이 더욱 악랄하게 소용돌이치면서 그의 애인 고양숙(18세)과 그녀의 어머니 윤장옥(45세)이 헌병대에 연행돼 목숨을 잃었다.

일본군 소위 출신 박진경의 고향인 경남 남해군 군민공원에는 그의 동상이 세워져 있다. 그를 바라보는 시각은 두 가지로 첨예하게 대립한다. 첫째는 자신의 출세를 위해서 무고한 양민을 학살한 기회주의자요. 둘째는 제주도 빨치산 토벌 작전에서 큰 공을 세우고 죽은 창군 영웅이란 시각이다. 역사는 강자의 편이라 박진경은 애국자, 문상길 외 8인은 반역자로 기록하고 있다. 하지만 민주화 이후 박진경은 4·3 당시 그가 시행했던 초토화 작전이 정말로 4·3을 해결하는 데 도움을 주었나에서부터 이전 사령관인 김익렬과의 비교에 이르기까지 많은 비판을 받고 있다. 남해군에서는 2005년에 그의 동상을 철거하려는 움직임이 시민단체 중심으로 일었으나 동상은 현재도 여전히 남아 있다.

집으로 돌아오는 길에 한강 노을을 보았다. 붉고 진했다. 그 어린 청춘들이 죽지 않고 살았다면 어떤 삶을 살았을까? 그들은 정의와 신념을 위해 목숨을 버리고 저세상으로 먼저 갔다. 저세상 설화 속의 서천 꽃밭에서 환생 꽃이라도 찾아내 못 다 한 삶을 누려야 하지 않을까 하는 생각을 했다. 진혼제에서 나는 역사가 강자의 편인 것 같이 보이지만 결국 진실의 편임을 인식할 수 있었다.

김익렬 장군 묘역 참배의 글

양태윤[*]

구름 한 점 없는 화창한 봄날이었다. 지인의 권유로 모처럼 서울 현충원을 방문하였다. 제주4·3사건과 관련된 시민단체인 제주4·3 범국민위원회와 재경제주4·3유족청년회에서 공동 주최하는 현충원 역사 기행 및 김익렬 장군 묘역 참배를 하는 행사였다.

나를 낳고 키워준 곳 제주도에 관하여 언제나 애향심과 긍지를 갖고 여태 살아왔지만, 4·3사건이라는 어두운 근대사에 대하여 주섬주섬 대강 들은 바는 있어도 이 사건에 대한 깊은 지식은 솔직히 없었다. 어쩌면 제주 사람으로 부끄러운 일이 아닐 수 없다.

현충문을 지나 잘 정돈된 시설과 조경에 탄복하며 벚꽃이 만개한 아름다운 길을 따라 만남의 장소로 향했다. 주최자들이 모여 있는 곳에 다다르니 대부분 고향 사람들이라 낯설지 않고 반가웠다. 이런 행사를 주최하는 그들에게 슬며시 존경심이 일었다. 연대의 차이가 있는 젊은이들이었지만 그들을 보며 그 나이에 나는 어떤 정체성을 가지고 살았을까 되돌아보았다.

---

* 필자 소개는 93쪽 참조.

나는 6·25 전쟁통에 세상에 태어났고 학창 시절에는 학교에서 방공호 대피 훈련과 반공 교육을 주야장천 받아서 반공에 세뇌되기도 했을

것이다. 그 후 나는 직업 군인이 되어 23년간 군 생활을 하면서 철저한 보수주의자가 되었으며, 사상과 이념을 따질 필요도 없이 나와 생각이 다른 사람들은 무조건 틀렸다는 '내로남불'로 편견의 반쪽 인생관을 가졌었다. 명예 전역을 한 뒤 새로운 사회생활을 하면서 다소 여유를 갖게 되어 고향을 자주 방문하게 되자 잊혀졌던 4·3사건에 대하여 관심이 생겼다. 그러면서 이념과 관계없이 좌도 아니고 우도 아닌 큰 눈으로 세상을 보며 저울처럼 균형 잡힌 사고를 하는 것이 필요하다고 생각했다.

김익렬 장군 묘역에 도착하여 행사를 진행하는 동안 당시 미군정 하에서 남한의 정세는 무법천지의 혼란스러운 상태였다는 생각이 들었다. 제주도에도 이와 같은 분위기에서 크고 작은 소요가 발생하고, 이를 진압하기 위해 파견된 경찰과 서북청년단의 만행이 민심을 분노케 하고, 급기야 남로당 세력의 증가로 이를 진압하기 위해 군을 동원하게 되었다고 한다. 그 과정에서 주둔군 9연대장인 김익렬 중령은 무력을 사용하기 전에 양민의 피해를 방지하고자 유

격대와 평화협상을 맺어 사건을 원만히 해결하려 했다. 무장대 총책인 김달삼과 어렵사리 회담을 추진하면서 김익렬은 약속을 이행한다는 신뢰를 주기 위하여 자신의 가족을 인질로 보내겠다고 했다는 일화가 있다. 양민의 피해를 막기 위하여 가족을 담보로 맡기는 것은 평화주의자가 아니면 실행하기 어려운 도박이다. 하지만 회담의 성공을 방해하는 세력에 의해 오라리 방화사건이 일어나면서 평화협상은 파기되고 말았다. 기록에 의하면 이 사건은 대동청년단이라는 우익 단체의 소행이라고 한다. 결국 협상은 실패로 끝나고 미군정이 주도하는 대책회의에서 경무부장 조병옥과 다툰 것을 구실로 김익렬은 보직 해임되고 말았다. 김익렬과 전격 교체된 박진경 중령은 미군정과 조병옥이 무장대를 조기 진압하기 위한 총공격 명령에 의해 강경 진압 작전을 수행함으로써 제주도는 피비린내 나는 학살의 장이 되고 말았다. 김익렬 연대장의 평화협상이 실패한 것이 안타까울 뿐이다.

문득 돌아가신 아버님 말씀이 떠오른다. 아버님은 그 당시 한림면사무소에서 근무하시며 많은 것을 보았고 체험하신 분이다. 어느 날 아버님은 정강이에 난 큰 흉터를 보여 주시며 토벌대 상사에게 조인트를 맞은 상처라고 말씀하셨다. 토벌대 주둔지에서 위문품을 요구하여 어려운 실정에도 불구하고 위문품을 만들어 당시 금악리 일대의 야전 숙영지를 방문하여 전달하는 과정에서 위문품이 빈약하다고 폭행을 당했다고 하셨다. 이 말씀은 내가 장교로 임관하여 첫 휴가 시 아버님께서 애민정신(愛民精神)을 명심하고 군 생활을 하라는 당부의 가르침으로 하신 것이었다. 국민을 사랑하는 정신을 말하는데, 이는 애국정신보다 상위의 개념이다. 조선 왕조에서도 백성을 아끼는 세종과 정조와 같은 군주는 이 애민정신을 잊지 않았다. 군인은 국민의 생명과 재산을 보호하기 위하여 국토를 방위하는 것이다.

김익렬 장군 묘역에서 일행들과 참배를 하며 제주4·3과 관련하여 장군님의 애민정신(愛民精神)을 다시 가슴 깊이 새기게 되었다. 국립묘지 넓은 뜰에 나라를 위하여 목숨 바친 애국 영령들이 고요히 잠든 모습을 보며 벅차오르는 마음으로 추모를 하였다. 보람 있는 시간을 공유했다는 홀가분한 마음으로 현충문을 나섰다. 전철을 타고 귀가하면서 오로지 국민만을 위하겠다는 요즘 정치인들의 사기 행각이 뜬금없이 떠올라 스트레스가 쌓였다. 아휴, 잊어야지. 국민을 팔아먹는 나쁜 놈들!

북 리뷰

제주 여성, 제주인의 삶을 푸는 열쇠: 이즈미 세이치의 『제주도 1935-1965)』를 읽고

이광용[*]

"일본 문화인류학자의 30년에 걸친 제주도 보고서"라는 부제가 붙은 이즈미 세이치의 『제주도』를 읽었다. 문화인류학 연구가 고립된 지역에서 독특한 방식으로 살아가는 소규모 부족, 농촌 사회, 제3세계를 주로 연구한다는 점에서 가장 먼저 떠오르는 의문은 제주도의 어떤 특색에 관심을 가지고 이연구를 했을까 하는 것이었다. 두 번

김종철 옮김, 여름언덕, 2014

째 의문은 이 책이 오늘날 제주인들이나 외지인들이 언뜻 떠올리는 돌, 바람, 여자가 많은 섬의 이미지를 어느 정도 설명해 줄 수 있을까 하는 것이었다. 시대가 다르다고 바라보는 관점이 전혀 동떨어

---

* 필자 소개는 72쪽 참조.

져 있다면 그것도 문제이지만, 제주도에 대한 최초의 문화인류학적 보고서라는 이 책이 삼다도라는 특성을 전혀 외면할 수는 없었을 것이기 때문이다. 아무튼 삼다도라는 이름 자체가 돌, 바람, 여자와 관련된 사연이 참 많은 섬이겠다는 느낌을 주는 만큼, 이러한 특색이 보고서에서 어떻게 다루어지고 있는지를 추론해 볼 수 있다면, 그리고 삼다(三多)의 하나인 제주 여성의 삶에 초점을 두면서 이 보고서를 읽는다면 제주인을 이해하는 데 새로운 통찰을 줄 수도 있을 것으로 보인다.

돌과 바람과 여자, 그리고 제주의 고립성

연구자의 직접적인 언급은 없었지만, 우선 제주의 삶을 경험한 문화인류학자의 관점에서 이즈미 세이치가 특별히 제주도에 관심을 둔 이유에 대해 나는 제주가 처한 고립적 특성과 주민들의 궁핍한 삶이었을 것이라 생각했다. 연구를 시작한 후 30년이 지난 시점에 언급한 말이긴 했지만 책의 머리말에서 저자는 화산도이자 독립국이었던 제주도가 "고려조 이후 피비린내의 점철, 원의 점령과 왜구의 침입, 반란, 해방에 이르기까지 도민의 투쟁사와 해방 후의 4·3 참사는 그 매서운 자연과 함께 제주도의 문화를 생각하는 데 있어 간과치 못할 사실(史實)이다"라고 적고 있다. 하지만 그의 보고서가 4·3 참사 관련 내용 외에는 역사적 사실을 구체적으로 다룬 내용이 별로 없어 이게 애초 연구 목적을 드러내는 것이라고 보기에는 어려움이 있다. 그럼에도 불구하고, 제주도가 사방이 바다로 둘러싸인 고립적 환경에 처해 있다는 점, 돌과 매서운 바람이 특징인 척박한 화산섬이라는 점, 그리고 그러한 환경에서 궁핍한 삶을 살아가는 주민들의 모습이 연구의 일차적 관심 대상이었을 것이라고 추론하는 데는 무리가 없다. 게다가 저자가 제주 주민들이 살아가는 환경과 삶의 모습, 제주 잠녀(해녀)의 능력과 활동, 제주 여성의 신분과 역할에 관심을 가지고 기술하고 있음을 주목하면 제주의 고립적 환경과 상대적으로 여성들이 더욱 궁핍하게 살아야 했던 삶을 여자가 많다는 삼다도의 이미지와 연계시켜 보는 것은 자연스럽다 할 것이다. 물론 이 글이 해방 이후 일본에서의 제주인들의 생활이나 1965년까지의 제주인들의 삶에 대해서는 다루지 않았지만 제주 여성의 삶에 관심을 두고 읽어 보는 것도 무리는 없어 보인다.

척박한 환경이 강요한 궁핍한 삶

돌과 바람이 많은 제주 환경은 농지가 척박하고 도내 도로도 좋지 않아 오랜 시간 도내 주민들 간 교류는 물론 도외 지역과의 교류도 어렵게 했다. 거기에 농업 기술과 노동력 부족으로 농업 생산성이 매우 낮아 주민들은 늘 식량이 부족했다. 하루 두 끼 이상 먹기 어려웠고, 주식은 보리, 조, 피, 된장, 간장, 고추장, 콩잎, 자리돔 등에 불과했으며, 가라지(강아지풀)로 굶주림을 면하는 경우가 빈번했다고 한다. 1936년 조사 당시만 해도 주민들은 이미 개간을 열심히 하여 1인당 전남 평균보다 넓은 경지 면적을 소유하고 있었음에도 궁핍한 삶을 벗어나지 못했다고 기술하고 있다. 토지와 기후의 열악성으로 인한 노동력 부족과 경작 기술 및 지식 전수 기회 부족 등 제주의 고립적 특성이 어느 정도인지를 충분히 짐작할 수 있다.

넓은 목초지가 있어도 그것은 원의 점령 이후 마소 양육을 위한 관리 지역으로 지정되어 주민들은 관리 책임의 부역을 맡고 있었던 데다 마소를 잃어버리면 처자를 팔아서라도 변상해야 했기 때문에 목초지는 주민들에게 도움은커녕 매우 부담이 되는 곳이었다. 주변의 넓은 바다 역시 해산물이 풍부한 환경이긴 했지만 바람이 너무 거세 그저 연안에서 해산물을 채취하는 수준의 자급자족 형태를 벗어나지 못했으며, 주요 해산물은 임금이나 본토에서 파견 나온 탐관오리들에게 바쳐야 하는 경우가 많아 제주인들의 삶은 궁핍함을 면하기가 어려웠다고 할 수 있다.

결국, 돌과 바람이 많은 자연환경, 새로운 지식과 기술 소통을 단절시키는 고립된 환경, 그 고립성을 이용해 욕심을 채우는 탐관오리의 횡포가 주민들의 궁핍한 삶을 가중시켰다고 볼 수 있다. 저자가 제주 마을을 촌락이라는 표현보다 하층민이 사는 부락이라는 표현을 쓴 것도 제국주의적 관점에서 제주를 폄하하는 것이 아니라 주민들의 삶의 처지가 일본인의 관점에서 보아도 그만큼 매우 열악했음을 보여 주는 것이라 할 수 있다.

제주 여성의 마소나 하인 같은 삶

노동력이 부족한 사회에서 더욱 열악한 처지에 놓인 집단은 여성이었다. 노동 구조는 분업적 구조였는데, 여성의 일은 남성보다 훨씬 많았다. 연구자가 조사한 바에 따르면, 남자는 우마목축과 우마를 이용한 농사일, 수확 노동의 일부, 숯굽기, 사냥, 건축, 유교적 촌제(村祭), 장성하기 시작한 아이 교육, 계의 감리 등의 일을 했는데, 이런 일들을 제외한 모든 일은 여성들이 했다. 다시 말해서, 초벌갈이 후 흙덩이 부수기, 파종, 밭밟기, 김매기, 탈곡, 부름불리기, 맷돌, 방아, 양돈, 양계, 물긷기, 취사, 부역 수행, 육아, 부조(친족 교제), 금전 출납, 제사, 가족 제례 시행 등 생계 관련 일은 모두 여성의 몫이었던 것이다. 여성의 일이 훨씬 많아 여성은 마치 하인이나 마소처럼 일을 해야 하는 처지에 있었다고 할 수 있다. 예를 들어, 해촌 잠녀는 출산 10일 전까지 물질을 해야 했고, 농사일은 출산 직전까지 해야 했으며, 출산 후 일주일부터 농사나 나잠에 종사해야 했다. 육아에서 남녀의 역할이 구분되어 있다고 하지만 여성의 노동 현장에 애기구덕이 함께 있었다는 사실만 보더라도 분업적 노동 구조가 실제와는 달랐음을 알 수 있다.

여성의 지위—주인이 되지 못하는 신분

여성이 마소나 하인처럼 부지런히 일을 해야 했다는 건 무슨 의미일까? 그것은 아내는 아무리 열심히 일해도 집의 주인이 될 수 없고, 가장으로서의 결정권이 없다는 것을 의미했다. 여성에게 주어진 일은 생업을 통해 남편과 자식을 부양하는 일은 물론, 집안 제사와 친족 간 애경사 등 가족들의 대외 관계 유지를 위한 집 안팎의 거의 모든 일을 수행했다. 여성은 남자들의 일과 책임을 덜어주는 노동력이자 실질적인 집안 살림의 책임자였던 것이다. 그래서 남자들 사이에는 튼튼하고 일 잘하는 여자를 얻으면 일을 하지 않아도 편하게 살 수 있다는 생각이 널리 퍼져 있었다. 그럼에도 여자는 자신의 노동력으로 얻은 결실에 대한 재산권을 인정받지 못했다. 남편이 없으면 집안 대소사는 남편쪽 친족과 의논해야 하는 제한적 신분으로 살아야 했던 것이다.

이처럼 아무리 열심히 일해도 여성이 주인이 될 수 없는 구조는 여자가 남자에 종속되는 상황을 고착시켰는데, 이는 농지에 기반을 둔 유교의 가부장제 이데올로기가 매우 견고하게 작용한 탓이라 할 수 있다. 제주 사회에서 여자는 매우 부지런하고 생활력이 강해서 경작할 농지만 있으면 농사 외 부수적인 일을 하면서 가족의 생계를 유지할 수 있었지만, 그러기 위해서는 경작할 농지가 있어야 했기 때문에 여자는 남편 혹은 이에 준하는 남자를 매개로 경작할 토지를 얻어야 했다. 농지를 매개로 남자와의 종속관계가 형성되는 것이었다. 여성은 주인이 될 수 없는 구조, 하인과 같은 위치에서 노동을 감수할 수밖에 없는 구조였던 셈이다.

가부장제 변화의 동력—여성의 능력

그런데 이렇게 고착된 남성 중심의 가부장제 구조를 변화시키는 동력은 여성이었다. 우선, 그 동력은 여성의 삶을 억압하는 가부장제 구조에 대한 여성의 반발심이 아니라 오히려 그 체제에 순응하면서도 그것을 극복하려는 제주 여성의 적극적이고 능동적인 생활에서 나오는 것이었다. 현실을 회피하지 않는 여성의 적극적 순응과 참여는 남자와 결혼하여 편안하게 사는 전통적 가부장제 편입을 원해서가 아니었다. 가부장제 삶의 기제(機制)를 자기가 원하는 방향으로 변화시키는 주도적 능력의 발휘였다. 다시 말해 제주 여성은 능력껏 기존 체제에 순응하는 모습을 통해 긍정적 이미지를 형성했고, 그런 이미지를 통해 남자들에게 일 잘하는 튼튼한 여자와 결혼해서 편하게 살고 싶다는 마음을 불러일으켜 남자의 여성 의존도를 높였다. 그렇게 하면서 자연스럽게 가부장제하에서의 여성의 위상 변화를 이끌어낸 것이다. 능력이 시원치 않은 남자가 여자의 눈치를 본다거나 여자의 사랑을 못 받으면 남편이 가출까지 하는 일이 있을 정도였다는 기록만 봐도 1930년대 남녀 사이에 제주 여성들의 위상이 어느 정도였는지를 잘 알 수 있다. 게다가 집안 조상제에 있어서도 제주 사회가 유교 제례를 철저히 따르면서도 가부장제하의 육지와는 달리 여자들이 제사상에 절을 하는 등 여성의 역할과 참여를 확대한 것도 여자가 조상들 전부를 기억하고 집안의 제사를 챙기고 준비하는 중심적 역할을 수행한 결과로 볼 수 있다.

둘째, 여성의 유능한 노동력 이미지가 전통적 가부장제하에서의 첩에 대한 부정적 이미지를 깼다는 점이다. 제주에서 첩은 전통적 가부장제에서처럼 여성이 남성의 성적 노리개가 되는 게 아니었다. 생계를 유지할 농지를 얻기 위해 첩이 되는 것이다. 어떻게 보면 농지를 매개로 여성이 남성에 종속되는 것으로 보이지만, 오히려 여자는 자신의 노동으로 자기 자식들을 키우고 남자를 부양했다. 게다가 남편 쪽에 노동력을 제공하여 남편을 부유하게 만든다는 당당한 위상을 견지했다. 따라서 여자가 첩이 되거나 남자가 첩을 들이는 것은 상호 간에 노동력의 제공과 확보 개념이지 도덕적으로 부끄러운 일이 아니라는 인식을 확립해 간 것이다.

첩에 대한 이러한 인식은 본처와 비교하며 첩을 차별하는 가부장제 인식을 타파하는 데도 영향을 미쳤다. 다시 말해서 상대적으로 본처보다 나이가 어린 첩은 독립적 생계를 유지하며 별도의 가계를 꾸렸고 노동력 측면에서 본처보다 유리한 위치를 차지하는 측면도 있었기 때문에 제주 사회에서 첩이 본처에게 종속되는 상하관계의 위계질서 개념이 위력을 발휘하지 못했던 것이다. 이에 대해 저자는 여성들 사이에 유교적 신중성이 없는 탓이라고 했지만, 오히려 그것은 첩을 업신여기는 유교적 전통을 벗어나 여성의 자유로운 삶이 확대되고 있음을 보여주는 것이기도 했다.

셋째, 남자에게 의존하지 않는 여성의 경제적 능력과 독립성은 모계 중심 가계를 확산시키는 경향도 있어서 남성 중심의 가부장제를 약화시키는 부분도 있었다. 앞서 본 것처럼 첩이 가정을 꾸려 나가는 경우 자신이 직접 자식을 키우면서 자식에 대한 여성의 영향력을 키워나갈 수 있었는데, 이는 자연스럽게 여성에게 모계 중심의 가정을 형성하는 기회를 제공했다. 첩으로 살아가는 것을 자유롭게 여기는 일부 분위기도 그런 영향이라 할 수 있다. 게다가 전통적으로 여성은 토지만 있으면 남성의 필요성을 별로 느끼지 않았던 만큼 미망인이 되면 재혼의 필요성도 느끼지 않았다, 오히려 남편이 죽으면 재혼하기보다 집안의 어른으로 남아 자식들에게 영향력을 행사하며 살기를 원하는 경우가 많았고, 그러면서 어머니로서 발언권을 강화할 수 있었다. 이처럼 미망인 위상을 선호하는 사회 분위기는 여성이 어른이 되는 모계 중심 가족을 확산시켰고, 자연스럽게 자식들이 모계적 존재로 키워지는 상황을 확산시켰다고 할 수 있다.

여성—제주도를 이해하는 열쇠?

이처럼 돌과 바람이 많은 척박한 고립적 환경과 가부장제하에서의 궁핍한 삶을 견디며 극복해 온 삶의 중심에는 여성이 있었다. 그러니까 오늘의 제주 모습을 만든 가장 큰 동력은 여성이라고 할 수 있다. 저자 역시 제주 해녀의 어로 수입이 남자들의 수입을 훨씬 능가하고 있다면서 제주 여성의 특징, 특히 궁핍함을 이겨내는 제주 여성의 생활력을 매우 호의적으로 평가한다. 저자는 육지나 다른 나라의 여성과 비교해 볼 때, 제주 여성이 지닌 상대적 강인함을 주목한다. 그는 제주 해녀들이 저임금에도 불구하고 잠수 깊이, 추위에 대한 내성, 뛰어난 훈련 과정으로 고효율 고수익을 냈다고 하면서 육지 본토와 일본은 물론 만주까지 진출할 정도로 진취적 특성을 보여 주었다고 보고하고 있다. 제주 여성의 특성은 돌과 바람이 많은 척박하고 고립된 자연환경과 여자를 마소나 하인과 같은 노동력으로 취급한 남자 중심의 가부장적 문화 구조를 견디고 극복해 온 생존 과정에서 형성되어 온 것이다. 나는 그것이 제주 여성의 DNA가 아닐까 생각한다. 그러한 특성으로 인해 그들이 자신을 구속하는 문제로부터 자유로워지기 위해 더 활발하게 자신의 능력을 발휘하는 역량을 보여 주었다고도 볼 수 있을 것이다.

이렇게 볼 때, 제주 여성은 제주도를 이해하는 열쇠라 할 수 있다. 여자가 많다는 제주도의 이미지는 실제로 여성 인구가 많다는 것을 말하기도 하지만, 제주를 지키고 이끌어 온 주체가 여성임을 알려 주는 것이라 할 수 있다. 제주인들을 구속하는 환경과 이데올로기를 극복하고 이겨내는 주체가 진취적 기질을 지닌 여성들임을 보여 주는 것이다. 따라서 사람을 낳으면 서울로 보내고 말을 낳으면 제주로 보낸다는 말은 단순한 우스개로 넘길 농담이 아니다. 그것은 제주를 폄훼하며 각인시킨 이미지일 뿐이다. 실제로 삶이 어려우면 남자는 섬과 가정을 떠났고, 여자가 남아 가족들의 생계를 꾸리며 궁핍함을 이겨냈다. 이런 관점에서 문화인류학자의 제주 보고서를 돌과 바람과 여자가 많은 섬의 이미지와 연결시켜 읽어 본다면 제주의 속살을 좀 더 잘 느끼고 제주도가 무엇을 지향해야 할지에 대한 새로운 통찰을 얻을 수도 있을 것 같다.

"내가 있잖아":
한강의 『작별하지 않는다』를 읽고

임삼숙[*]

한강의 소설은 시각과 청각, 촉각을 곤두세워서 읽게 된다. 감각을 통해서 마음과 정신으로 이어지며 짐작과 상상이 극대화된다. 『작별하지 않는다』는 특히 더 그랬다. 깊이 사랑하지 않고는 그렇게 표현할 수 없을 만큼 눈과 고통에 대한 표현이 절절했다. 2023년은 화이트 크리스마스였고 그즈음 책을 읽을 수 있어서 다행이었다.

문학동네, 2021

눈

"온다. / 떨어진다. / 날린다. / 흩뿌린다. / 내린다. / 퍼붓는다. / 몰아친다. / 쌓인다. / 덮는다. / 모두 지운다." 소설 안에서의 눈은

---

* 필자 소개는 33쪽 참조.

마치 바흐의 골드베르크와 같다.「골드베르크 변주곡」은 하나의 아리아 주제에 대한 30개의 변주곡으로 이루어져 있다. 27개의 G장조와 3개의 G단조로 이루어지고, 다양한 모습으로 구성 연주된다. 사라방드, 푸가, 토카타, 트리오소나타, 코랄, 아리아 등.

  "이상하지 눈은? 어떻게 하늘에서 저런 게 내려오지"를 주제로 하여 성근 눈이 내린다. 바람이 몰아치기 시작하면 거대한 팝콘 기계가 허공에서 돌아가는 듯 눈송이들이 솟구쳐 오르고 지상에서 끝없이 생겨나 허공으로 빨려 들어가는 토카타. 믿을 수 없이 느리게 허공을 가득 메우며 떨어지는 함박눈의 춤, 사라방드. 수천수만의 흰 새들의 길고 찬란한 띠가 신기루처럼 바다 위를 빛과 함께 쓸려다니는 코랄. 어디까지 구름이고 안개이고 눈인지 구별할 수 없는 저 일렁이는 회백색 덩어리, 푸가. 이처럼 눈은 다른 밀도와 속력으로 많은 형태의 변주를 만들어 낸다.

  많은 음악 애호가들이 세상에 음악이 한 곡만 남아야 한다면 가장 명상적이며 본질적인 회귀성을 지닌 바흐의「골드베르크 변주곡」이 남을 것이라고 한다. 눈은 눈송이가 되어 가는 과정에서 만들어진 공간으로 가볍고, 주변의 소리를 흡수해 고요하다. 또 여러 방향으로 빛을 반사해서 어떤 색도 지니지 않고 희다. 소설에서 경하는 내리는 눈을 바라보며 오래전 먼 곳에서 내렸던 눈송이들이 구름 속에서 다시 응결하여 지금 내게 떨어지는 것이 아닐까, 하고 생각한다. 4·3 희생자의 얼굴에서 녹지 않은 눈이 다시 내게 올 수 있다는 생각과 함께. 명상의 목적이 고요함, 평정이라면 눈은 충분히 명상적이고, 과거와 지금에 내리는 눈이 돌고 돈다면 눈은 충분히 본질적인 회귀성을 갖고 있다.

소설에서 눈, 가볍지만 무게가 있고, 육각형의 결정으로 결합하여 더욱 커지고, 환경에 따라 다른 형태와 속성을 갖는 눈은 우리들이라 느껴졌다. 폭풍 속에서 길을 잃고, 상처받고, 무겁게 짓눌리고, 고요 속에 숨고, 빛과 결합하여 찬란해지고, 결속하고 결합하여 위로하고 포근해지기도 하는 눈 같은 사람들 말이다.

고통

소설은 고통에 대한 얘기이기도 하다. 고통은 심리적, 육체적으로 기존의 안정과 평화가 깨어졌을 때 표면으로 드러나는 감각이다. 고통은 통증과 두려움으로 남을 수도 있지만 단계를 거치며 승화하기도 한다. 식물의 단맛이 고통의 결과이고, 진주가 고통의 결과이듯. 소설 안의 인물들은 모두 고통을 가지고 있고 각자의 단계를 거친다. 경하는 작가로서의 고통과 새를 구하러 가는 과정에서의 고통을 가지고 있고, 인선 어머니는 자신과 언니만 살아남고 오빠의 시체를 찾지 못한 고통을 가지고 있고, 인선 아버지는 살아남은 자의 고통을 가지고 있다.

또 극심한 두려움과 공포는 상황이 끝난 후에도 "한쪽 눈으로는 인선과 눈을 맞추고 다른 쪽 눈으로는 벽에 드리워진 자신의 그림자를 보고 있었을 것이다"에서 보여지듯이 초점을 가지고 선명하게 살지 못한다. 최근 스웨덴의 시리아 난민 아이들은 자신들이 어찌할 수 없는 불안과 두려움 때문에 체념증후군을 앓으며 몇 개월씩 기약 없이 잠으로 빠져든다고 한다. 몸과 마음의 관계는 참으로 신비하다.

고통의 단계를 극단적 상징으로 보여 주는 것은 인선의 고통이다. 인선의 손가락은 절단의 고통, 봉합 수술의 고통, 온존하기 위한 고통의 단계를 거친다. 피가 통하고 신경을 잇기 위해 3분마다 바늘로 찌르는 고통을 감내해야만 비로소 제 기능을 하는 손가락이 되는 것이다. 절단과 봉합은 내 의지 밖이지만 바늘을 찌르는 고통은 바르르 떨면서 온전히 받아들이고 견디어 내야 한다.

또한 인선 삶의 흐름을 보면, 어릴 때는 4·3을 겪은 가족의 고통 속에서 견디기 힘들어 작고 여린 어머니를 미워하고 가출한다. 하지만 그 후 베트남에 있는 성폭력 생존자와 1940년대 만주에서 독립군으로 활동한 할머니의 일상을 담은 영화를 만들며 고통에 가까이 간다. 어느 날 제주공항 활주로에서 발견된 고무신 신은 유골의 사진을 보았고, 그것을 보고 있으면 따스하고 부드러운 느낌을 받았다. 그래서 4·3에 대해서 자신을 인터뷰한 영화를 제작하였다. 자신의 고통 안으로 들어갈 용기가 난 것이리라. 영화를 상영하던 날 사람들은 인선의 의도와 다르게 접근하고, 당혹과 호기심과 냉담함으로 반응하였다. 사람들은 멀리 있는 고통은 쉬이 수용하지만 우리 안의 고통에 대해선 인색하다. 아니 그 고통이 내게 전염될까 봐 두려워 외면한다. 인선은 곧바로 영상 제작 일을 접고 제주로 돌아온다. 목공 일을 하고 새를 돌보며, 4·3 기록물에 파묻혀 산다. 경하가 그만두자 했음에도 꿈 프로젝트 『작별하지 않는다』를 위해 나무를 마련하고 먹칠을 하며 고통을 통과하며 나아간다. 경하에게 새를 구해 달라는 인선의 무리한 요구는 다시는 '너'의 죽음을 방치하지 않겠다는 단호함을 보여 준 것일 게다.

결합

소설 속에서 가장 기억에 남는 인상은―내 기억에 작가가 처음으로 '작별'이란 단어를 사용한 부분―P읍의 버스 정류장에서 경하가 본 할머니의 모습이다. 쏟아지는 눈을 그대로 맞으며 주변의 모든 소리를 빨아들이는 듯 고요하게, 미동도 없이 서 있다 버스의 기척을 감지하고서야 움직이는. '속솜허라'가 몸에 배서일까. 헤어지고 나서 경하는 잠시 나란히 서 있었을 뿐인데 왜 작별하는 것처럼 마음이 흔들리는지 의문을 갖는다. 영암 월출산의 전설이 떠올랐다. 착한 일을 해 마을에서 유일하게 살아남은 여인이 절대로 뒤돌아보지 말라는 경고를 무시하여 돌이 되었다는 동서양 인간사회 공통의 딜레마. 작가는 '너는?' 하고 묻는다. 뒤를 돌아보지 않고 살아남거나 뒤돌아보고 돌이 되거나, 둘 중 무엇을 선택할지를. 경하는 뒤돌아본다. 나란히 서 있었을 뿐인데도 작별하는 것처럼 마음이 쓰인다. 인선 또한 돌이 되었다고 했지 죽은 것이 아니고 건지고 싶은 사람이 있었으니 돌아본 거라고 한다.

연민은 다른 이의 고통에 대한 내 고통의 결합이다. 새를 구하러 가라고 명령하듯 말하는 인선과 고통을 감내할 만큼 사랑한 적도 없는 새를 묻지도 않고 구하러 가는 경하는 같은 고통을 겪은 자들끼리 보여 주는 깊은 연대의 완전 결합체이다. 인선이 먼저 경하의 고통을 껴안았었다. 경하가 5·18을 다룬 이전 작품을 쓴 후 "살아 있는 누구도 내 곁에 남아 있지 않은 것 같다"고 했을 때 인선은 말한다. "내가 있잖아"라고. 이는 광주의 고통과 4·3의 고통이 결합해 가는 과정이다. 이 소설은 제주 4·3과 보도연맹 사건은 너의 고통이 아니라 우리 모두의 고통이어야 한다고 말하고 있다. 그래서 작가는 이 소설을 사랑이라고 했다. 『작별하지 않는다』라는 소설의 제목으로 짐작은 했지만 작가의 말이 충분히 수용되진 않았다. 하지만 책의 표지 사진을 들여다보며 뭉클했다. 넓게 펼쳐진 무명천이 경하의 꿈속에서 밀려와 뼈를 휩쓸고 갈 것만 같은 바다를 감싸고, 이유도 이름도 모른 죽음을 따뜻하게, 새의 시체를 싼 것처럼 보듬고 있었다.

제주에서 16년을 살았고 밀레니엄이 시작하는 2000년에 제주를 떠났으니 딱 24년이 되었다. 소설을 읽으면서 온통 눈 속에 버스만 다닐 수 있는 제주의 중산간 길들이 보이는 듯하고, 이니셜로 표시된 고을 이름과 버스가 돌아가는 모퉁이까지 알 것 같았다. 제주를 떠난 후 나의 이메일 비번은 '제주도가자'의 알파벳에 그해 숫자를 더해 만들었다. 돌아갈 곳이고 늘 그리운 곳이었다. 고향이 아님에도 제주로 돌아가고픈 이유가 뭘까? 제주를 왜 좋아하느냐는 물음에 지체없이 답한다. 날 살게 했으니까! 제주의 자연과 노동, 4·3이 내 설 곳과 어떻게 살아야 할지를 가르쳐 주었다.

『작별하지 않는다』는 내용에 집중해 보려 애쓰긴 했지만 내내 제주에 대한 그리움으로 읽었다. 하지만 4·3에 접근하는 작가의 표현과 마음에는 공감이 많이 갔다. 칼날 위를 기어가는 달팽이 같다는, 그럼에도 불구하고 쓰지 않을 순 없고 직면해 크게 말할 수도 없는 마음을 광주가 고향인 나는 너무 잘 알 듯하다. 감히 4·3에서의 3만 명, 보도연맹 사건에서의 20만 명의 죽음을 마주 대할 수가 없었을 것이다. 4·3을 경하가 아닌 인선의 얘기를 통해 전달하는 답답함도 그런 의미로 이해했다.

나는 안중근을 영웅이라 부른다: 김훈의 『하얼빈』을 읽고

양영심*

2021년 광복절에 홍범도 장군의 유해를 모셔 오는 중계방송을 보면서 가슴이 뭉클했다. 그런데 정권이 바뀌고 육군사관학교에 있던 홍범도 장군의 흉상을 철거한다는 보도가 연일 쏟아져 나왔다. 친일 행적이 명백한 사람을 국가 유공자로 부활시키는 등 역사를 뒤바꾸는 해괴한 일들이 벌어지고 있었다. 일본 제국주의에 목숨 바쳐 항거한 독립운동가들을 부정하는 것 같아서 개탄을 금할 수 없었다.

문학동네, 2022

이런 사회 분위기에서 김훈의 역사소설 『하얼빈』을 읽게 되었다. 소설은 조선의 암담한 현실을 보여 주는 황태제 이은의 일본행으

---

* 필자 소개는 22쪽 참조.

로 시작한다. 표면상으로는 유학이라지만 사실상 인질로 가는 길이었다. 『대한매일신보』는 전국에서 일어나는 소요 사태를 보도했다. 신문은 저항하는 백성을 '의병'이라고 썼고, 이는 더욱 많은 의병을 모이게 하였다.

1909년 1월에 이토 통감은 순종 황제와 함께 부산으로, 서북 지방으로 순행하였다. 일본이 조선과 우호적인 것처럼 백성들에게 보이게 하려는 속셈이었다. 기차 차창 밖의 풍경은 평화로운 듯했으나, 곳곳에서 의병들이 항쟁하다 쓰러지는 상황이었다. 충신들의 상소문이 올라왔지만 이토가 가로막고 있어서 순종은 별다른 대책을 세울 수 없었다. 이토의 권세를 의지하고 따르는 관료들로 인하여 순종은 허수아비나 다름없었다.

안중근은 조선의 비극이 이토에서 비롯된다고 생각하였다. 그는 의병 활동의 무대인 블라디보스토크행을 결심하였다. 장남으로서 부친이 사망한데다 아내가 셋째 아이를 임신한 상태라 집을 떠나는 일은 결코 쉽지 않은 결정이었다. 떠나기 전에 빌렘 신부를 찾아 고별 인사를 하였다.

1907년 일본에 의해 고종이 퇴위되고 군대가 해산되었다. 안중근은 일본군이 길거리는 물론 집까지 쳐들어와 무참한 살상이 벌어지는 상황을 목격하였다. 안중근은 동생 정근에게 자신이 만주로 떠날 것임을 알렸다.

1909년 10월 중순, 안중근은 소문으로만 듣던 이토가 만주에 온다는 소식을 알게 되었다. 이토의 만주행은 겉으로는 평화로운 풍류 여행이라고 하나, 만주 식민지화 야욕을 위한 러시아와의 협상이 목적이었다. 안중근은 8개월 전에 발행된 신문에서 이토의 만주행을 알게 되었고 사진으로 이토의 얼굴을 확인하였다. 안중근은 의병 활동을 같이 했던 우덕순과 거사를 도모했다. 둘은 10월 21일 아침에 블라디보스토크를 출발하였다. 그날 밤 9시 경에 하얼빈에 도착하여 하얼빈역 구조를 꼼꼼하게 답사하였다. 이토가 기차에서 내렸을 때의 상황을 머릿속으로 그렸다.

"이토를 저격하였으나 만약 죽지 못하더라도 총을 쏜 이유를 말할 기회가 있을 것이다."

안중근 스스로의 약속은 그가 먼 곳에 숨어 총을 겨누지는 않겠다, 저격 후 도망가지 않겠다는 것이었다. 이는 거사의 목적이 살인에 있지 않고 제국주의자 이토의 악행을 막자는 데 있다는 것을 말해 준다.

10월 26일 새벽, 가는 눈발이 날렸다. 하얼빈역 러시아 군을 사열하는 이토 일행이 다가왔고 저격은 성공했다. 안중근은 쓰러지면서 '코레아 후라!'라고 외쳤다. 이토는 곧 죽었다. 안중근은 일본 총영사관으로 넘겨져 지하 구치소에 수감되었다. 관동도독부 검찰관 미조부치의 심문이 있었다. 안중근은 이토의 죄목을 낱낱이 밝혔다. 1895년 일본 야쿠자를 시켜 대한 황후를 시해한 일, 1905년 대한 황제를 위협하고 5조약을 맺은 일, 1907년 강제로 대한 황제를 폐위시킨 일, 산림, 광산, 철도, 어업, 농상공업권을 모조리 강탈한 일, 소위 제일은행권을 강제로 발행하여 전국 재정을 고갈시킨 일,

국채 1천3백 원을 강제로 대한국에 부담시킨 일, 대한국 학교의 서책들을 불태우고 내외국 신문을 못 보게 한 일, 국권을 회복하려는 대한국 의사들과 그의 가족 10만 명을 죽인 일, 대한국이 일본에 속방되고 싶어하는 것처럼 선전한 일, 동양 평화를 깨뜨린 죄 등이 그것들이다.

안중근은 동생을 통하여 빌렘 신부와 만나기를 청했다. 동생은 빌렘이 안중근의 행위를 노여워하고 있다고 전했다. 안중근은 빌렘 신부에 대해서 이렇게 말했다.

"빌렘도 강대국 프랑스인이다. 신앙에는 국경이 없다고 하였지만 사람의 땅 위에는 국경이 있다."

나는 이 대목에서 신앙인이기에 앞서 독립 국가의 백성이기를 바라는 인간 안중근을 보았다.

빌렘 신부는 신앙인은 하늘의 백성이기도 하고 땅의 백성이기도 하므로 안중근의 고해를 받고자 했지만 당시 조선 교구장이던 뮈텔 주교는 허락하지 않았다. 살해가 교리에 어긋난다는 이유였다. 그럼에도 빌렘은 여순으로 면회를 갔다. 빌렘은 안중근이 사살 행위를 뉘우치길 바랐다. 안중근은 이토의 목숨을 없앤 의거는 죄일 수 있으나, 제국주의 실현을 위한 행위가 더 큰 죄이기에 뉘우칠 수 없다고 하였다. 안중근은 이토를 죽인 이유가 세계만방에 알리려는 수단이므로 공개를 금지하여 방청객이 없이는 진술하지 않겠다고 거부하였다. 그리고 법정에서 말했다.

"내가 이토 히로부미를 쏘아 죽인 것은 대한독립전쟁의 한 부분이요, 내가 일본 법정에 서게 된 것은 전쟁에 패배하여 포로가 된 때문이다. 나는 개인 자격으로서 이 일을 행한 것이 아니요, 대한의군 참모중장의 자격으로 조국의 독립과 동양 평화를 위해서 행한 것이니 만국 형법에 의하여 처리하도록 하라."

일본 정부는 일한 협약 1조에 따라 외국에 있는 한국인을 보호할 의무가 있으므로 일본 형법을 적용한다고 하였다. 검찰관은 안중근의 범죄가 무지와 오해의 소치이며 이것이 살의의 바탕이라고 말했다. 국선 변호인 미즈노는 이 무지는 동정할 만한 것이고 감형의 사유가 된다고 말했다. 재판장 마나베는 안중근에게 사형을, 우덕순에게는 삼 년 형을 선고하였다. 안중근은 항소를 포기하였다. 다만 죽기 전에 할 일이 많이 남아 있으니 형의 집행을 3월 25일까지 연기하여 달라고 탄원하였다. 안중근은 「동양평화론」을 쓰기 시작하였고, 자신의 생애를 정리한 『안응칠 역사』를 마친 3월 26일에 사형이 집행되었다.

"하얼빈에 묻었다가 한국이 독립된 후에 내 뼈를 한국으로 옮겨라."

동생 공근에게 한 이 유언은 블라디보스토크와 만주 지역의 한인들을 동요하게 하였다. 일본은 안중근의 묘지를 성역화할 우려가 있으므로 감옥 구내 묘지에 묻게 하였다.

소설에서 작가 김훈은 영웅 안중근보다는 인간 안중근을 그리려 했다고 한다. 안중근은 키가 작고 다부진 무골의 기상을 지닌 사람으로 당시 조선에서 얼마든지 만날 수 있는 젊은이였다. 어려서『자치통감』을 읽을 만큼 한학의 기초를 갖췄던 천주교 신자였다. 안중근은 계명을 어기면서 의로운 죽음의 길을 택했다. 빌렘 신부가 요구하는 뉘우침으로 응하지 못하였지만, 진정한 신앙인은 안중근이고 성직자들은 오히려 정치적인 세상일에 더 흔들리는 것 같았다. 그리고 동서양의 수많은 종교 전쟁 역사도 함께 떠올려진다.

일제 강점기 일본에 협력한 사람들은 '어쩔 수 없는 현실 적응'이라고 항변한다. 그리고 그것이 민족을 살리는 길이라고 하였다. 어느 시대에나 강대국에 기대어 권세를 탐하고 부귀영화를 누리려는 모리배들이 있다. 그래서 우리들은 영웅을 기다리는 것일지도 모를 일이다. 형장에 선 그 순간을, 김훈도 감히 글로써 나타내지 않았다.

사형선고를 받은 안중근은 동생들에게 말했다.

"사람은 한 번은 꼭 죽는 법, 죽음을 두려워할 내가 아니다. 삶은 꿈과 같고 죽음은 영면하는 것, 조금도 어려운 일로 생각해서는 안 된다."

죽음에 임해서도 안중근은 의연한 기상을 잃지 않았다.

이 소설은 내게 역사와 문학 두 분야에서 많은 교훈과 시사점을 주었다. 어떤 학문적 역사 텍스트가 이토록 강렬한 역사의식을 나의 가슴에 스며들게 해 줄 수 있을까. 국가가 위태로울 때 외세에 저항하는 안중근의 정신은 오늘날에도 살아있다고 믿게 한다. 아직도 이념 논쟁에 경도된 일부 사람들의 역사 왜곡을 근심하며 책장을 덮었다. 작가의 절제된 문장과 대사 처리는 긴장하며 책 속으로 몰입하게 하였다. 인물의 감정 묘사는 송곳처럼 날카롭고 섬세하였다. 우리가 새겨 두어야 할 역사를 소설이라는 방법으로 흥미롭게 써 낸 저자의 상상적 힘에 압도되었다. 저자의 의도를 따라 인간적으로 접근해 갈수록 안중근은 '영웅 안중근'으로 나의 가슴에 새기게 된다.

제주도의 자연을 다시 돌아본다:
문경수의 『문경수의 제주 과학 탐험』을 읽고

백경진[*]

책의 목차를 들여다보면서 내가 엉뚱하게 제목을 이해했다는 것을 알게 되었다. 제주도를 과학 탐험한다는 것인데, 제주도의 과학을 탐험하는 것으로 잘못 이해한 것이다. 부제가 보여 주듯 이 책은 "탐험가가 발견한 일곱 가지 제주의 모습"을 과학적 시각으로 기술한 것으로 제주도의 자연, 특히 지질학적 측면을 주제로 하는 기행문이다.

동아시아, 2018

제주의 지질을 구성하는 소재들은 화산

* 1953년에 제주도 대정읍 신도리에서 태어났다. 1974년 4월 3일, 민청학련 사건으로 대학에서 제적되어 입대하였다. 전역 후 재입학하여 제주사회문제협의회(제사협) 활동을 하며 매년 4·3 영령들에 대한 제사를 지냈다. 공기 조화, 건축 설비, 연소 관련 업체에서 직장 생활을 했다. 현재 제주4·3연구소 이사, 제주4·3범국민위원회 이사장, 서울대 민주동문회 두레협동조합 이사장을 맡고 있다.

탄, 우주(사실은 별), 습지, 곶자왈, 용암 기둥, 거문오름 화산체 등으로 되어 있다고 한다. 제주도가 화산으로 생성된 점에 착안하여 화산 형성을 기반으로 하는 섬의 특징에 별 관측을 추가한 것으로 보인다. 그러니까 이 책은 지질을 탐사하는 제주도 자연 생태계 기행문이라고 하면 좋겠다.

제주 생태계 하면 두 가지 생각이 든다. 하나는 수백 년, 수천 년 된 나무들로 구성된 숲이다. 하지만 벌목을 많이 했고, 4·3 당시 7년여 동안 무장대를 토벌하면서 나무를 베어 낸(군대 용어로 사계 청소) 사실을 상기할 수 있다. 아름드리나무로 우거진 숲이 많았다면, 지질과 더불어 더욱 풍성한 생태계가 되었을 것이라 생각되어 아쉬운 마음이다. 둘째는 삼나무 숲과 관련한 생태계 교란이다.

제목에 과학 탐험이 들어가므로 '과학'이 무엇인지, 무엇이 '과학적인지' 하는 문제를 살펴보자. 이 책 277쪽에 저자가 기술한 내용을 인용하면 "인간이 알고 있는 우주의 실체가 4%라고 한다. 탐험 이전과 지금의 나도 다르지 않을 것이다. 제주를 바라보는 새로운 눈을 얻었을 뿐이다. 비양도 분화구로 들어가 용암이 만든 제주의 자연을 둘러보고 거문오름이 만든 용암 동굴로 빠져나온 기분이다. 화산 분출로 만들어진 투박한 땅 위에 기적처럼 만들어진 자연, 그리고 자연을 안식처로 살아 있는 것들의 기운이 느껴졌다"고 써 있다. 이 문장을 보면서 최근 일본 핵 오염수 투기를 바라보는 여러 시각들이 떠올랐다. 과학적 태도에 대한 어느 단체의 정의를 보자.

"과학은 보편성과 객관성, 합리성을 지녀야 하며 이를 바탕으로 과학이 신뢰성을 지니려면 비판적 사고가 필수적이다. 후쿠시마 핵 오염수를 이른바 ALPS(다핵종 제거 설비)로 거르고, 이 장치로도 걸러지지 않는 삼중 수소 등의 핵종은 기준치 이하로 희석시켜 방류하면 안전하다는 주장은 과학적인가? 또한 이러한 내용을 골자로 하는 IAEA의 보고서는 신뢰할 수 있을까? 일본과 한국 정부의 주장과 IAEA의 보고서는 보편성과 객관성, 합리성을 심각하게 결여하고 있다. 보편성과 객관성을 가지려면 가장 먼저 모든 데이터와 과정, 결과를 솔직하고 투명하게 공개해야만 하며, 이를 토대로 다른 이들의 철저한 검증을 받아야만 한다."

"과학자는 겸손해야 한다"고 책의 말미에 기술한 저자의 말이 참으로 미덥다.

이 책을 좇아 제주도 기행을 하면서 나는 모르는 지식을 얻게 되었음은 물론 어렸을 적 향수를 불러일으키는, 두 가지 효과를 얻을 수 있었다. 예를 들면 해수욕장의 흰 모래 성분의 90%는 조개껍데기나 해양생물의 골격 성분인데 중국의 양쯔강, 황허강을 통해 흘러나온 해양 퇴적물이 태풍 때 밀려와 제주도 해안에 쌓인 것이라고 한다. 제주도가 약 180만 년 전부터 수천 년에 걸쳐 반복된 큰 폭발을 통해 생성된 용암과 화산재가 쌓여 만들어진 섬이라는 사실과 순상화산, 분화구, 복합 화산, 화산탄, 호니토와 같은 용어들의 의미를 익숙한 제주의 자연환경 속에서 이해할 수 있었다. 특히 비양도가 제주도의 축소판이라고 기술되어 있는데, 언젠가 기회가 되면 한 번 가 보고 싶다.

수월봉, 오름, 습지, 곶자왈 등을 보면서는 과거의 기억들을 떠올렸다. 수월봉은 사실 초등학교와 중학교 시절 단골 소풍 장소였다. 어릴 적에는 주상절리의 아름다움도 모르고 자랐는데, 자연의 아름다움에 눈뜨게 되면서 이곳의 아름다움을 나도 자랑하게 되었다. 고향과 2km 정도 떨어져 있어 명절 때 제주도를 방문하면 한 번씩 찾아보는 곳인데, 언제부턴가 근처 진지동굴이 막혀 있다든가 주상절리 일부가 세월에 못 이겨 무너져 내렸다는 소식을 들으면 가슴 아프다.

3장 '탐라도 우주극장'에서 탐라전파천문대를 소개한 부분은 조금 뜬금없다는 생각이 들었다. 과연 제주다움의 하나라고 할 수 있을까? 제주도 생태계를 말하다 천문대를 소개하는 것이 그 대상이 별 관측이라는 점이기는 하지만 과연 제주도의 특성을 살리고 있는 것일까? 최근 우주 관련 업체가 제주도에 발사체를 설치하는 등의 기사와 연결해 보면 이 책의 구성을 흐트러뜨리고 있다는 생각이다. 다만 "지구상에 존재하는 대부분의 대도시는 '별 볼 일 없는' 곳으로 전락하고 말았다"는 지적에는 격하게 공감한다. 어릴 적 기억에는 정말이지 하늘에 별들이 가득했다. 누군가는 몽골 초원에서 정말로 별이 쏟아지는 경험을 했다고 하는데, 전기가 보급되기 이전의 제주도도 그랬다. 1969년에 내가 고등학교로 진학하면서 제주시로 가기 전까지 우리 시골에는 전기가 없었으니까. 모든 집에는 호롱불 또는 호야불만 있었고, 골목만 나가면 캄캄했다. 밭일을 하다가 밤늦게 돌아오는 날이면 달빛에 의지하여 돌아오곤 했다.

하늘의 별들이 정말이지 별 씨를 뿌려 놓은 듯했다.

곶자왈, 숨골, 습지 등은 제주도를 제주도답게 유지시켜 주는 자원들이다. 많이 훼손되어 가는 와중에 어느 시점에서 보존하려는 노력이 시작되어 훼손이 다소 누그러졌을 뿐 훼손은 지속되고 있어 안타깝다. 또한 곶자왈과 더불어 "쪼개진 돌 틈 사이로 빗물이 모이고 함몰지에 생긴 숨골(돌 틈)로 물이 들어간다"며 숨골을 설명하고 있었다. 과거 제주도의 들판과 밭에는 숨골들이 많이 존재했다. 내가 기억하는 어느 밭에는 500평 되는 위 판과 500평 되는 아래 판 사이에 '서드럭'이라는 일종의 숨골이 있었는데, 어느 날 보니 여기 있는 돌들을 파서 치우고 흙으로 덮어서 밭으로 바뀌어 있었다. 안타까운 현실이다. 그래서인지 곶자왈 국민 신탁 운동에 대한 첨언이 소개되어 있었는데, 그냥 구경꾼이 아니라 참여자가 되게 하자는 이러한 운동은 매우 값지다. 이러한 운동을 소개해 주고 있는 저자에게 고마운 마음도 든다.

이 책은 제주도의 자연을 있는 그대로 보려는 저자의 시각이 투영된 좋은 여행 가이드라고 생각된다. 삼나무 숲을 설명하면서 삼림 생태계 교란을 지적하고 있는 부분은 자연을 제대로 보존하려면 얼마나 깊은 관찰과 성찰이 필요한지를 단적으로 보여 준다. 어쩌면 나를 돌아보게 하고 주변을 살펴보게 하는 책이다.

미래에서 온 타자:
김석범의『만덕유령기담』[*]을 읽고

김정주[**]

'사태'[***]로 부모를 잃고 그 자신도 비교적 일찍 생을 마감한 아버지는 사망 전 며칠 동안 자리에 누워 양선(良宣)이 누나가 자신을 데리러 왔다고 내내 헛소리를 했다. 뒤얽힌 호적에서도 족보에서도 찾아볼 수 없던 그 이름은 제주4·3 항쟁 및 학살 시기 17세의 나이에 토벌대에 끌려가 행방을 알 수 없게 된 아버지의 누나, 즉 나의 고모가 오사카의 이카

보고사, 2022

---

* 이 글은『융합영어영문학』에 실린 필자의 논문「토니 모리슨의『빌러비드』와 김석범의『만덕유령기담』에 나타난 유령의 존재론」(2022: 163~98)의 일부를 에세이 형식으로 다듬어 쓴 것이다.

** 필자 소개는 76쪽 참조.

*** 여기서 '사태'는 '일이 되어가는 형편이나 사정'을 뜻하는 보통명사가 아니라 4·3의 기억을 감추어 온 필자의 집안에서, 혹은 많은 4·3 희생자의 집안에서 제주4·3을 은밀하게 가리키는 고유명사로 사용되어 온 단어다. '사태'의 동의어는 '시국'이다.

이노(猪飼野)에서 어린 시절을 보낼 때 불리던 이름이었다. 이 일로 인하여 나는 느닷없는 고모의 출현과 함께 이해할 수 없었던 아버지의 쓸쓸한 삶의 일부를 엿보게 되었지만, 아버지가 본 환영의 의미는 오랫동안 수수께끼로 남아 있었다. 아버지는 그 순간에 어린 시절 다정하고 요망지던 누나의 유령이 자신을 평온한 곳으로 데려가리라 생각했던 것일까? 아니면 그 유령의 참혹한 모습에서 또 다른 어떤 전갈을 받았던 것일까?

사랑하는 대상의 상실로 인한 고통을 다룬 고전적인 에세이 「애도와 우울증」에서 프로이트는 상실의 고통으로 인한 우울감이 꿈이나 환각과 같은 증상으로 나타날 수 있다고 설명한 적이 있지만, 이것을 상실을 경험하는 이의 병리적인 애도, 혹은 애도의 실패로 보았을 뿐 정작 우리에게 두려운 낯섦을 불러 일으키는 유령의 존재에 관해서는 그다지 관심을 보이지 않았다. 다만 그의 제자인 니콜라스 아브라함(Nicolas Abraham)과 마리아 토록(Maria Torok)에 의해 프로이트가 말한 병리적인 애도의 매커니즘은 주체의 언어로 표현할 수 없게 된 애도가 상실한 사랑의 대상을 자신의 신체 안으로 들여와 마치 은밀한 지하 묘지 같은 것을 만들어 놓고 이따금씩 유령을 출몰시키는 환상을 형성하는 것으로 재해석되었다.

프로이트 학파의 애도론을 다시 꺼내 읽으면서 철학자 자크 데리다(Jacques Derrida)는 프로이트가 진단한 병리적인 애도가 과연 애도의 실패일까 하는 물음을 던진다. 우리가 결코 온전히 경험할 수 없는 타인의 죽음을 하나의 허상으로 내면화하기보다는 우리의 무의식 속에 그의 무한한 퇴거를 존중하는 증거를 마치 하나의 납골함처럼 남겨 두는 것이야말로 진정한 애도에 가깝지 않을까? 이렇게 하여 데리다는 우리의 관심을 상실의 고통을 겪는 애도의 주체가 아니라 유령, 즉 죽어서도 우리 안에 살아 있으면서 우리를 박해하는 타자의 존재로 옮겨 놓는다.

데리다의 물음은 나중에 『마르크스의 유령들』에서 애도에 있어서 타자에 대한 충실성 및 책임의 윤리를 넘어 시간과 정의의 문제, 다시 말해 역사성에 관한 물음으로 확장된다. 데리다는 우리가 사는 법을 배우는 것은 죽음을 통해서만, 혹은 유령들과 함께 사는 법을 통해서만 가능하며, 이들 유령의 존재를 통해 역사적 상흔의 치유에 관한 정의와 책임의 문제를 우리가 떠맡게 된다고 말한다. 데리다는 이와 같은 유령과 같은 존재들의 느닷없는 출현을 "시간이 이음매에서 어긋나 있다"(The time is out of joint)는 햄릿의 유명한 선언을 끌어들여 설명하는데, 여기에는 부당한 것을 바로잡는 복수로서의 정의의 문제와 함께, 정의의 조건을 이루는 근거로서 현재의 삶을 넘어서는 미래의 삶이 전제되어 있다. 즉 삶도 죽음도 아니면서 동시에 삶이자 죽음인 경계 위의 존재로서 유령들은 우리가 살아온 역사의 빈틈에서 불가시적인 존재로 영생할 뿐만 아니라 아직 오지 않은 시간 속에서 우리를 기억하고 상속할 또 다른 타자들에 대한 은유로 이해된다.

이런 점에서 데리다의 유령론은 사회학자인 에이버리 고든(Avery F. Gordon)이 『귓것들: 귀신들림과 사회학적 상상력』에서 제안한 유령론과 유사한 면이 있다. 고든은 유령이 단지 죽은 인간의 환생이 아니라 억압된 사회적인 폭력의 현장으로 우리를 이끄는 사회적 형상이라고 주장한다. 그가 보기에 귓것들의 출현 혹은 귀신들림은 그러한 존재를 마주하는 이들에게 사회적 현실에 대한 인식의 지평을 확장시킬 것을 요구할 뿐만 아니라 이들이 앞으로 이루어야 할 어떤 일, 즉 미래 세대의 사회적, 역사적 책임에 대한 요청을 함의한다. 그러니까 유령은 과거의 사회적 폭력의 흔적인 동시에 해결되지 않은 미래 책무의 도래다.

제주4·3 항쟁 및 학살에 대한 일종의 애도 작업으로 자신의 문학 세계를 일관한 재일 조선인 소설가 김석범은 주로 일본어로 글을 썼으며, 1997년에 7권으로 이루어진 『화산도』 전권을 출간했다. 1970년에 발표한 『만덕유령기담』은 작가가 1957년에 「까마귀의 죽음』을 발표한 이후 10년이 넘는 공백기 끝에 다시 제주4·3 항쟁 및 학살을 소재로 써서 65회 아쿠타가와상 후보작으로 선정된 작품으로, 작가 스스로 「까마귀의 죽음」에서 『화산도』를 잇는 중계점으로 평가하는 작품이자 『화산도』에 등장하는 용백이라는 인물의 이야기를 미리 쓴 속편이라 할 수 있다. *

소설의 줄거리는 다음과 같다. 주인공 만덕은 일본 오사카의 한

---

* 『화산도』의 한국어 번역본은 김환기와 김학동의 공역으로 2015년에 보고사에 의해 12권으로 출간되었다. 『만덕유령기담』은 2010년에 신디 L. 텍스터(Cindi L. Textor)에 의해 영어로 번역되어 미국의 콜럼비아 대학교 출판부에서 The Curious Tale of Mandogi's Ghost라는 제목으로 출판되었고, 한국어 번역본은 2022년에 조수일과 고은경의 공역으로 보고사에서 출간되었다.

인 마을에 있는 절에서 일을 하던 여인이 뜻하지 않게 임신하여 낳은 자식으로 걸음마를 익힐 무렵에 제주도 한라산 계곡의 관음사에 맡겨진다. 아버지 이름도 모르고 개똥이로만 불리던 아이는 큰스님에게서 만덕이라는 법명을 받고 이 절의 공양주로 자란다. 몇 년이 지나 기생 출신의 서울보살이 절의 관리인을 맡게 되고 노스님이 열반에 든 후 만덕이 서울보살의 만성적 욕설과 구타에 시달리는 사이, 이 절에도 4·3 항쟁 및 학살의 소용돌이가 들이닥치게 된다. 관음사는 미군의 지휘를 받는 남한 군경에 의해 불태워지고 만덕과 서울보살은 S-오름에 있는 작은 절로 옮겨 생활하게 되는데, 이 절은 토벌대의 주둔지이기도 하다. 이 오름 아래에 있는 마을에는 남편이 입산하여 빨치산이 된 후 시부모인 오 영감 부부를 모시고 사는 며느리가 있었다. 만덕은 그녀가 서북청년단 출신 경관의 협박에 시달리다 감나무 가지에 목을 매 죽었다는 소식을 듣고 여인의 영혼을 위로하러 찾아간다. 그런데 여인의 죽음에 분노한 서북청년단 출신 경관이 들이닥쳐 오 영감을 빨갱이 가족이라며 끌고 가고 여인의 장례식을 치르러 왔다는 만덕까지 함께 지서로 끌고 간다. 이윽고 이들 앞에 오 영감의 빨치산 아들이 붙잡혀 오고 지서장이 오 영감의 손에 총을 쥐어 주며 아들을 쏠 것을 명령하지만 노인은 총구를 자신의 목에 대고 방아쇠를 당긴다. 당황한 지서장은 만덕에게 다시 오 영감의 아들을 쏠 것을 명령하지만 만덕 역시 이를 거부한다. 결국 만덕은 비행장에서 사형에 처해지지만, 사람들 사이에서는 만덕이 유령이 되어 떠돈다는 소문이 퍼진다.

이 소설에는 만덕이 유령으로 등장하기 전에 또 다른 유령이 출현하는데, 그것은 감나무 가지에 목을 매 죽은, 만덕이 흠모하던 오영감네 며느리의 유령이다. 이 유령은 오 영감네 며느리에게 눈독을 들이던 서북청년단 출신 경관 편에서 중신에 나선 윤씨 아주머니가 성내에 마실을 갔다가 돌아오던 저녁에 고운 한복을 입고 땅위를 미끄러지듯 걷는 모습으로 출현하여 윤씨 아주머니를 혼비백산하여 쓰러지게 한다. 곧이어 사흘 낮 이틀 밤 동안 벌어지는 큰굿에서 죽은 오 영감네 며느리의 원혼은 계주인 윤씨 아주머니에게 빙의하여 자신의 원한이 씻겨지기를 호소한 후 결국 윤씨 아주머니를 죽음에 이르게 한다. 그런데 제주 무가의 전통에서 접신 현상은 원혼들이 무당의 몸을 빌려 자신의 억울한 죽음을 호소하는 영게울림, 즉 죽은 자의 탄식의 형식을 취하는 것이 일반적이다. 이와 같은 형식을 빌어 쓴 김경훈의 시 「영게울림」에서도 토벌대의 죽창과 철창에 찔려 죽은 21세 임산부의 원혼은 무당의 입을 빌어 자신이 죽음에 이른 내력을 호소한 다음, "하다 굿다 말고 나 말대로 들어주면 / 나 저승 열두 대왕에 등장 들어 / 이승에서 못다헌 공 저승공으로 갚으쿠다 / 어디 가든 가는 곳마다 신체 건강에 좋은 재물로 공 갚으져 합네다 / 설룬 서른 세 살 성은 안씨 동서님아 / 고마웁고 고맙수다 / 분부외다" 하고 저승으로 돌아간다.

이렇게 전통 무가의 형식을 차용하되 죽은 자의 탄식을 넘어서 계주를 죽음에 이르게 하는 고약한 원혼의 복수 형식으로 변용하여 소설에 삽입한 것에 대하여, 김석범은 소설의 화자의 입을 빌려 "때 이른 죽음의 희생자들이 하늘에 이르기까지 겹겹이 높게 쌓이는 이 섬에서, 아마도 유령들은 자신들이 출몰하는 방식을 재평가해야만 했던 것"이라고 설명한다. 오 영감네 며느리의 유령은 참혹한 역사가 남긴 무고한 희생자의 억울한 원혼으로 등장하지만 후세의 위로와 애도를 기다리는 인자한 존재가 아니다. 데리다가 유령의 때맞지 않은 출현을 설명하려고 끌어들인 햄릿의 선언에는 부당한 것을 바로잡는 복수로서의 정의가 포함되어 있는데, 이것은 이 선언을 "이 시대는 수치스러운 시대다"라고 번역한 앙드레 지드(André Gide)의 문장에 함축된, 도덕적·정치적으로 타락한 현재의 삶을 넘어서는 미래 생명에 대한 책임 윤리가 되기도 한다. 동시에 이것은 4·3 항쟁 및 학살을 비롯한 이행기 문제의 해결 방안을 진실-화해 모델보다는 진실-정의 모델에서 찾아야 한다는 작가의 호소를 담은 설정으로 이해된다.

만덕의 유령이 출현하는 데에는 단지 양민 학살이라는 폭력의 비극성을 재구성하는 과정뿐만 아니라 참혹한 역사를 재구성하려는 민중 기억의 저항적 힘이 잠재되어 있다고 할 수 있다. 김석범은 다분히 의도적으로 만덕을 죽어서도 저승에 가지 못하고 떠도는 망자의 원혼임과 동시에 집단 학살의 현장에서 기적적으로 생환한 살과 피가 있는 인간이라는 양면적 존재로 그려 낸다.

만덕은 분명히 죽은 자들 사이에서 생환한 실체가 있는 인간이지만 아무도 살아 있음을 알지 못하는 투명인간처럼, 혹은 조르조 아감벤(Giorgio Agamben)의 용어를 빌려 호모 사케르, 즉 벌거벗은 생명으로 전락한 존재로 그려진다. 아감벤은 생명 정치적 포함과 배제라는 근대 정치의 핵심 범주에 대한 재해석을 통해 유령과도 같은 타자성의 존재를 소환하는데, 그는 호모 사케르의 명백한 사례로 마치 "머릿니처럼" 집단 학살당한 나치 치하의 유대인들을 언급하면서, 이들이 종교도 법도 아닌 생명 정치의 차원에서, 즉 벌거벗은 생명으로 말살되었다는 점을 강조한 바 있다. 공양주 만덕은 밥을 지으면서 자신의 몸에 달라붙어 있던 머릿니를 불 속에 던지려다 자신이 머릿니로 환생하거나 머릿니가 자신으로 환생할지도 모른다고 생각하여 그 머릿니를 자신의 목 뒷덜미에 다시 올려 놓곤 했다. 나중에 만덕이 법당의 제단 밑에 숨어 지내다 토벌대가 마을을 불태우는 것을 보고 "경찰이 인간을 마치 머릿니처럼 죽이는 것 같다"고 분노하며, "내가 지금껏 구더기처럼 살아왔는데 그렇다면 나는 머릿니나 다를 바 없지 않은가" 하고 깨닫는 것도 벌거벗은 생명으로서의 자기 인식을 보여 준다.

그러나 『만덕유령기담』에서 유령은 단순히 역사의 무고한 희생자가 아니다. 그는 죽었지만 살아 있고, 존재하지 않으면서 동시에 분명한 목소리와 흔적으로 존재를 드러내는 역사의 행위자로 그려진다. 김석범은 공양주 만덕이 반역의 혐의로 총살당했지만 죽지 않고 살아나는 장면을 "만덕의 빡빡 깎은 머리와 기묘하다 할 만큼 길게 늘어진 코를 총알이 혼동하여 빗나갔거나, 아니면 만덕이 살려 준 머릿니가 동무들을 규합하여 동시에 만덕을 물자 견딜 수 없는 가려움으로 만덕이 몸을 비트는 바람에 총알이 빗나간 게 틀림

없다"고 해학적으로 묘사함으로써 경계 위의 존재로서 만덕의 생명에 새로운 의미를 부여한다. 만덕은 이제 살아 있는 인간처럼 배회하는 것이 용납되지 않고 침묵을 강요당하지만 사회의 가장자리에서 제 목소리를 찾아간다. 살아남은 만덕은 기거하던 절로 돌아와 법당 제단 밑에 은신처를 마련하고 낮에는 살아 있는 시체처럼, 밤에는 유령처럼 살아간다. 그러다 예전에 관음사가 토벌대에 의해 소실되기 전에 무장대 소년들이 찾아와 외세를 몰아내고 통일 국가를 건설해야 한다고 말했던 일과, 만덕의 몸에 퍼진 백선 발진을 보고 무장대의 지휘관이 하얀 연고를 가져와 온 몸에 문질러 발라 주던 일을 기억하면서, 산에 오른 이들 빨치산이야말로 자신과 똑같이 "유령의 세계에 속하는 사람들"이라는 일체감을 자각한다. 마침내 만덕은 절에 주둔한 토벌대야말로 "인민의 피를 빨아먹는 걸 좋아하는 머릿니"라는 결론을 내리고 절을 불태운 다음 산 속으로 사라지는데, 여기서 만덕의 방화는 "징벌적인 신적 폭력의 수단"으로 이해할 수 있다.

산으로 간 만덕은 어떻게 되었을까? 제주4·3 항쟁과 관련된 불교계의 사회 참여에 관한 연구를 참조하자면, 아마도 1948년에 입산하여 관음사에 기거하며 무장대로 활동하다 제주읍 산지 바다에 수장된 이세진 스님의 행적이 산으로 간 만덕의 이후 행적과 유사할 것이다. 하지만 소설 속에서 만덕, 혹은 만덕의 유령은 천리를 달리는 소문을 타고 사람들 곁을 떠도는 것으로, 혹은 이음매가 어긋난 시간의 빈틈을 통해 끊임없이 우리 곁으로 되돌아오는 것으로 묘사

된다.

"어느 마을에서는 만덕의 유령이 순찰하는 경관을 불의에 습격하여 경찰모를 벗기고 총을 빼앗고는 사라져 버렸다는 말이 있다. 그가 S-오름에 있는 절의 새까맣게 타버린 잔해 속에 나타났다는 말도 있고, 오 영감네 젊은 며느리의 유령과 함께 새까맣게 타버린 알동네의 잔해 속을 거닐었다는 말도 있다. 이야기는 마침내 한라산 전역의 마을로 퍼졌다. 깊은 계곡 한가운데에 있는 관음사의 새까만 잔해 속에서 밤이면 밤마다 만덕의 유령이 울부짖는 소리와 만덕의 독경 소리가 메아리치는 걸 들을 수 있었다. 하지만 만덕의 유령이 해질 무렵에 어깨에 총을 맨 모습으로 산마루에 나타났다는 소문이 제주도의 무장대를 소탕하기 위한 3월 작전 동안에 그것을 목격한 경관들의 입을 통해 퍼졌다. 총을 맨 유령의 출현은 정부 당국이나 인민들 모두에게 충격을 주었지만 이유는 서로 달랐다."

그리고 무엇보다 만덕의 유령 이야기는 사람들의 이야기 주머니라는 민중 기억의 형태로 보존되고 계승된다. 이렇게 우리에게 끊임없이 돌아오고 우리와 함께 살고자 하는 유령의 요구가 단지 위로나 애도에 대한 요구라고 말할 수는 없다. 그렇다면 왜 영계울림의 의식을 치른 후에도 죽은 영혼들이 끊임없이 이승으로 돌아와 자신들의 사연을 하소연하겠는가? 몰시간적 타자성의 존재인 공양주 만덕의 유령은 단지 죽어서 저승에 가지 못하고 떠도는 망자의 원혼으로 과거에서 온 것이 아니라 아직 오지 않은 시간 속에서 우리를 기억하고 상속할 또 다른 타자들에 대한 은유가 아닐까? 살아서도 이미 '귓것'이었던 만덕의 유령은, 혹은 아버지가 보았던 양선이 고모의 유령은, 일찍이 발터 벤야민이 "예전 사람들을 맴돌던 바람 한 줄기가 우리 자신을 스치고 있지 않은가? 우리가 귀기울여 듣는 목소리들 속에는 이제는 침묵해 버린 목소리들의 메아리가 울리고 있지 않은가?" 하고 호소했던 것처럼, 우리로 하여금 이음매가 어긋난 낯선 유령의 시간 속으로 들어가 면갑 너머의 낯선 존재를 마주 대하고, 그 목소리에 귀를 기울이며, 그들이 언제나 이미 우리 자신 속에 들어와 있는 미래에서 온 타자임을 깨닫게 한다.

독서 토론

정지아, 『아버지의 해방일지』

시바 료타로, 『탐라기행』

정지아, 『아버지의 해방일지』(창비, 2022)

일시: 2023년 1월 28일
장소: SK 트윈타워 A동 1107호
참가자: 김정주, 김권혜, 김선아, 김현희, 변경혜, 양영심, 양경인, 임삼숙, 정원기, 한경희,
현민종

[김정주] 저는 한동안 우리나라 역사소설을 안 읽었어요. 제가 영문학을 전공해서이기도 그랬겠지만 우리나라 역사를 다룬 소설들이 길든 짧든 하나같이 지루한 편이었어요. 그 이유는 실제 역사의 흐름이 역사책으로 읽으나 소설로 읽으나 별 차이가 없더라는 것이죠. 한마디로 스토리가 너무 뻔했어요. 이순신 이야기든 안중근 이야기든 이렇게 쓰나 저렇게 쓰나 사실은 별 차이가 없다는 느낌이 커서 안 읽었어요.

그런데 이 책은 개인적으로는 간만에 재미있게 읽었어요. 작가가 의식적으로 최대한 역사를 가볍게 써서 교과서에 나오는 역사의 부담을 제거하려고 노력한 것 때문이 아닌가 싶어요. 심지어는 부모를 욕되게 하는

거 아닌가 할 만큼 부모가 희화화되었고, 실제 그 당시 1940년대에 활동했던 사람들이 보면 '그건 아닌데' 하고 배신감이 들 수도 있겠다는 생각도 들었는데, 오히려 독자의 입장에서는 가볍게 읽을 수 있었어요. 그래서인지 많이 팔리고 도서관마다 대출이 불가능해서 할 수 없이 저도 샀어요. 우리가 이런 소설에 목말라하고 있었다는 방증이 아닌가 싶어요.

[변경혜] 말씀하신 내용을 이어보면 작가는 빨치산 출신 어르신으로부터 불편한 얘기를 들으셨답니다. 나의 사회주의, 빨치산 생활을 이렇게 희화화해도 되느냐고요. 작가가 전략적으로 접근했다는 생각이 들었어요. 그럼에도 불구하고 무시할 수 없는 것은 이 작가가 가지고 있는 깊이입니다. 쉽게 읽히지만 깊이가 있어서 울컥한 부분들이 아주 많았어요.

[김현희] 역사를 전면에 내세워 쓰는 글은 재미가 없었어요. 문학과 비문학과 르포의 경계선에서 쓰는 책이 많았는데 이 책은 전형적인 문학 작품이죠. 작가만의 문학 기법이 탁월했어요. 이 작가의 작품집인 『자본주의의 적』에 실린 단편들을 보면서 '이 사람은 누구지?' 하고 처음으로 친구하고 싶다는 강한 욕망이 일었어요. 이 작품도 가벼우면서도 깊이 있는 글이었어요.

[현민종] 저는 전자책으로 읽었어요. 장례식 사흘 동안의 이야기인

데, 맨 처음에 유물론 얘기가 나와서, 찾아보니 유물론이라는 말이 열다섯 번 나오더라고요. "어머니는 여전히 눈물을 뚝뚝 흘리며, '죽으면 썩어 문드러질 몸뗑이, 비싼 꽃으로 처바르면 뭐 할 것이냐', 사회주의자답게 유물론적인 결론을 내린 뒤 나를 향해 눈을 흘기고는 기어이 제일 싼 장식을 골랐다"는 대목과, "아버지는 유물론자답게 죽음 뒤를 믿지 않았다"는 대목이 있어요. 아버지가 죽었을 때 매장하느냐 화장하느냐 하는 문제를 이렇게 연관 지으니까 철학의 깊이가 느껴졌어요. 유물론과 유심론이 있잖아요. 제사 문화도 유심론이고 관념론이라고 볼 수 있는 거고. 이분은 아버지를 매장하지 않고 자연에 뿌렸죠. 그게 유물론과 관계가 있다는 거예요. 아버지와 어머니가 무거운 사상의 의미를 평생 안고 가는 것을 드러내면서도, 아버지는 합리주의자라는 말을 많이 쓰는데, 이 작가는 합리적 사회주의자가 아닌가 그런 느낌을 받았습니다.

[변경혜] 중간에 보니까 여순 얘기가 나오는데 제주4·3과 깊숙한 관련이 있어 더 의미심장하게 다가왔어요. 1948년 10월 이후, 그 추운 겨울을 산에 간 사람들은 어떻게 견뎠을까 하는 생각도 들었고요. 산에서 내려온 분들과 남은 사람들은 또 어떻게 견뎠을지. 아버지는 혁명은 대중에 있다고 생각하고 싸움이 대중을 향해 나아가야 한다는 생각을 하고 민가로 내려오셨는데, 산에 남아 있던 사람들은 어떤 생각을 했을까? 비전향 장기수와 전향 장기수의 생각, 그런 차이에 대해 우리는 어떻게 평가해야 하는가 등 고민을 했던 부분

이 많았어요.

[양영심] 아버지가 꿈꾸고 추구했던 세상은 사회주의 세상인데, 134쪽에 "죽음 앞에서도 용서되지 않는 죄란 무엇인가"라는 말이 있어요. 사람이란 실수도 하고 살인도 할 수 있는 건데, 그 사람이 어떤 생각에서 그런 선택 또는 행위를 했을까를 생각하면 용서로 나갈 수 있는 여지가 생기죠. 가정이란 굴레 안에서 지금 남편에게 전남편을 '우리 윤재'라고 표현하는 것을 보고 참 기상천외한 재미가 있다고 생각하면서, 가부장제는 물론 어떤 관습에도 구애받지 않는, 그야말로 '무애'죠. 사실이지만 지나간 것에 대해 발목 잡지 않고 그런 말을 당당히 하는 것을 보면서, 어머니도 역시 트인 사회주의자라고 이해하게 되는 거예요. 물론 어떻게 보면 약간 무식하면서도, 깊은 철학을 가진 사회주의자는 아닐지라도 생활과 대화속에서 사회주의를 충분히 설명하고 있는 거예요. 이 작가의 해학도 탁월했지만 그런 에피소드를 통해 사상이나 역사 또는 이 사회가 지향해야 하는 것들을 톡톡 제시해 주는 것이 너무 좋았어요. 내가 이 책을 모임 두 군데에 가서 자신 있게 알렸고, 우리 식구들도다 읽었어요. 새로운 것들과 만나려면 책을 읽어야 하는데 요즘 사람들이 책을 안 읽어요.

[양경인] 제가 집 근처 작은 옷가게를 갔는데 주인이 스토브 옆에서 이 책을 읽고 있더라고요. 그 순간 아, 이 책은 대중화에 성공했

구나 싶었죠. 어쩌면 그동안 우리 소설이 너무 생활 위에 떠 있었던 것은 아닌가 하는 생각도 했고요.

[김권혜] 저의 느낌도 비슷해요. 여자의 심리, 남자의 심리까지 건드리면서 아무런 거리낌 없이 써 내려가 읽기가 좋았어요. 사회주의라는 말을 직접 드러내지 않으면서도 사회주의에 대해 다 말하고 있어서 요즘 젊은이들이 이 책 한 권을 읽으면 부담감 없이 이데올로기에 대해 잘 이해할 수 있겠다고 생각했어요.

[김정주] 여기 오면서 지하철에서 유시민의 알릴레오 유튜브에서 작가 인터뷰하는 것을 조금 들었는데, "아버지가 죽었다. 전봇대에 머리를 박고"라는 소설 첫 문장에서 아버지가 사는 내내 죽어서까지도 사람들과 소통하려고 노력했던 사람이라는 걸 말하려 했다는 작가의 설명을 듣고 공을 많이 들였구나, 하는 생각이 들었어요. 그리고 여기서 사회주의를 상당히 희화화했는데 그것은 아버지의 생각이라기보다 작가가 살아오면서 느낀 생각이 훨씬 더 많이 반영되었겠죠. 유물론이다 사회주의다 하는 말들이 부모 세대에서는 생명처럼 소중한 것이었지만 여기서는 상당히 희화화되었잖아요. 먼지 터는 얘기를 하면서도 유물론을 끄집어내는데, 그게 유물론 맞아 하는 생각도 들지만 유물론이라는 것에 대해 다시 생각하게 만드는 지점이 있죠.
　아버지는 사회주의 지향과는 다르게 실상은 농사도 지을 줄 모르

는 사람이고, 작가가 이런 일화를 통해 말하고 싶은 단어가 '사정'이죠. 이념이나 이론이나 철학이라는 것보다 각자의 '사정'이 더 우선시된다는 거예요. 어머니와 아버지가 이론이나 이념으로 평생을 살아오긴 했지만 실상은 사정 때문에 그랬던 것이고, 다른 이들 또한 이념의 신봉자로 제도에서 낙인찍히고 화자 자신도 그들이 그렇게들 산 것으로 생각했지만 돌이켜보니 그분들도 이념에 대한 헌신이 아니라 '사정'에 의해 살아온 것이 아닌가 생각하는 것 같았어요.

[임삼숙] 저는 정지아에 대해 잘 몰랐어요. 평도 읽지 않았고요. "개인의 신념에 대해 사회가 그렇게 가혹하게 해도 되는가" 하는 문장이 와 닿더라고요. 저는 이 책이 개인이 어떻게 살아가느냐 하는 것에서 어떤 신념과 가치를 가지고 살다가 어떻게 죽어가는가를 보여주는 듯했어요. 여기에 사회주의를 싹 빼고 종교나 다른 가치관을 대입시켜도 똑같은 상황이 벌어졌을 거라는 생각이 들어요. 종교 탄압도 그렇고, 지금 같은 상황에서도 그렇고, 개인이 선택한 신념에 대해서 어떻게 실천하며 살아가고 어떻게 관계를 맺어 가는가에 관한 얘기 같아요. 재미있던 부분은 마지막에 남편 영정 앞에서 어머니가 "한 번 대줄 걸 그랬다"는 얘기였어요. 사실은 사람이 살아가는 게 필요한 게 본능이고 본성이잖아요.
　이 소설은 많은 부분이 이미지화돼요. 만일 영화로 만든다면 어디가 클라이맥스일까, 강에서 지역 청년들과 환하게 웃으며 목욕

하는 장면, 자기 세대와 다음 세대가 어우러져 노는 장면이 그 지점 같아요.

[김권혜] 제가 살았던 곳에선 노인들이 남편 영정 앞에서 할머니가 울면서 그런 말 한다는 만담을 하곤 했어요.

[한경희] 작가가 보기에 아버지가 당시에 사회를 한 단계 높게 변화시키려 했던 마음이 사회주의를 택한 거라는 생각이 들었고요, 읽는 내내 사회주의도 좋고 유물론도 좋은데 저의 아버지 생각이 많이 나더라고요. 내내 아버지 생각이 나서 나도 아버지에 관한 기억을 짧게라도 기록하고 싶다는 생각을 했어요.

[김현희] "노동은 힘들어" 이 말은 현실과 머리로만 아는 이론이나 지식과의 간극인 거예요. 정지아는 아버지 시대의 이즘에서 벗어나고 해방되었어요. 요즘 시대의 이즘은 무엇일까요? 미술하는 사람은 포스트모더니즘 시대 아닌가요, 하던데 알 수 없는 시대잖아요. 이 책에서 머리로만 아는 것과 현실의 간극을 봤어요. 실제 나부터도 밍크 코트를 입고 있어요. 오래된 건데 버리기는 아까워서 20만 원 주고 고쳐서 입는데 아이들을 가르칠 때는 입지 못했어요. 동물학대라고 할까 봐. 이게 바로 딜레마인 거죠.
　정지아 소설은 역사소설이라 할 수 없어요. 요즘 시대는 어떤 이슈나 이즘으로 살아갈까? 이즘 시대는 지나고 지금 시대는, 앞으로

의 시대는? 아들이 영상 디자인을 하는데, 『아바타2』를 포디(4D)로 보니 기막히더라고 해요. 영상 미디어도 무궁무진 발전해 따라잡을 수가 없대요. 그 분야는 우리나라가 선진국이 됐다는 거예요. 예술적으로도 그렇고 문학에서도 이즘 시대는 가고 우리 시대는 어떤 이슈, 어떤 이즘으로 대치될까요? 지금 현실이 정치도 뒤로 가고 우리 생각은 저만치 앞으로 가고 있는데.

[임삼숙] 사회에서 그 시스템에 필요한 다른 이즘이 나오겠죠. 그건 폭력이 될 수도 있고. 이 책에서 해방이라는 말이 한 번 나오는 것 같더라고요. "사람들은 긴장하면 근육이 뭉치는데 근육이 이완되고 아버지는 해방되었다"고. 해방이라는 단어를 처음 인식했어요.

[김현희] 저도 94세 넘어 돌아가신 친구 아버지 입관을 보는데 얼굴이 너무 편안하더라고요. 아 이런 게 삶에서 해방되는 것이구나 생각했어요.

[양영심] 아까 김현희 선생이 말과 생각이 일치가 안 된다고 했는데 동감해요. 월북한 인텔리 비전향 장기수가 노동이 무서워 월북한다는 말이 잘 이해가 되는 거예요. 그런 분들에 대한 기대감이 있잖아요. 나도 어떤 부분에서 소심하기 때문에 어디 가서 기후 위기를 느끼고 환경 운동을 하자 그러면 난 고지식하게 지키는 편이에요. 주위 선생님이 "아니 선생님은 지금까지 어떻게 살았길래 무스탕 하

나 못 마련했어요?" 이런 말까지 들었는데 그런 부분에서는 좀 일찍 깨었고 실천해 왔어요. 하지만 일상을 살면서 어떨 때는 자책과 부끄러움이 있죠. 의식을 못 하고 어길 수도 있고. 여기서 곳곳에 그런 말이 나와요. "사회주의자라면" 하며 너무 양심의 족쇄를 주는 기대들. 우리가 생활에서 이념을 얼마만큼 초월해서 시류에 맞추고 얼마만큼 절충하면서 바람직한 세상을 위해 원칙을 지켜야 하나 고민이 있죠. 우리집 아이들은 30대고 다 결혼했는데, 내가 이런 책 읽으라고 하면, "엄마는 너무 4·3에 치우쳐 있어. 4·3 말고도 책 많아" 해요. 우리 가족은 이념 얘기만 나오면 "우린 공산주의도 자본주의도 아니고 '낙석 주의'야" 하죠.

[임삼숙] 이즘이라는 게, 모피에 대한 생각에서도 그럴 수도 있다고 생각해요. 모피라는 게 원시시대부터 입었던 거 아닌가요? 우리가 말하는 이즘이라는 것은 개인의 가치가 어떤, 예를 들어 모피를 입지 말라는 '무슨무슨 주의' 이런 식으로 획일화되고 주입되었을 때는? 모피를 입지 말라는 것도 강박이 아닌가 생각해요. 죽은 모피를 이용하는 것 정도는 입어도 되는 것 아닌가요?

[김현희] 죽은 모피라면 괜찮죠. 윤기가 자르르하다는 명목으로 동물을 무자비하게 사육하고 죽이고 학대하며 얻은 결과물이 모피라는 게 문제인 거죠. 몽골 갔을 때 양을 잡는데 그 양하고 내 눈이 딱 마주친 거예요. 그 양은 이미 자기가 죽을 걸 알고 있는지 겁에 질

린 모습으로 오줌을 줄줄 싸버렸어요. 네 시간 후에 식탁에 올라온 걸 모든 사람이 너무 맛있게 먹는데 난 진토닉만 여덟 잔 마셨어요. 술도 못 마시는 내가. 너무 괴롭고 눈물이 줄줄 나오는 거예요. 신화 책에서 보았듯이, 우리가 무엇을 취할 때는 하나를 버릴 생각을 하는 대칭적 사고를 갖고 있었는데, 지금 우리는 꼭 필요한 것 이상을 취하는 상태가 되어 죄를 짓는다는 거죠. 죄는 죄인 거예요. 이 모피도 그런 차원이에요. 선물 받아서 안 입으면 사장되는 거잖아요. 무엇보다 가볍고 따뜻해요. 사는 데는 그런 딜레마가 늘 있는 거 같아요.

[정원기] 지금까지 제가 관심 갖고 있는 부분을 논의하고 계셔서 귀담아 들었어요. 여기서 얘기하는 아버지의 사회주의는 아버지가 살았던 시기로 돌아가 생각해 봐야 한다고 생각해요. 그런 이념이 삶의 방식으로 적용되는 과정에서 그 상황이 영원하지 않다는 것에는 동의하셨잖아요. 작가가 소설로 다룬 삶의 방식에 대해서 제목은 큰 의미를 둘 필요는 없을 거예요. 해방은 마케팅적 요소라고 보면 될 것 같고요. 아버지와 가족 관계 속에서 저는 이전 세대가 가지고 있는 삶의 기준을 이념이라 말하고 싶지는 않아요. 그건 우리가 반공 이데올로기에 오래 익숙해져 그렇게 과도하게 표현된 것이라고 보고요. 그런 삶의 기준이 다음 세대에 대해서 "나는 그렇게 안 살 거야" 하면서 닮는 부분이 있잖아요. 지식인들이 만들어 내는 사회주의, 무슨 주의 같은 것이나 사람의 정치가 속도가 다른 것처럼 그

시대를 사는 사람들도 다 속도가 다른데 너무 획일화시켜서 얘기하는 것은 아닌가 하는 생각이 들어요.

저는 포스트메모리에 관심이 많아요. 그런 면에서 4·3 공부를 하고 『4·3과 여성』이라는 구술 증언 책을 세 권째 꼼꼼히 보고 있는데 그런 측면에서 보게 되더라고요. 이념적인 잣대로 '사회주의자다' 하는 것은 그동안 반공 이데올로기 때문에 정치적 균형이 무너진 현실 때문이라고 한다면, 살면서 내가 하나 덜 쓰고 내가 하나 양보하고 그 사람을 이해하고 하는 방식에서 무슨 주의가 필요한 것은 아니고 그 이전부터 있었던 삶의 가치잖아요. 그런 가치에 대해서 생각하고 논의하고 싶다는 생각이 있어서 이 책이 좋았고, 4·3도 그렇게 보고는 있어요. 정치적인 쟁점에서 현재 4·3을 어떻게 할 것인가는 내 영역이 아니죠. 전 작곡가이기도 하고 감성적인 삶을 살아가는 사람이니 내가 가진 사랑들을 어떻게 음악 속에서 표현하고 그 이야기를 많은 이들과 공유할까, 이런 정도의 수준에서 생각을 하고 있어요.

그리고 어른들이 가지고 계신 이념에 대한 개념들조차도 제가 가지고 있는 것들과는 차이가 있죠. 우리 세대는 MZ세대이고 저는 86년생이니까 나이가 좀 있는 편인데 우리는 모이면 그런 말들을 하지 않아요. 이념적인 얘기에는 재미가 없고 현실적인 정치, 내 이익에 대해서만 관심이 있어요. 그래서 이런 책이 더 필요한 것 같아요. 아버지의 삶의 흔적들을 통해 하나씩 하나씩 파 보는 이야기, 그런 걸 이해하지 못하는 습관이 우리 세대에 있지만 사람들이 속으로는 그런 걸 원해서 이 책을 좋아하는 것 같아요. 그 사람들이 살았던 모습이 훈훈한 휴머니티 가족 드라마라고 생각하게 되더라고요.

[김선아] 사회주의, 자본주의는커녕 통일이라는 말도 안 쓰는 게 젊은 세대예요. 고향이 어디냐는 말은 더욱 하면 안 돼요.

[김권혜] 여기서 나오는 연좌제 문제를 생각하지 않을 수 없는데, 여기서 굳이 연좌제라는 말을 안 써도 상황으로 충분히 이해할 수 있었어요. 요즘 옛날처럼 사촌들끼리 그렇게 친하게 지내나요? 옛날에는 그렇게 긴밀한 관계였으니까 친척 간의 피해도 더 컸구나 싶어요.

[김정주] 젊은이들은 같은 얘기도 우리와는 다른 방식으로 생각하는 것 같아요. 『종이의 집』이라는 넷플릭스 드라마를 보면 이탈리아 빨치산 노래가 나오는데, 그 드라마에서는 배경으로만 존재하고 사실 영화의 내용과는 별 관계가 없어요. 큰 스토리는 갱단을 만들어 은행을 터는 건데 옛 빨치산 노래가 재미로 거기에 섞여 소비되는 거예요.

[임삼숙] 어이없는 게 다른 나라의 빨치산들은 다 좋아해요. 우리나라 빨치산은 싫어하면서.

[김선아] 이 소설의 플롯이 솔제니친의 중편소설「이반 데니소비치의 하루」와 비슷하더라고요. 또 하나는 영화『국제시장』이 떠올랐어요. 국제시장 반응과 대척점에서 비슷하지 않을까 생각해요. 저는 이 책이 이념을 빼고 본다면 그 시대를 살았던 사람들의 생존 이야기라고 봅니다. 이 책은 정지아의 부모가 빨치산이 아니었다면 절대 못 쓸 책이죠. 여기 아버지는 감옥에 갔지만 가족들은 밥 먹고 잘 살았어요. 감옥에 있어도 교도소장 앞에서 면회를 했던 사람이었어요. 이 책은 저의 집안 얘기기도 해요. 저의 집안에 공부시켜 준다니까 자진 월북한 친척이 있는데, 친척들은 죽었다고 생각하고 묘까지 했어요. 그런데 그 친척이 이산가족 상봉 때 나타났어요. 친척들은 선산 땅을 나눠 가졌는데 그분이 상속자인데 살아 있다니 큰일 났다 했어요. 친척이 무슨 사상으로 갔든지 그런 건 관심 없고 재산 분할에만 관심 있었죠. 그때 사람들도 살아남으려고 쌀도 주고 피난도 간 거예요. 이데올로기 다 빼고 얘기하면 다른 시대와 다를 바 없는 삶의 기록이라고 생각해요. 특별한 생각이 있어서 빨치산이 된 게 아니라고.

[양경인] 전 좀 생각이 다른데 그 시대 좌충우돌했던 사람도 있겠지만 선택으로 갔던 사람도 많았을 거라 생각해요. 우리는 살아남은 사람들의 얘기를 듣고 짐작하고 판단하는 거죠. 그 시대보다 나은 세상에 대한 지향으로 그들은 사회주의를 선택했다고 봐요. 작가는 베를린 장벽이 무너질 때 어머니는 종일 울었지만 아버지는 종일

뉴스만 봤다고 했어요. 딸이 "아버지 지금 심정이 어떠냐"고 물었을 때 아버지는 "나는 어떤 상황이든 사람은 더 나은 사회를 위한 지향을 멈추지 말아야 된다고 생각한다"고 했어요. 자식은 그렇게 잔인하게 물어야 하는 거죠, 자기 삶을 살리면. 그 시대 사회주의자들의 생각을 현실로 연결시키는 과정이 궁금했는데, 아버지는 나름대로 실현하며 사셨던 것 같아요. 그게 유용했는가, 이건 또 다른 얘기가 되겠죠.

[임삼숙] 그게 꼭 사회주의일 필요는 없잖아요. 사회주의는 성경에도 나와요. 나는 어떤 주의든 그게 고정화됐을 때 폭력이 된다고 봐요.

[김정주] 이 소설은 아버지가 해방된 이야기이면서 동시에 화자가 아버지로부터 해방된 이야기이기도 하죠. 어떻게 아버지를 해방시키는 게 바람직한 방법인가 고민하는데, 이 책의 마지막 장례식을 보면 딸은 아버지 방식으로 해방시켰어요. 가톨릭 주보에서 보니 천주교에서는 산골을 금지하고 있더라고요. 그 이유는 첫째 부활을 막기 때문이고, 이건 종교적 이유죠. 둘째는 묘지에 시체를 모시는 것은 죽어서도 공동체의 일원이 된다는 것인데 산골을 하면 죽은 이가 공동체로 돌아오지 못한다는 거예요. 여기서는 작은아버지가 묘지를 마련해도 아버지의 방식으로 아버지 시대를 해방시켜 주는 방식을 택했죠.

연장하여 이념과 관련하여 말하면, 아버지가 사회주의를 지향했지만 소설에서 아버지는 공산당 선언 정도 읽고 문자에 감동한 사람으로 그려져 있죠. 뼛속 깊이 각인된 사회주의자라고 볼 수 없죠. 아까 모피 얘기에서도 나왔지만 화자가 말하고자 하는 것은 살면서 우리가 맞닥뜨리는 근본주의, 생태적 근본주의, 종교적 근본주의, 사상적 근본주의 등 이런 형태에 반대하는 삶을 우리 부모는 실제로는 살아왔다. 본인들이 표방하는 사회주의와는 관계없이 말이죠. 그것을 자기가 드디어 이해하게 됐다는 것이 아닌가 하고 받아들였어요. 아버지 세대가 단순히 시류에 묻혀 그렇게 살 수밖에 없다는 식으로 말할 수는 없다고 봅니다. 주변 사람들과의 인간관계, 그들을 이해하는 방식 등 사상적으로 안 맞는 사람들까지도 친한 아버지의 폭넓은 인간관계가 말해 주죠. 이 소설은 우리가 역사에서 이데올로기로 갈라진 것들을 해방시키는 게 아닌가 그런 생각도 했어요.

[양경인] 아버지의 사회주의는 단순한 이념이 아니라고 생각해요. 우리가 관념적인 말로 표현했을 때 말하기 좋은 사회주의지 그 사람은 인간다움, 인간의 본질 그러한 것들을 실현하기 위해서 그 사회가 어떻게 가야 하는가에 대한 방편으로 사회주의를 택한 것뿐이라고 봐요. 그 사람을 볼 때 머리를 보지 말고 발을 보라는 말이 있어요. 현실의 아버지 또한 우리 모두 그렇듯이 모순 많은 사람이지만 자신의 생각을 일관되게 실천하려 노력한 사람이었다는 거죠.

아버지의 폭넓은 인간관계도 그 증거이고요.

[임삼숙] 저는 여기서 '해방'이라는 말을 사람을 긴장시키는 근육이 풀리는 상태라고 봤어요. 사람이 원래 가지고 있는 것들이나 가치 그것이 말랑말랑한 것이라면 딱딱하고 고정화되고 근육이 경직되어가는 것이 사람들은 하나의 이즘이라고 표현하지 않았나 저는 그렇게 생각했어요.

[정원기] 말씀하신 것들 중에 아이러니를 느꼈던 것이 해방하기 위해서 이 글을 썼지만 해방이라는 말이 들어가지 않는 것이 재미있었어요.

[양경인] 그러면서 아버지를 해방시켰죠. 딸은 아직 해방이 안 되었지만.

[정원기] 저는 딸도 해방이 되었다고 느꼈거든요.

[양경인] 딸은 아직 진행 중이겠죠. 해방이 어디 그렇게 쉬운가요? 전에 이민진 작가가 세종대에서 학생 질문에 "평등을 진정으로 믿는 사람들은 누구나 급진주의자가 될 수밖에 없다"고 하던데 이 책을 읽으며 그 말이 생각났어요. 사회주의는 평등을 우선 가치로 두는 이즘이니까.

[현민종] 저는 이 책을 관통하는 해방의 의미가, 198쪽에 나오는 "죽음이란 고통으로부터 해방되는 것, 아버지는 보통 사람보다 더 고통스러운 삶을 살았으니 해방의 기쁨 또한 그만큼 크지 않을까 다시는 눈 뜰 수 없는 아버지의 얼굴을 보면서 나는 그런 생각을 했다"는 문장에 들어 있는 것 같아요. 이 책의 제목과 같은 의미의 해방이라는 단어가 유일하게 아버지의 죽음에 대한 느낌에서만 나와요. 물론 역사적 해방에 대한 단어는 여덟 번 나오지만. 아버지가 죽음으로 육신이 끝나는 것이 고통의 삶에서 해방되는 유일한 해방인 것 같아요. 죽음이란 누구나 맞이해야 하는 거고 삶의 과정을 고통스럽다고 할 수도 있는 거잖아요, 아닐 수도 있지만. 그래서 덜 고통스러워지려고 미래를 생각하며 더 좋은 쪽으로 가기 위한 것일 수도 있고요.

[김정주] 해방이라는 단어 속에는 두 가지 뜻이 들어 있는데, 첫째, 고통으로부터의 해방, 나를 구속하는 것으로부터 벗어나야 한다는 의미의 해방이 있고, 또 하나는 우리를 해방시켜 좀 더 나은 상태로 가야 한다는 의미의 해방이 있습니다. 앞은 정치적으로 압제로부터, 누구든지 나를 압박하는 모든 것들을 없애고 본질적인 순수한 나로 돌아가야겠다는 소극적 자유주의의 해방이겠고, 반면에 좀 더 적극적 자유주의의 해방이 있겠죠. 압제로부터 벗어날 뿐만 아니라 새로운 무엇인가를 건설해야 한다, 이것이 사회주의에 가까운 해방이겠죠. 아버지 삶이 그 두 가지를 다 포괄하고 있는데 제가 보기에

작가는 아버지의 삶을 더 적극적인 의미의 해방으로 설명하고 싶어 하는데, 정작 본인은 소극적 의미의 자유주의자인 것 같아요. 이게 좀, 제가 책을 읽으며 단점이라고 생각한 부분이기도 했죠. 그러다 보니 아버지가 생각한 삶의 의미와 화자가 생각한 삶의 의미가 약간 부자연스럽게 얽히는 것이 나타나는데 그 예가 어머니가 베트남인인 가출 청소년의 이야기죠. 이 친구가 화자의 아버지를 묘사할수록 점점 더 아버지가 훌륭한 사람이 되어 가잖아요. 아버지가 살아 있을 때를 얘기할 때는 작가가 객관적으로 희화화하며 거리를 두고 살펴봤는데 아버지 장례식 이후에는 점점 아버지가 훌륭해져요. 심지어 아버지가 이런 분이었구나 하고 점차 깨닫는 와중에 이 소녀의 이야기가 나오는 거죠. 이건 좀 과도하지 않은가. 아버지가 그런 사람이었구나 내지는 그런 사람이면 좋겠다고 해석하고 싶은 욕망은 알겠는데, 과연 그런 식으로 모든 갈등이, 아버지가 생각한 꿈이 그런 식으로 해소될 수 있다고 생각하는 것이 작가로서 너무 순진한 것이 아닌가 싶은 거죠. 그리고 그 소녀가 아버지의 유해를 뿌리는 데 동행까지 하잖아요? 갑자기 의미가 커져 버렸죠. 제일 중요한 그 대목에.

[변경혜] 전 그럴 수밖에 없다고 생각하는 게, 이 구례라는 동네에서 농촌 소멸 시대에 이 메시지가 다른 세대에 전달돼야 하는데 요즘 한국 사회에는 전달할 젊은이가 없어요, 외국인 이주 가정을 통해서밖에는요. 이미 21세기는 같은 민족 이런 개념으로 해석할 시

대가 아니다, 국제주의 그런 얘기지만 그럴 수밖에 없지 않은가, 그럴 수밖에 없는 세대가 아닌가, 그래서 그런 설정이 필요했다고 생각했어요.

[임삼숙] 시골에서 구례라는 곳, 노랑머리 소녀 집안은 가장 멸시받고 학교도 제대로 못 다니고 낮은 계급이잖아요.

[김정주] 현실적으로 있을 수 있는 상정인데 아버지와 그 노랑머리 소녀의 관계가 너무 낭만적이라는 거죠.

[변경혜] 전 그렇게 생각하지 않았어요. 왜냐하면 아버지의 여러 모습 중의 하나잖아요. 이 아버지가 갖고 있는 인간주의를 자연스럽게 표현한 것으로 봐요.

[김현희] 사흘 동안의 장례가 아버지의 모든 것을 보여 주잖아요. 저는 아버지를 통해 형성되는 공동체적 삶을 보는 듯했어요. 장례식장을 중심으로 만들어지는 공동체 분위기. 우리 삶에도 작은 소모임이 매우 중요해요. 아버지를 둘러싼 이런 공동체적 삶이 점점 아우르고 퍼지길 바라는 마음으로 쓰지 않았나 싶어요. 공동체적 삶 속 아버지에 대한 것들을 쓰고 싶지 않았을까요? 모든 것을 받아들이는 너그러움 같은 거.

[양영심] 선생님 이야기에 공감해요. 작가가 공동체의 바람직한 모습을 제시하는 것 같았어요. 일반적으로 사람은 죽으면 좋은 것만 기억하려는 심리가 있어요. 돌아가시면 단점이 안 떠올라요. 친정 아버지를 생전에 좋아하지 않았는데도 그분에 대한 단점이 하나도 안 떠오르고 장점만 떠오르는 거예요. 이 책을 읽으면서 고승욱 씨는 어쩌면 이렇게 인간관계가 완벽해, 하고 생각하면서도 배웅받는 대접으로 아버지를 전송하고픈 작가의 의도가 있지 않았나 싶었어요. 살아 있는 사람들에게 좋은 사례를 보여 주고 싶은 목적도 있지 않았을까 하는 생각이 들었어요.

[김선아] 남동생이 부모님에 대한 서운한 마음을 얘기한 적이 있는데, 나는 "그때 아버지는 지금의 너보다 어린 나이였다. 어린 남자가 잘해 보려고 한 거니 네가 이해해라" 그랬어요. 우리의 부모들은 그런 존재가 아닌가 싶어요. 결점도 많고 잘못된 판단도 하지만 그런 아버지를 이해하면서도 객관적으로 바라볼 때 나를 성장, 해방시킬 수 있는 것이라 생각해요.

[김정주] 정지아 작가는 아마도 아버지와 아버지 세대를 해방시킴으로써 자신도 역사의 질긴 족쇄로부터 해방되고 싶었는지 모르겠어요. 하지만 아시다시피 소설가의 숙명은 이야기를 후세에 전달하는 것이고, 그것을 통하여 역설적으로 자신이 해방되고 싶었던 역사의 족쇄, 혹은 공동체의 존속과 유대에 더 깊이 관여하게 되죠.

그렇다면 이 숙명을 유쾌하게 받아들이고 신명 나는 이야기를 해보자, 하고 작가가 생각한 게 아닐까 싶어요. 그 점에 무엇보다 감사드리고 싶고, 이 소설을 핑계 삼아 우리가 진지하고 소중한 이야기를 나눌 수 있도록 해 준 것에 대해서도 감사드리고 싶어요. 모두들 수고하셨습니다.

시바 료타로, 『탐라기행』 (학고재, 1998)

일시: 2023. 2. 25.
장소: SK 트윈타워 A동 1107호
참가자: 변경혜, 강법선, 양영심, 한경희, 현민종, 김정주, 양경인, 김선아, 김현희, 김권혜,
    백경진

[강법선] 저는 시바 료타로의 책을 30년 전 학고재에서 구입해 읽었었는데, 그때 '아 제주도 이야기를 이렇게 쓸 수도 있구나, 더구나 외국인이' 하고 상당히 놀랐고 고마웠어요. 근데 이번에 다시 읽으면서, 이걸 쓰기 위해 많은 고서적을 다 뒤져가며 『일본서기』에 제주도에 관한 이야기가 스물 몇 번 나온다는 것을 찾았다는 것을 보고, '아, 기행문은 이러한 자세로 써야 하는구나' 싶었죠. 나는 그렇게 생각했어요. 아, 우리 제주도를 우습게 생각하지 않고 이상향의 한 곳으로도 생각할 수 있었구나. 외국인인데도 제주 기행문을 쓰는 그 정신 자세를 높이 평가했어요. 그러면서도 기행문을 쓸 때는 자기 시야대로

끌고가려 하는 게 아니라 그 제주 사람들의 진정으로 들어가야 하는데 그 진정까지는 못 들어갔다는 아쉬움이 남아요. 그래도 책으로 냈기 때문에 이렇게 우리까지 읽는 게 아닌가. 그리고 거기에 제주 출신 강재언 선생이라든가 현문숙 씨, 그 남편분의 얘기까지 자연스럽게 엮어 낸 것을 보고 아, 이렇게 기행문을 쓰는구나 하고 느꼈어요.

[양영심] 우리나라에서 역사 전공하는 사람들은 강재언 선생이 쓴 『조선의 개화사상』이 필독서라고 해요. 나도 제주도라는 곳을 기행한 타관 사람이 보는 타자의 시선에 몹시 흥미를 갖게 되더라구요. 나는 물론 제주도 사람이기 때문에 좀 더 제주도에 대한 이야기로 채웠으면 하는 바람이 있었는데, 예를 들면 199쪽에 "고향을 생각하는 사람의 감정은 사랑의 감정이겠죠?" 하고 현문숙 씨에게 말하는 대목에서 탁 멈춰지게 되는 거예요. 고향에 대해서 나는 어떤 태도를 가지고 있을까 하고 말이에요. 현실의 고향은 다르죠. 어저께도 그런 걸 느꼈는데 어떤 데 가 보니까 초가집 그림 달력이 있었어요. 정말 아름답고 뭔가 편안하고 정겨운 느낌이었어요. 내 고향에서 아직도 저런 초가집에 살고 있다면 나는 어떤 감정을 가질까? "당신 거기 그렇게 좋으면 거기 가서 살아" 이런 말을 들으면 과연 나는 거기 가서 산다고 할까? 내가 너무 감상적이고 낭만적으로만 생각구나 하는 반성을 하게 됐어요. 변해 버린 고향을 바라보면서 아무런 감흥이 없다는 거는 그 변화에 대해서 그 뭐라 그럴까, 상실

감인가 그런 생각이 들더라구요. 이것은 시바 료타로의 생각이 아니고 거기를 고향으로 둔 나 같은 사람의 생각이지만 그래도 고향에 대해서 이렇게 말하는 것이 내게는 개인적으로 상당히 좋은 생각의 기회였다, 이런 생각이 들었어요.

[한경희] 『탐라기행』을 읽고 나서 이영권 선생님의 『새로 쓰는 제주사』와 『제주역사기행』이란 책을 연달아 읽어 봤습니다. 제가 읽은 시바 료타로의 책은 기행문들이 주로 유적지나 명승지 등을 혼자 다니면서 보고 듣고 느낀 점들을 기록하는데, 이분 같은 경우는 제주가 고향인 분들과 동행하고 또 여러 지역에서 소개받은 분들을 만나면서 인물들의 외모, 배경 등도 묘사한 점이 좀 인상적이었습니다. 제가 서귀포가 고향이라 강창학 선생님의 이야기를 다룬 부분은 반갑기까지 했습니다. 게다가 일본인이다 보니 조선하고 일본을 비교하면서 써 내려간 부분도 다른 기행문과는 좀 다르다는 느낌을 받았습니다. 제주도를 다니면서 느낀 생각에다 일본과 조선, 동아시아의 역사 부분을 다룬 점이 개인적으로는 더 좋았다고 생각합니다. 조선, 일본, 중국 세 나라가 배타적 관계를 유지할 게 아니라 상호 보완적인 관계를 유지하는 게 어떨까 하고 제안하는 점도 엿보여서 좀 호의적인 감정으로 읽었습니다. 염려했던 작가의 식민사관은 저는 잘 못 느꼈습니다.

[변경혜] 212쪽에 '호랑이 없는 굴에 너구리'라는 속담이 나오거든

요. 그걸 얘기할 때 일본 속담에 '새 없는 고을의 박쥐'라는 것이 있는데 이 유머리스트가 그 말을 흉내 낸 것이 아닌지, 즉 일본의 속담이 먼저 나왔고 그걸 따라한 거 아니냐 이런 뉘앙스였거든요. 이 부분을 읽을 때 약간 그 느낌이 왔습니다. 일본을 제외한 동아시아는 다 저급하다고 느끼고, 그래서 이 사람이 볼 때 너희들같이 하찮은 존재들, 지배 받아야 하는 존재들은 서울이나 지방이나 뭐 무슨차이가 있겠냐, 하는 생각을 하는 건 아닌가. 요 부분을 읽을 때 그느낌이 왔어요.

[현민종] 시바 료타로라는 사람이 어떤 사람인지 찾아보긴 했는데, 한국에 대한 이 사람의 인식에 대해 부정적인 평가와 긍정적인 평가가 다 있는 것 같아요. 이 책에 전반적으로 주자학이 제일 많이나와요. 주자학 때문에 조선이 망했다, 이 사람이 갖고 있는 생각은 그렇구요. 조선 500년 동안 변화가 없이 한 왕조로 이어졌고 일본은 온갖 왕조랄까 뭐 그런 과정을 통해 근대화될 수밖에 없었다는거죠.

[양경인] 여기서 잠깐만 이거 한 가지만 얘기해 보는 건 어떨까요? 이 작가는 주자학 때문에 망했다기보다는 주자학이 정신 문화를 지나치게 강조함으로써 그 이후에 실학이 있었는데도 이것을 현실화하지 못하고 학문으로 끝나 버렸다는 거예요. 그러니까 너희들은 일본 못지 않은 정신 문화를 갖고 있음에도 불구하고 임진왜란부터

는 우리에게 뒤지기 시작했다. 미술사도 그래요. 미술사도 임진왜란 전까지는 세계와 비슷하게 가다가 그 이후로부터는 완전히 그냥 양반 문화 복고로 가거든요. 나는 작가의 시각이 조금도 이상하지 않았어요. 이게 무슨 우익의 시각이고 이게 무슨 식민사관이냐, 그런 생각 자체가 너무나 좀 옹졸한 생각이 아닐까. 그래서 내 생각을 여기서 얘기하면서 다른 분들 얘기를 듣고 싶은 겁니다.

[현민종] 한마디로 얘기하면 조선은 500년 동안 도그마에 빠져 변화하지 않았기 때문에 망할 수밖에 없었어, 그런 얘기인 것 같아요. 우리가 사실 변하게 된 건 일제 침략으로 식민지를 겪고 해방된 이후에야 도그마를 벗어나 먹고 살기 위해 국민들이 열심히 치열하게 살아냈기 때문에 민주주의 사회에서 잘 사는 거 아니겠는가 하는, 그런 생각을 하는 것 같고요.

[김정주] 저는 좀 삐딱하게 접근해 볼게요. 이 글을 읽으면서 저는 시바 료타로가 상당히 교활한 사람이라는 생각을 하게 됐어요. 처음에 이 사람이 제주도 기행을 하게 된 계기를 설명하는데, 자신의 전공이 몽고였고, 몽고, 퉁구스, 조선, 일본이 공통된 뿌리에서 나왔다고 하죠. 그런데 읽다 보면 일본은 메이지 유신을 거쳐 예외적인 위치에 있게 되었다는 인식이 뚜렷해요. 이 생각의 뿌리는 사실 19세기 후반에 후쿠자와 유키치 등이 주창한 이른바 탈아론인데, 아시아에서 일본 문명은 아시아를 벗어난 가장 서구적인 문명이고

가장 진보적인 문명이며, 결국 이 아시아의 중심이 되는 일본이 세계 속에서 주도권을 잡고 아시아를 해방시킬 수 있는 주체 세력이다, 이런 생각이죠. 이 책에서 노골적으로 표현은 하지 않았지만 이와 유사한 생각이 아마 한국과 제주도에 대한 관심의 출발점이 아니었을까 하는 생각이 들었어요.

또 하나는 그 연장선상에서 우리가 기행문을 쓴다고 하면 예를 들어 레비스트로스라는 인류학자가 쓴 『슬픈 열대』를 보면, 자기가 인도의 법당에 들어갔을 때 자기가 그 신을 모시는 사람이 아님에도 거기에 절을 했고, 날음식을 먹지 않음에도 원주민이 주는 날음식을 먹었다는 얘기가 나와요. 그러니까 나의 지식을 바탕으로 그 문화를 해석하는 게 아니라 타문화를 그대로 받아들이면서 그걸 토대로 내가 기존에 알고 있는 지식을 점검하는, 즉 원주민 문화를 살펴봄으로써 새로운 각성을 하게 되는 계기를 그 책에서 많이 보게 되는데, 시바 료타로의 기행문은 자신의 확고한 신념을 증명하는 형태의 기행문이 아닌가 싶어요. 그러다 보니 은근슬쩍 드는 예들이 기분 나쁜 것들이 많아요. 예를 들면 한국에서 최초의 역사 기록인 『삼국사기』는 12세기에 나왔는데 일본에서는 8세기에 『일본서기』가 이미 나왔다고 슬쩍 건드리고 지나가죠.

[양경인] 근데 그 전에 『화랑세기』 같은 책도 있었고.

[김정주] 틀린 사실도 맞는 사실도 있겠지만 그 사실을 제기하는 방

식이 상당히 교묘하다는 거죠. 그 핵심이 조선의 주자학 비판이에요. 주자학이 조선을 망쳤다는 주장을 강재언씨의 『조선의 개화사상』을 바탕으로 거듭하는데, 이건 이 사람만의 주장만이 아니라 서양의 많은 지식인들, 이를테면 재러드 다이아몬드도 『총균쇠』에서 중국의 관료 문화가 다양성을 억압함으로써 획일화되었으며 이것이 결국 중국의 과학이 서양의 과학에 뒤지는 원인이 되었다고 했는데, 『사피엔스』의 유발 하라리 역시 마찬가지라 생각됩니다. 서양의 중국학자들 대부분이 하는 얘기가 17세기에 이르면 중국의 문명이 결국 서양의 과학 문명에 뒤처지게 되는데, 그 이유는 과거 제도를 정점으로 하는 관료 문화가 갖는 경직성이라는 거예요. 조선에서도 실학이 유일한 가능성이었는데 안타깝게도 주자학의 경직성으로 실학이 꽃피지 못했다고 보는 거죠. 그런데 관료 문화이자 정치 제도로서 주자학이 성립된 것도 맞고 그것이 조선을 지배한 것도 맞는데, 그로 인해 조선의 문명이 쇠퇴할 수밖에 없었다는 부분은 학자들끼리 논의가 필요한 것 같구요.

문제는 이 사람이 죽어 버린 실학을 가지고 과거 제도를 비판하는 관점이 최근에 이른바 탈식민지론에서 얘기하는 일종의 오리엔탈리즘이 아닌가 싶어요. 간단히 말하면 아메리카 인디언들 얘기하면서 서양 사람들이 '아, 가장 훌륭한 인디언은 죽은 인디언이었어' 하며 애석해하는 '고귀한 야만인'이라는 논리거든요. 그런데 여기에 감춰진 사실은 실질적으로 서양이 중국을 정복하고 아메리카를 정복한 것은 내부의 타락이 아니라 탐욕과 힘이라는 것이죠. 시바 료타로의 생각을 계속 밀고 나가면 조선의 몰락은 조선이 자초한 일이 되어 일본의 조선 침략이나 만주 침략이 결국 정당화되는 거죠. 이 사람이 노골적으로 이렇게 얘기하진 않지만 이런 생각이 저변에 있다는 느낌이 무섭게 다가왔어요. 상당히 부드럽게 썼고 제주도를 예찬하는 식으로 썼고, 노골적인 식민사관이라고는 말할 수는 없는데도 식민사관의 바탕을 이루는 어떤 지적 기반을 공유하고 있다는 생각이 들었어요.

[변경혜] 사실 일본도 따지고 보면 강제 개항을 당한 거잖아요? 해류와 같은 지리적 이유로 우리보다 먼저 강제 개항하여 선진적인 과학 문물을 받아들였다 한들 그게 침략이 정당화되는 건 아니라는 것을 저는 얘기하고 싶어요.

[김선아] 일본 사람한테 직접 들은 얘긴데, 이 친구들이 받는 역사교육은 뭐냐 하면, 당시에 외세가 아시아를 차지하려고 했다. 그런데 일본의 지식인들이 생각해 보니 서양한테 아시아를 맡길 순 없고 아시아는 아시아 사람이 지켜야 한다. 그런데 중국이 원래 리더가 되어야 하지만 너무 타락해 리더가 될 수 없으니 분연히 일본사람이라도 일어나 아시아를 아시아인의 손으로 지키려고 우리가 나섰다, 이런 식이래요.

[변경혜] 먼저 강제 개항을 당했다 해서 침략 전쟁을 정당화할 수는

없잖아요? 그 논리라면 약육강식이 정당화되는 것밖에 안 되기 때문에.

[김선아] 지금의 일본인들은 사실 대동아전쟁에 대한 죄의식이 없어요.

[변경혜] 본인들은 미국에 의한 피해자라고 생각하니까?

[김선아] 두 가지를 다 가지고 있어요. 하나는 피해자다. 하나는 우리가 리더였다. 이 양가감정을 가지고 있어요.

[김정주] 이 책에서 딱 한 번, 3분의 1쪽 정도 분량으로 일본이 한국을 강점한 것에 대해 사죄하는 부분이 나오는데, 그게 오히려 더 두드러져요. 이 사람의 저작 중에서도 상당히 늦게 쓴 책이잖아요, 1986년도에. 제가 다른 책을 아직 못 읽어 봤지만 아마 다른 책에서는 그렇게 쓰지 않았을 가능성이 있어요. 제가 보기에는 변명처럼 보였어요. 나중에 시대의 변화를 반영한 게 아닌가 하는 생각이 들었어요.

[변경혜] 죽기 1년 전엔가 침략에 대해 사죄하는 발언을 시바 료타로가 어디선가 했대요. 그게 진심인지 확인하려고 했었는데 죽어 버린 거예요.

[김정주] 그런 생각이 말년쯤에는 있었을 것도 같아요, 이 사람의 영향력을 생각하면. 제가 어릴 때만 하더라도 집집마다 꽂혀 있던 『대망』이라는 책이 있었는데, 그땐 그게 그 사람 책인 줄 몰랐어요.

[양경인] 나는 고등학교 때 선생님이 『대망』을 읽고 일본을 존경하게 됐다는 말을 교단에서 했던 게 기억나요.

[백경진] 일본의 지배 계층이 자기들의 정당성을 정립해 가는 과정을 그린 책이잖아요?

[양경인] 가장 아쉬웠던 거는 그런 거예요. 이 사람이 와서 만난 사람들이 현용준, 현평효 같은 분들인데 그 사람들은 한 줄에 꿸 수 있는 사람들이에요. 지식인, 학계의 다른 사람도 좀 만났어야 했는데, 그 당시 제주도 최상 1%의 지식인만 만난 거고, 그걸로 제주도를 본 거예요. 그러니까 이 사람의 보는 눈이 제주도 전체를 의미할 수는 없는 거죠. 그래서 이 사람은 상당히 부르주아적인 여행을 했구나. 아까 강법선 선생님이 여행기를 쓰는 태도에 대해서 상당히 고무적이다, 이런 말씀을 하셨는데 나는 생각이 달라요. 그런 건 역사서에 맡기고 바로 현지로 들어가 썼을 때 우리가 더 풍요로운 탐라 기행을 접할 수 있었을 텐데, 반을 사료에 의존한 부분이 아쉽더라고요. 그리고 이 사람 정도면 4·3을 취재할 수 있는 위치에 있던 사람이거든요. 일본인이어서 법적 보장을 받았을 테니까. 그런데도

4·3에 대한 언급이 정말 거의 없었어요.

[김정주] 4·3에 관해서는 이 책이 일본에서 나온 1986년도를 생각하면, 제가 대학교 1학년 땐데요, 이즈미 세이치의 『제주도』에 나오는 4·3 이야기하고 김석범 선생님 책에 나온 얘기를 여기서 소개한 거잖아요. 양경인 선생님 같은 경우는 그때 증언 채록을 이미 하고 계셨지만, 발표된 자료는 별로 없던 때였거든요. 그나마 이 책에 소개한 정도면 대단하죠. 심지어 여기에는 김봉현의 『제주도 피의 역사』가 나오잖아요? 자기가 읽은 책 중에 김봉현 책이 두 권이나 나와요.

[양경인] 그니까 김봉현 역사책은 일본에서 일본어로 썼으니까 쉽게 접할 수도 있었겠지.

[백경진] 1948년 사태 이랬으면 오히려 그 당시 시각이라고 봤을 텐데, 여기에 '제주도 폭동'이라고 찍어 버려요. 246쪽에 보면 "제주도에서 폭동이 있어났다"고 나와요. 이건 상당히 오류라고 봐요. 차라리 1948년의 유혈 사태 그랬으면 오히려 그 전후를 전체로 다시 보게 되지만 이러면 상당히 큰 오류가 생긴다고. 이걸 딱 보는 순간에 얼마 전에 태영호 의원의 발언이 생각나는 거야. SBS에서 사회자부터 "4월 3일부터 발발한 4·3 사건" 이렇게 하는 거야. 4·3 진상조사보고서 내용을 제대로 반영하지 않은 질문인데, 그런 거

하고 같은 맥락이 되는 거죠. 흘려 가면서 역사를 단정해 버리면 참 위험하다는 생각이 들어요.

[양경인] 나는 이 책의 입장이 식민사관이라고 보기는 어렵고 일본 보수 우익의 사관이 아닐까 이렇게 생각되는데, 그게 같은 건가요?

[백경진] 우익들이 식민사관을 갖고 있는 거지. 우익 사관이 따로 존재하는 것이 아니고.

[김정주] 사실 일본 우익의 생각하고 시바 료타로의 생각이 완전히 일치하는 것 같진 않고요. 평화헌법을 리트머스 시험지로 해서 몇 가지 질문을 던졌을 때 이 사람은 빠져나갈 것 같아요. 왜냐하면 제2차 세계대전에서 일본의 잘못을 인정하고 있고 아마 평화헌법도 반대하지 않을 것 같고요. 그래서 지금 현재 우익들이 주장하고 있는 것에 대해 시바 료타로는 동의하지 않을 가능성이 커요.

[변경혜] 저는 이 사람이 일본 국민을 향해 어떤 정서적 메시지를 전파하는 역할을 하고 있는 게 아닌가 하는 생각이 들어요. 우리는 어쩔 수 없이 침략할 수밖에 없었어, 우리가 너희들을 침략해서 나쁜 짓을 하려고 했던 건 아닌데 침략할 수밖에 없었어. 일본이 다시 전쟁할 수 있는 나라라는 것에 대해서 공식적으로는 부정할는지 어떨는지는 몰라도 결과적으로 이런 메시지를 제공하는 역할을 하는

것이 아닌가 하는 느낌을 받았어요.

[김정주] 그래서 제가 교활하다고 했던 게, 이런 작가가 그런 얘길 했을 때 '아, 우리가 생각하는 게 맞아' 하고 자연스럽게 받아들이게 된다는 거죠. 이 사람이 노골적으로 '나는 평화헌법 개정해서 일본이 무장해야 된다고 봐' 이렇게 주장하지는 않더라도 일본이 제2차 세계대전 이후 서구에 의해 뭔가 부당한 대우를 계속 받고 있고, 독립국 아니라는 느낌도 들고, 이런 것들이 은근히 들어갈 수 있는 여지가 생긴다는 거죠, 워낙 대중적 파급력이 큰 작가이기 때문에 목소리가 오히려 분명하지 않을 때 우익의 영역에 포섭되기 쉽죠.

[현민종] 이 책에서 임진왜란과 한일합방에 대해 이 저자가 일본이 잘못했다, 그 얘기를 하는 것에 대해선 우리가 받아들여야 되는 거 아니에요?

[변경혜] 그건 부정할 순 없죠. 그것까지 부정하면 이 사람 완전 꼴보수가 되는 거니까요.

[양경인] 나는 가끔 내가 식민사관에 약간 젖어 있는 것 같다는 생각이 들거든요. 나는 일본이 제주도에 선진 문물을 들여와 조금 문명화시켰다고 보거든요. 오늘날 제주도에서 귤이 주류 농산물로 자리잡은 건 사실 일본 농학자들의 연구가 바탕이 된 거잖아요? 옛날

에는 그냥 자연적으로 한두 그루 있는 걸 가지고 진상이나 했던 것을 상품화해서 제주도의 부가 창출이 되지 않았나요? 그런 과수원이 없었다면 우리 집에서 6형제가 대학물을 먹을 수가 없었을 거고요. 또 취재를 하다 보면 당시 오사카라도 몇 번 갔다 왔다 한 사람들은 뭔가 깨어 있는 거예요. 제주도 사람들이 갖고 있는 그 질박함을 어떤 새로운 자본주의적 사고일 수도 있는 굉장히 실용적인 것으로 변화시켜 나가는 걸 봤어요. 조금 비켜선 이야기지만 제주4·3에서도 러시아 마르크시즘이 일본으로 먼저 들어가 그걸 일본에서 공부한 사람들이 주도 그룹이 됐잖아요. 그 사람들은 그 지역에서 존경받는 집안 출신이 대부분이라 대중이 너무 잘 알고 있고, 그렇기 때문에 저 사람의 생각이라면 옳다고 따르는 분위기가 형성되었다고 봐요.

[백경진] 제2차 세계대전을 일으키고 초기에 승전보를 울린 무력과 경제력을 갖추고 있던 게 일본이고 독일이고 그렇잖아요? 그런 경제력·물리력·생산력이 상당히 발전되어 있었던 국가에서 우리가 배워 오는 건 당연한 거잖아요? 그런데 그런 당연한 것과 걔네들이 우리를 발전시켰다고 하는 것은 다른 측면인 거죠. 우리가 당연히 배우러 가야 되는 거고 배워 오는 거죠. 그러니까 미국도 가서 배워오고 한 거잖아요? 근데 문제는 그러고 나서 이승만 같은 사람이 미국의 똘마니가 되어 돌아오는 거잖아요? 그런데 이미 국내 경제는 피폐해 있었던 거 맞잖아요? 거기에 이익을 추구하려고 해외 자본

들이 들어오는 건 당연한 거고. 근데 그걸 엮어 내는 거는 우리나라 사람들이 해야 하는 거잖아요? 근데 그 영향력이 지배했다는 거는 정말이지 외세 의존적인 거죠.

[강법선] 지금 양경인 선생님 얘기하는 것처럼, 제주도가 일본에 가서 능동적으로 벌어 가지고 왔고 그때 오사카 직항 노선을 제주 사람들이 만들었어요. 일본 사람들의 배를 안 타고 우리끼리 만들 배를 타서 막 다니고. 일본에 저항하면서도 일본에서 받아 온 영향력은 엄청난 거죠.

[김정주] 일본 역사에서 소화 시대 전에 대정 민주주의라고 불리던 시대가 있었는데 3·1운동 직후죠, 1920년대까지. 그때가 일본에서 비교적 자유주의 물결이 한창 꽃 피었을 땐데 그때 제주에서 간 사람들이나 한국에서 건너간 사람들이 사회주의 영향을 많이 받게 돼요. 일본에서 사회주의가 꽃피었던 시절, 그 영향을 받은 분들이 결국 다시 돌아와 독립운동에 가담하거나 제주도 같은 경우는 일본에서 노동운동을 하거나 나중에 4·3에 영향을 미쳤죠.

[김선아] 저는 식민사관이라든가 어떤 역사성에 대해 함부로 강요하면 안 된다고 생각하는 사람 중 하나거든요. 그리고 문화인류학적으로 누구보다 누가 더 우월하거나 미개하지 않고 그 지역의 그 시간을 사는 사람들이 가장 최적화된 방법을 선택했을 뿐이라고 생

각해요. 이 책에서 저는 탐라라는 말의 '라'가 국가다, 신라, 탐라 등 그런 생각을 저한테 하게 해 주니까 그 부분이 저는 고마웠어요. 그리고 시바 료타로라는 사람의 이 글은 우리도 일본에서 태어나 살았더라면 가졌을, 그 군국주의적 교육의 틀을 못 벗어난 전형적인 일본 사람의 글이에요. 우리가 교육을 받을 때 서양 역사는 열심히 배우면서 일본 역사는 잘 안 배우잖아요. 그런데 일본 사람들은 이렇게 제주도 와서 국민 작가가 기행문을 발표할 만큼 한국에 대해 치밀하게 연구하고 있구나, 오사카에 있는 강재언라는 분도 오사카에서 일본대학 다니면서 돈 받아 가지고 한국 역사책을 쓴 거잖아요? 그런 면에서 보면 한국이 앞으로 나아가는 데 있어 역사적인 면에서는 좀 더 한국 사람들이 객관화된 시각을 갖도록 다음 세대를 교육시킬 필요가 있다는 생각이 들어요.

[김현희] 제주도에는 중학교 수학여행으로 가고 신혼여행 때밖에 못 갔지만, 이 『탐라기행』 같은 경우에는 진짜 적당히 썼구나 하는 생각이 들어요. 제주 사람들한테는 너무 싱거운 책이겠지만, 나 같은 경우는 입문서였어요. 그래서 저는 굉장히 재밌게 읽었어요. 이 사람에 대한 평가는 제가 아는 게 없기 때문에 평가는 못 하겠더라구요. 나중에 제주도에 몇 번 가면서 양경인 씨 집에서 잤을 때, 위층에 아들, 아래층에 엄마가 있었는데 그럼 밥은 어떻게 먹어, 하고 물었더니 따로 해서 먹는다 하더라고요. 전라도 같으면 그러지 않잖아요. 평균적인 가족의 틀을 벗어나는 게 너무 좋았어요. 이런 것

들을 보며 제주 사람은 굉장히 열려 있다, 그리고 여자들이 굉장히 주체적이고 독립적이다, 이런 느낌을 굉장히 많이 받았거든요. 그리고 삼무, 거지, 도둑, 대문이 없다는 이야기에서 제주 문화에 대해 생각을 해 봤어요. 아, 이 사람들이 도둑도 없어, 문도 없어, 그러면 인척관계가 상당히 돈독하겠구나 하는 생각이 들었어요. 너와 내가 따로 있는 게 아니잖아요. 그러면서도 어떤 틀을 육지 사람들보다 벗어나는….

그런데 이 사람은 모든 걸 그냥 추상적으로 써 놨기 때문에 구체성을 가지고 있는 게 하나도 없었어요. '궨당 문화'라든가 이런 것들 구체적으로 알아봐야 되겠다, 『제주사』 같은 경우도 읽어 봐야 되겠다, 생각하게 되었죠. 제주도가 왜 이런 문화를 형성하게 됐을까. 어떤 땅의 성질이라든가 이런 것들부터 알아야지 내가 제주도를 아는 거라고 할 수 있는 거잖아요? 그런 것들을 생각하게 해 준 책이었어요. 이게 입문서여서 뜻깊은 책이었고, 저는 좋았다. 하지만 허당 같은 책이었다. 허당 같은 책이었지만 그래도 나한테는 제주도에 딱 한 발자국 다가가는 의미 있는 책이었다, 이런 생각을 했어요.

[김권혜] 해마다 여름방학, 겨울방학이면 제주도로 여행을 갔어요. 신혼여행도 물론 제주도로 갔고요. 제주도는 정말 아름다운 풍광을 가진 관광지로만 알았어요. 남편과 제주도를 가서 4·3평화공원을 지날 때마다 들르자고 하면 거기 볼 거 없다며 지나치곤 했어요. 시

바 료타로의 『탐라기행』을 읽으며, 이분도 제주 4·3에 대한 이야기는 한마디도 하지 않았어요. 여행에 함께한 제주 출신 강재언 교수와 문현숙, 장준석 등과 동행하고 그들과 친하게 지냈으나 그들은 자신들에 대한 이야기를 한 번도 하지 않았다는 이야기만 했어요. 그러나 그는 알고 있었으리라 생각해요. 그분들이 왜 자신들의 신상에 대해 말하지 않았는지를. 또, 아일랜드 얘기를 했어요. 아일랜드는 700~800년 동안 영국의 지배를 받았다고 하고 한국은 36년간 일본의 지배를 받았다는 내용에서 너무 화가 났어요. 너희는 고작 36년이었다는 이미지를 풍겨 놓고는, "나는 가슴 아프게 생각한다" 이러는데 '이 사람 진짜 교활한 사람이구나. 뭐 이런 사람이 다 있어' 하는 생각이 들었어요.

[양경인] 서양인이 갖고 있는 3대 미스터리 중 하나가 한국이 일본을 모를 거라는 말이 있어요. 그러니까 일본은 서양 문물이 우수하니까 배울 게 있으면 '하이' 하면서 납작 엎드려 받아들인 거죠. 난학 이런 것들까지 말이에요. 임진왜란 때도 우리가 활 쏠 때 그들은 포르투갈제 총을 가지고 있어서 부산에서 한양까지 오는데 하나도 걸리적거리는 게 없었다고 하잖아요? 시바 료타로가 우리가 너무 정신 문화에 치중해 실학이 갖고 있었던 장점이 충분히 정책에 반영이 안 되면서 차이가 났다고 하는 부분을 나는 팩트니까 하면서 받아들였는데, 얘기를 들어 보니 교묘한 뜻이 있었네요.

[백경진] 저는 개별 사실 하나하나를 소개하는 기행문으로서는 우리 관심을 잘 끌어 주고 있다, 이렇게 생각하면서 읽는데 조금씩 걸리기 시작하는 거예요. 아일랜드는 우리 애들이 가 있어서 제가 가 봤는데, 돌담도 비슷하고 그래서 상당히 정감이 있어요. 거기 가 보면 정말이지 가톨릭이 박해받으면서 무너진 성당, 수도원들이 수없이 많아요. 근데 그걸 배제해 버리면 이건 다른 말이 되는 거잖아요? 거기엔 돌담과 목장들이 있어서 제주도와 유사해서 정감이 있다, 그러면 그것 자체로 제주도를 볼 때, 아일랜드도 가 볼까 이렇게 된다는 거죠. 그다음에 예를 들면 사대부 중 '사(士)'를 설명하는 부분에서는 이렇게 하면 왜곡이 될 수밖에 없겠다 하는 생각이 들었어요. 노론의 영수인 송시열의 얘기가 쭉 나오는데 송시열은 현재까지도 영향이 있다고 하는 한국 지배 계층의 흐름이잖아요? 그런데 조선시대에 '사대부를 굳건히 세워 천년 왕국을 건설하자'는 게 정도전의 생각이었잖아요? 그래서 『경국대전』이 완성되고. 당시 세계사적으로 보면 상당히 역동적인 시절에 강고한 사회 체제를 구축시키고자 하는 노력이 너무 오래 간 거죠. 세계는 변하고 있었는데 사대부가 계속 왕들을 바꿔 가면서, 필요하면 왕들을 살해도 하고 세자를 폐위시키기도 하면서 500년을 끌어온 거잖아요. 어쨌든 세계는 빨리 변해가고 있었는데 내부적으로는 대응할 수 있는 역량들이 떨어져 갔던 거죠. 거기다가 갉아먹겠다고 했던 외세들은 그렇게 덤벼들어 왔던 거고, 그런데 시바 료타로는 외적인 것을 배제시키고 내적인 문제만으로 한계지어 사대부를 설명하고 있잖아요?

그런 요소들은 너희들에게 책임이 있어 하는 시각을 은연중 심어 주는 요소가 되는 거죠. 그래서 기행문을 쓸 때 역사적 사실을 이렇게 흘려 가면 사실을 상당하게 왜곡될 수 있겠다. 그런 것들을 좀 살펴보면서 읽어야겠구나 하는 생각을 했어요.

[강법선] 이게 기행문이잖아요? 이걸 가지고 이 사람의 사상이 어떻다 분석하기보다는 나는 이 책이 기행문이니까 한 일본 작가가 우리 제주도를 객관화해서 이렇게 봤구나. 『일본서기』에 탐라에 관해 스물두 번이나 나오는구나. 그런데 우리가 탐라에 관해 알고 있던 건 뭐지. 그런 자극으로 받아들이면 좋지 않을까 생각을 했어요.

[김선아] 나는 어떤 정치 제도가 500년 동안 유지되었다는 건 굉장한 성공이라는 생각을 해요. 조선의 정치 체제는 실패한 정치 체제라고 얘기하는데, 조선 농경지 양과 인구 비례를 보면 이 정도 나라에서 그 정도 백성을 먹여 살렸다는 데서 엄청난 제도였다는 생각이 들어요. 그런 생각을 하면서도 한편으로 가장 거슬렸던 부분은 주자학에 대한 이야기였어요. 주자학은 실패한 학문이고 조선은 주자학을 정치이념으로 했기 때문에 정치 관료적으로 무너질 수밖에 없다는 논리를 왜 당연하게 말하지?

[강법선] 우리가 제주도 특성을 정확하게 아는 게 어떻게 중요하냐 하면 제주도 사람들이 사면이 바다이면서 바다를 중요시하지 않아

요. 천박하게 생각해요. 바다에서, 물가에서 잡는 사람을 포작이라고 하는데, 포작이라고 하는 것은 물가 '포'에 지을 '작'을 합해 만들어진 단어인데, 포작, 포작 하다 보니 보작, 보재기가 되는 거야. 보재기가 되어 진상품을 만들어야 하는데 만들다 보니 누이들이 도와주지 않을 수 없었어. 그런데 포작은 결혼도 못 하고, 그러니까 상당히 천한 직업으로 생각했어요. '갈중이' 있잖아요, 감물을 들여 만드는 옷, 그걸 입는 것도 천하게 생각했어요.

[양경인] 우리 어머니는 해변 마을 도두리에 살면서도 외할머니가 그렇게 해녀를 하찮게 보고 절대로 물질을 못 하게 했대요. 적어도 중산층 자식으로 자식을 키우고 싶었나 봐요. 그래서 우리 어머니는 물질을 못 해요.

[백경진] 원래는 농사지으면서 남자 혼자 진상품을 준비하는 데 충분했다고 해요. 그런데 진상품이 예를 들면 전복이 10개면 거기에 영의정이 5개 붙이고 판관이 붙이고 이러면서 10개가 100개가 되는 거야. 그러니까 포작이 자기 힘만으로 안 되니까 누이, 딸까지 여성 노동력이 필요했던 거지. 또 남자들은 배 타고 나가 죽고 하다 보니까 여성들이 주로 하게 된 거지.

[변경혜] 이영권 선생님 쓴 『조선시대 해양 유민의 사회사』를 재미있게 봤는데, 제주도 뱃사람들은 워낙에 물길을 잘 알아 동아시아

에 못 가는 곳이 없었다는 얘기가 나오거든요. 특히 말 교역이 활발했고 말값이 굉장히 고가여서 예를 들면, 비단 많이 가지고 가는 것보다 말 한 필 가져가면 훨씬 큰 이익을 얻었대요. 그런데 조선 태종 때부터 중앙 집권화하면서 말 교역을 국가가 관리하겠다 한 거예요. 그다음부터는 죽은 말의 껍데기로 교류를 하러 갔다가 그마저 막히니 제주도 사람들이 떠돌이 빈민처럼 생활하게 되었다는 내용이 나와요.

[양영심] 부모님하고 안팎거리에 살면서도 식사를 따로 해 먹는, 저는 그 부분도 잘 모르겠어요.

[양경인] 우리 할머니가 94세까지 혼자 식사하시다가 돌아가셨어요. 바깥채에 며느리가 있어도.

[김선아] 저는 그런 문화가 이질적이라고 생각했는데, 지금 보면 여성 노동력을 귀하게 생각한 거잖아요, 양경인 선생님 책에 보면 경상도 사람들이 젊은 여자들이 애 키우고 힘들어 죽겠는데 왜 시어머니가 안 도와주느냐고 하는 얘기가 나와요. 저는 광주 사람이기 때문에 그게 비합리적이라고 한 번도 생각 안 해 봤고 당연하게 '효'라고 생각했어요.

[양영심] 사실은 나도 제주도 사람이지만 내가 늘 약간 불만스럽게

본 게 뭐냐 하면, 아니 부모님 살아계실 때는 그렇게 잘 모시지도 않다가 돌아가시면 제사는 엄청나게 정성스럽게 잘 모시는 거야. 그런 것을 불합리하게 생각하고 반감을 가지고 있었어요. 그러고 벌초 때 되면 제주도 사람들은 조상 모시기를 엄청나게 해요. 조상의 은덕을 바라서 하나 그렇게 생각할 정도로.

[백경진] 제사 문화는 최근에 와서는 많이 간소화됐는데, 한참이었을 때는 4·3의 영향도 있을 거라는 생각을 해요. 그 이전에도 제사를 그렇게 지냈느냐 하는 건 연구를 해 봐야 해요. 제사는 사실 양반 댁에서 지냈던 거죠. 양반들이 제주도에 많이 유입됐기 때문에 제사를 많이 지냈다는 생각이 드는데, 4·3 때문에 제사를 많이 지내야 하는 사정이 생겨 더 강화되지 않았을까 하는 생각을 해요.

[김정주] 제주도에 유교 문화가 뿌리 깊게 자리 잡았고, 이게 많은 부분 요즘 사람들에게 허례허식으로 보이는 것도 사실이죠. 그리고 오래된 전통이 변방으로 갈수록 좀 더 형식화되는 것은 어디서나 볼 수 있는 현상이고요. 공자의 제자 중 제일 실용적인 사람으로 재여가 있는데, 그 사람이 스승한테 삼년상을 꼭 지내야 하냐고 묻거든요. 그랬더니 공자의 대답이 그거였어요. 자식이 태어나 삼 년이 지나야 부모 품을 떠날 수 있는데 너는 그러면 마음이 편하겠느냐, 하고 딱 그렇게 잘라 말해요. 삼년상 치르지 않으면 하늘에 죄 짓는 것으로 이야기하죠. 그런 식의 유교의 일부 형식적인 면이 아

까 시바 료타로가 비판한 조선의 주자학에서 상당히 많은 부분 수용됐고, 제주도는 변경이다 보니까 이런 것들 중 핵심적 부분을 정말 지켜야 될 것으로 여겨 수용된 면이 있죠. 또 일부 양반을 사칭하고 내려 온 자손들의 입장에서는 그런 허례허식을 중시하는 게 자기 가문의 위신을 세우는 데 중요하고, 이런 것들이 제주도에서 남성 중심 가부장 문화를 만들어 온 것도 사실이죠. 그런데 좀 다른 점 중의 하나는 제주도가 상당히 실용적 문화를 갖고 있다는 거예요. 일상생활에서 부딪치다 보면 거기에 맞지 않는 면들이 생기기 때문에 허례허식은 허례허식대로 존중하면서 상당 부분에서 융통성이 발휘되는 실용성을 강조하는 그런 문화가, 특히 여성들 중심으로 발달되었다는 거예요. 왜냐하면 먹고 살아야 되니까. 그래서 그것에 대한 변형이 수없이 여성들 문화에서 이루어지고 아마 그 안팎거리가 생긴 것도 그런 영향이 아닐까 하는 생각이 들어요. 제 생각은 제주도의 문화에서 유교의 정착 과정을 보면 상당히 모순되어 있는데, 이 모순된 유교 문화가 실용 문화와 혼종이 되어 상당히 역동적이고 재밌다 그런 느낌을 준다는 거예요.

[백경진] 어렸을 때 큰 한길에 40호가 있었는데 제사 문화는 이 40호에 떡을 다 돌리는 거예요.

[양경인] 선생님이 살았던 곳은 깡촌이니까 40호를 골고루 돌릴 수 있었지만 저는 아스팔트, 신작로 태생이거든요. 제사 끝나면 우리

도 다음 날 아침에 그걸 돌려야 학교를 갈 수 있었는데, 나중에 생각해 보니 우리가 제사 음식 돌리는 집이 동네 모든 집은 아니었어요. 우리하고 사는 형편이 비슷한, 적어도 자가 주택을 가진 집이었어요. 동네에는 남의 집에 사는 사람들도 있고 전재민 나라비, 그러니까 해방 후 귀국한 재난민을 위해 지은 함바집 형태의 연립주택도 있고 그랬거든요. 역시 제주시에는 자본주의가 먼저 들어서면서 계층이 나눠진 것으로 봐야겠지요?

[양영심] 일본 속 교포들 사회에서 옛 고어들이 잘 지켜지는 것처럼 제주도에도 고어가 많이 남아 있잖아요? 제가 안수길의『북간도』를 읽으면서 정말 많이 놀랐어요. 농기구라든가 용어들이 제주도랑 똑같은 단어를 쓰고 있는 거예요.

[한경희] 결국 북간도도 변방이다 보니까 제주도처럼 남아 있다는 거죠?

[김정주] 고립된 섬들이 많은 인도네시아 섬마을 같은 데 보면 거기에 있는 관습들이 상당히 폐쇄적이고 무서울 정도로 끔찍한 것들이 많은 이유 중 하나가 예를 차리는 형식 자체가 점점 고립되면서 개방적이지 못하고 센 것만 남아 있게 된다고 인류학자들이 말하죠.

[한경희] 우리가 역사 시간에 중국 역사에 대해서는 중요하게 배우

기도 하고 연대기도 서로 비교하면서 배워서 대략은 알고 있지만 일본사는 누가 딱히 중요하다는 인식을 심어 주지 않아 잘 모르잖아요? 앞으로 기회가 되면 우리 모임에서 일본사에 대한 부분도 집중적으로 공부하는 시간 가졌으면 좋겠습니다.

[김선아] 개인적으로 일본사를 읽었어요. 그나마 기본 지식이 있어야 할 것 같아 일본 책을 읽었는데, 우리가 일본 사람들이 왜곡된 역사관을 가졌다, 맨날 이럴 게 아니라 우리 자신도 일본에 대해 아는 게 너무 없지 않나 돌아봐야 할 것 같아요.

[양경인] 2005년도에 일본에 처음 갔는데 같이 갔던 일행 중 60대 남성이 일본을 아는 게 먼저였으면 일본어를 공부했을 텐데 후회된다고 하더라구요. 그때까지만 해도 일본의 학문 체계가 상당히 좋았는데, 그 사람은 일본 자료를 무시하면서 안 봤다는 거예요. 그래서 일본을 미워하는 법부터 가르쳐 준 선배들이 원망스럽다는 거예요.

[김정주] 일본사에 대한 공부가 필요하다는 거는 우리 모두가 공통적으로 느끼고 있는 것 같습니다. 정리하자면, 『탐라기행』은 일본을 대표하는 역사소설가이자 지식인인 시바 료타로가 제주도에 깊은 애정을 가지고 제주도의 자연과 문화와 사람들을 관찰하고 느낀 바를 소상히 기록한 책이라고 할 수 있을 것 같습니다. 저자 자신의

지식이나 선입견을 다소 과하게 드러내는 대목이 일부 있긴 했지만, 어떤 면에서는 이 기행문의 그런 독특한 성격 덕분에 우리가 토론을 좀 더 길고 풍성하게 할 수 있지 않았나 하는 생각이 들기도 합니다. 모두들 수고하셨습니다.

김정주 내가 만난 제주4·3―시인 이산하

내가 만난 제주4·3—시인 이산하

김정주[*]

[편집자 주] 이산하 시인은 2022년 4월에 4·3문학회의 초청을 받아 '내가 만난 4·3'이라는 주제의 강연을 한 바 있습니다. 그때 강연에서 시인이 이야기한 것을 일부 복기하고 그때 미처 하지 못한 이야기들을 후속 질문으로 보충하여 여기 싣습니다. 장시간의 강연에 이어 서면 인터뷰까지 응해주신 이산하 시인께 다시 한번 감사드립니다.

저를 비롯한 여기 계신 많은 분들이 시인을 처음 뵙지만, 이상하게도 잘 아는 분이라는 느낌이 있습니다. 제주4·3 항쟁을 알린 장편 서사시 『한라산』을 쓰신 분으로 우리가 모두 잘 알고 있고, 그로 인해 시인이 겪은 고초를 우리가 제멋대로 '착취'하면서 감히 동지임을 자처하고 있지 않나 하는 죄스러운 마음도 있습니다. 저희 4·3문학회는 역사적 사건으로서 4·3 항쟁 및 학살에 대한 문학적 형상화 작업을 살펴보고, 특히 앞으로 어떻게 이 사건을 표현하고 기억할 수 있을지를 모색하는 모임이기도 합니다. 관련하여 4·3 항쟁 및 학살과 숙명적 관계에 있는 이산하 시인을 모시고 생각을 들어보는

---

[*] 필자 소개는 76쪽 참조.

자리를 마련했습니다.

이산하 시인은 1960
년에 출생하였으며, 경
희대 국문과에 문예장
학생으로 입학해 '시
운동' 동인으로 시작
활동을 하셨고, 이후 교내 및 교외의 합법 및 비합법 사회 변혁 운
동에 참여해 수배를 받던 중 제주4·3 항쟁을 다룬 『한라산』을 쓰셨
습니다. 그 후 도피 생활을 하다 검거돼 수형 생활을 하고 특사로
풀려나 또다시 인권 운동 및 출판 활동을 하는 한편으로 시, 소설,
에세이를 쓰시고 출간했으며, 번역 작업도 하셨습니다. 근래에는
2020년 9월에 에세이집 『생은 아물지 않는다』, 2021년 2월에 시집
『악의 평범성』을 출간해 김달진문학상과 이육사문학상을 수상하셨
습니다.

시인의 근황

이상 간략히 말씀드렸고, 모자란 부분은 시인께서 직접 채워 주
십사 부탁드리고자 합니다. 그럼, 먼저 근황에 대해 여쭙겠습니다.
수년 전부터 몸이 편찮으시다는 얘기도 들리는데, 요즘 어떻게 지
내고 계신지요?

얼마 전 22년 만에 낸 시집으로 상 두 개를 받고 부상으로 대장암을 받

아 수술한 다음 현재 제주도에서 암투병 중입니다.

『한라산』 집필 이전의 아산하 시인에 관하여

자전소설인 『양철북』을 보면 스님이셨던 외할머니와 법운 스님, 법정 스님 등의 이야기와 인민군 포로였던 아버지의 이야기가 중첩되어 있습니다. 그런데 이분들의 가르침은 한편으로는 고매한 진리에 대한 깨달음인 듯하고 다른 한편으로는 사회 현실에 대한 각성인 듯도 한데, 과연 어린 시절의 시인은 이분들에게서 어떤 가르침을 받으셨고, 또 그것이 시인의 창작 활동에 어떤 영향을 미쳤다고 생각하시나요?

초등학교 때 사생대회에 나가면 대부분의 아이들이 지붕을 먼저 그린 다음 아래로 기둥을 그리는데, 난 거꾸로 기둥을 먼저 그린 다음 지붕을 그렸습니다. 목수인 아버지를 따라다니며 엿본 집 짓는 순서 그대로 아래에서부터 위로 그린 것이죠. 여러 스님들에게는 혈사경의 삼엄한 자세를 배우지 않았나 싶습니다.

『한라산』 집필 배경 및 평가에 관하여

『한라산』을 쓰시게 된 사정에 관해서는 여러 인터뷰에서 소상하게 말씀하신 바 있습니다. 당시 '장백산' '지리산' 그리고 '무등산' 으로 이루어진 민족 해방 서사시 3부작을 구상하다 사회과학 출판사 편집부 직원에게서 김봉현의 『제주도 피의 투쟁사』를 입수해 출판하려다 출판사 사장의 제안으로 시로 형상화하는 작업을 떠맡게 되었다고 하셨죠. 집필 배경에 관하여 혹시 다른 글이나 인터뷰에서 하시지 못한, 결정적인 계기 같은 것이 있으시면 말씀해 주십시오. 그리고『한라산』에 관한 평가 가운데 당시 항쟁 지도부의 모험주의에 대한 평가가 빠져 있다는 비판이 더러 있는데, 4·3 평화공원의 백비가 상징적으로 보여 주듯, 이러한 평가는 역사적 사건으로서 4·3 항쟁 및 학살을 평가하고 자리매김하는 데 아직까지도 해결하기 어려운 역사의 빈틈으로 남아 있지 않나 싶습니다. 이와 관련해 당시 혹은 현재 시인의 평가 및 고견을 듣고 싶습니다.

우리 역사의 혁명적 동맥을 4부작 서사시로 복원하는 것이 애당초 목적이었고 '한라산'은 그 가운데 하나였습니다. 목숨을 건 모든 투쟁은 모험입니다. 바다 속에 고립된 섬을 완전한 혁명적 해방구로 만들 수 있다고 확신할 만큼 항쟁 지도부가 어리석지는 않았습니다. 어리석은 건 제주도의 불꽃을 받아 전국으로 확산하지 못한 육지의 혁명 지도부였죠. 김달삼 초대 사령관이 해주로 간 것도 바로 그 때문입니다.

「항소 이유서」에 관하여

시인은 당시 민족 해방과 반미라는 화두를 붙잡고『한라산』을 집필하였지만 수배와 검거, 고문, 재판 등을 거치는 동안에 동지라고 믿었던 이들의 외면과 침묵으로 인한 어떤 "뒤틀린 심기"로 항소 이유서 끝에「김일성 장군의 노래」가사를 넣어 분노와 경멸을 드러내려 했다고 하신 바 있습니다.

그런데 이 가사가 그저 뒤틀린 심기에서 삽입된 것인지, (김수영 시인의 경우처럼)표현의 자유에 대한 반어적 외침이었는지, 아니면 당시 단파 방송을 듣고 전집이나 노작을 읽던 학생운동 및 사회 운동 진영의 '진지한' 분위기에 편승한 것이었는지 궁금하고, 또한 이에 관하여 그 후에 혹시 달리 생각하시게 된 것이 있는지 알고 싶습니다.

우리 사회에서 '김일성 만세'는 표현의 자유의 마지노선이었습니다. 한국전쟁 이후 어떠한 작가나 시인도 그것을 쓴 적이 없었죠. 심지어 4·19 혁명 후 1년 동안의 자유로운 해방 공간에서도 그랬습니다. 김수영 시인의 「김일성 만세」라는 작품도 그 당시에 발표하지 않고 얼마 전 유품에서 발견됐을 뿐이죠.

항소 이유서에서 그 가사를 쓴 것은 적의 심장부에서 표현의 자유의 마지노선을 넘는 선례를 남기기 위해서였습니다. 국가보안법에 대한 한 시인의 선언적이자 상징적 저항이었죠. 『한라산』은 백악관을 향해 던진 폭탄이었고, 「항소 이유서」는 청와대를 향해 던진 폭탄이었습니다.

미완성한 『한라산』 2부에 관하여

시인은 출옥 후에 제주도를 처음으로 방문하여 『한라산』 2부를 쓰고자 했지만, "4·3을 이해하고 분석할 수 있는 패러다임이 보이지 않는다"는 생각에 2부를 결국 쓰지 못하셨다고 말씀하신 것으로 알고 있습니다. 그리고 그 패러다임은 아마도 "제주인의 정서 깊숙

이 자리 잡고 있는… 삶의 어긋남… 그리고 그 정서의 어긋남에서 비롯하는 제주도의 힘"을 포착할 때 찾을 수 있을 거라 생각하셨던 것 같습니다. 제주도에 한동안 사셨고, 현재도 제주도에서 생활하고 계신 것으로 알고 있는데, 시인이 발견한 제주도(인)의 삶의 어긋남과 제주도의 힘은 어떤 것이었는지, 혹시 그 힘은 현재도 우리가 찾을 수 있는 힘으로 남아 있는지 시인의 생각을 듣고 싶습니다.

인간의 바닥을 본 제주인의 상처는 너무 깊습니다. 적당한 상처는 치유가 되지만 말기 암 같은 깊은 상처는 수술도 불가능하죠. 설령 유대인 추모비 앞에 무릎 꿇은 독일 총리처럼 미국 대통령이 4·3 추모비 앞에 무릎 꿇고 사과해도 잠시의 위안만 될 뿐 근본적 치유는 불가능합니다. 미국보다 인간 자체에 대한 불신 때문입니다. 그것은 망각이 답이죠.

그리고 제주는 이제 방성칠이나 이재수, 김달삼, 이덕구 같은 혁명적 장두들의 시대가 아니라 서울 못지않은 신자유주의 자본의 각축장이 되었습니다. 33년 전 내가 제주에 살 때 칼호텔이 가장 높았는데 이젠 그 호텔이 보이지도 않더군요.

이 자본의 속도로 보면 30년 후 제주는 제2의 하와이로 변해 있을 것입니다. 4·3 유적지도 관광 개발지에 밀려 점점 지도에서 사라질 것이고, 외국처럼 상징적인 원주민 전통 문화 상설 공연장 몇 개만 낡은 지폐처럼 겨우 남을 것입니다. 자본의 폭격은 제주의 땅에 이어 제주의 영혼까지 파괴합니다. 제주는 이미 자본에 백기를 들었고 추모제의 남루한 깃발만 날릴 뿐입니다. 추모의 힘과 자본의 힘은 체급이 다르죠. 제주는 암울합니다.

『한라산』 이후의 4·3 문학에 관하여

예전에 현기영 선생님과의 인터뷰에서 제주판 『백년 동안의 고독』과 같은 작품이 나왔으면 좋겠다는 말씀을 하신 것으로 기억합니다. 사실 4·3 문학을 저희 모임에서도 여러 해 읽어 왔는데, 많은 회원들의 의견은 4·3 문학이 지난 수십 년 동안 답보 상태에 있지 않나 하는 것입니다. 특히 영화나 음악과 같은 예술적 표현에서의 성장은 눈에 보이지만, 시와 소설 등 문학 창작의 영역에서 분방한 상상력이나 형식상의 파괴를 보여 주는 작품을 보기 어렵다는 생각을 하는 이들이 많습니다. 오늘의 시인과 소설가에게 역사의 무게에 짓눌리지 않는 분방한 상상력의 힘을 기를 수 있는 방법을 말씀해 주실 수 있으신지요?

제주는 유난히 신과 귀신들이 많은 땅입니다. 그리스 로마 신화가 인문학의 성전과 성지가 된 것도 신과 귀들이 많기 때문입니다. 제주도 역시 슬프고 괴로운 신들이 많아 『백년 동안의 고독』과 같은 작품이 충분히 나오리라 생각됩니다. 다만 귀신들도 진화를 하기 때문에 창작의 발상과 내용도 전위적이어야 할 것입니다. 역사의 무게 탓인지 제주는 전위의 불모지죠.

『악의 평범성』에 관하여

『악의 평범성』을 읽은 개인적 소감을 말씀드리자면, 『한라산』의 이산하 시인이 신념의 시인이었다면 『악의 평범성』의 시인은 통찰의 시인이 아닌가 하는 것입니다. 여기 실린 시들은 아름답기보다는 선함에 가깝고, 선하기보다는 지적인 것에 가깝다는 것이 제 느낌입니다. 그리고 보니 자전소설인 『양철북』에 나오는 "네가 만나는 것들이 다 니 천사다"라는 말씀이나 "시인은 슬픈 세상을 대신해 울어 주는 곡비 같은 거다"라는 말씀, "적들을 미워하면 너도 그들처럼 변한다"던 말씀 등의 통찰도 그렇고, 에세이집 『생은 아물지 않는다』의 우화적인 여러 이야기도 세상의 죽비 같은 시를 시인이 쓰고 싶어하지 않았나 하는 생각을 갖게 합니다. 이번 시집을 통해 보여 주고 싶은 아름다운 통찰이 있다면 어떤 것을 들 수 있을까요?

사물의 '통찰' 같은 표현은 과찬이고 모두 성찰을 흉내 낸 '내공질'일 뿐이죠. 동방박사들이 돌아올 때는 유대 왕의 체포를 피해 별을 따라갔던 길을 버리고 '다른 길'로 왔습니다. 식민지 인도 목화농장 노예들의 목화꽃은 터지기 전에 시들어버렸죠.

자본주의 사슬의 희망은 아우슈비츠로 이송되는 열차처럼 목적지가 정해져 있습니다. '다른 길'은 모두 막혔고 퇴로가 차단되었죠. 우리는 단지 이송되고 있을 뿐입니다. 그 막다른 길에서 쓴 묵시록 같은 게 이 시집입니다.

시인 이산하의 사상과 미래의 세대에 관하여

어떤 인터뷰에서 시인께서는 "지금까지 정치적으로는 아나키스트, 사상적으로는 니힐리스트에 가깝다"고 말씀하신 바 있는데, 시인의 사회 운동 경력과 『한라산』을 비롯한 창작 활동에 비추어 보면 조금 의아한 면이 있는 듯해 이에 관하여 조금 부연 설명해 주시면 좋겠습니다. 특히 우리의 후속 세대를 보면서 니힐리스트인 시인은 어떤 말씀을 들려주고 싶으신지요? 아직 어린, 혹은 아직 존재하지 않는 미래의 세대와, 『한라산』에 그려진 과거의 세대와, 그리고 이 두 세대에 걸쳐 있는 우리는 서로 어떤 관계에 있는 것일까요?

아나키스트는 여러 종류가 있는데 난 혁명적 아나키스트를 가리킨 것입니다. 나는 세상을 바꾸지는 못하지만 그 세상에 의해 내가 바뀌지는 않아야 한다고 생각합니다.

제주4·3과 사람들

4·3 이후

너희들과 가장 친한 사람으로부터

김동욱[*]

아버지

문옥주(文玉柱, 1919~1996), 그는 일본에서 동지사대학(同志社大学)[**] 경제학부를 졸업했다. 해방이 되자 그는 제주로 향했다. 제주에서 일제 학병 출신들, 대학을 나온 신진 인텔리들과 함께 로고스(Logos)회를 조직하여 제주 제일중학원을 개설하였다. 당시 재력가인 황순하(黃舜河)를 설득하여 100만 원을 희사받고, 1946년에 현재

---

[*] 제주에서 태어나 고려대학교 전자공학과에서 석사 학위를 받고 대기업에 취업했다. 나이 50에 모친이 제주4·3 유족임을 고백한 것에 충격을 받아 재경4·3유족청년회와 4·3문학회 모임에 가입하여 제주의 역사와 4·3을 공부하고 있다. 제주4·3을 2030 청년들에게 알리는 역할을 하고 있다.

[**] 도시샤대학. 시인 윤동주가 유학했던 일본의 명문 사립대학.

오현중학교를 개설하여 역사 교사로 근무하였다. 제주4·3 40주년이 되는 1988년 도쿄(東京)에서 '제주도 4·3 사건 40주년 추도 기념 강연회'를 개최하고, 김석범(金石範), 김민주(金民柱), 현광수(玄光洙) 등과 함께「제주도 4·3 사건이란 무엇인가」라는 간행물을 발간했다. 필명은 '문국주(文國柱)'로 재일교포 역사 저술가로 활동하였으며, 저서로 『조선사회주의운동사사전』과 『조선파벌투쟁사』가 있다. 그는 문광호 선생의 아버지다.

해방둥이, 그리고 4·3

제주4·3 70주년 서울 추념식에서 한 노신사가 빨간색으로 K라고 새겨진 다 구겨진 모자를 쓰고 나타났다. 문광호 선생이었다. 빨간색 K가 모 사립대학을 의미함을 알고 있기에 더 친근하게 다가갈 수 있었다. "유족이신가요?" "아니, 그 유족과는 다른…" 하며 말문을 더 잇지 못했다. 화제를 고교로 바꾸니 제주 명문 오현고 출신이라며 화통하게 웃는 것이었다. 그 모습은 영락없이 제주 출신 남자들에게 흔히 볼 수 있는 그 무엇이었다. 근거 없는 무언가의 자존과 자신감 같은 걸 보여 주는 동네 삼촌. 외도 출신이고 해방둥이라고 했다. 왜 자기는 '다른 유족'이라 할까, 의문이 들었다.

해방되었을 때 문옥주 부부는 환희로 넘쳤다. 지인들과 작은 배를 빌려 일본에서 제주로 향했다. 그런데 미군의 폭격으로 일본에서 모은 전 재산이 바닷속으로 빨려들어갔다. 제주항에 도착했을 때 부부에게는 미싱(재봉틀) 하나와 뱃속 아기만 남아 있었다. 그 뱃속 아기가 바로 문광호 선생이다.

아버지 문옥주는 오현중학교 역사 교사 생활을 4년여 했다. 문광호 선생이 네 살쯤 될 무렵 아버지는 친척 집이나 친구 집으로 옮겨 다니며 숨어 살아야 했다. 낮에도 통행이 금지됐던 시절이었는데, 어느 날 통행을 위해 어머니가 동네 반장에게 도장을 받고는 아들의 손을 꼭 잡고서 집을 나섰다. 사람도 다니지 않는 제주천변을 따라 농업학교로 갔다. 거기에 아버지가 수용되어 있었다. 문 선생은 어린 시절 그때의 면회를 아련하게 떠올렸다.

아버지가 무슨 중한 죄를 지었는지 군경에 붙잡혀 농업학교에 자리 잡은 임시 형무소에 수감된 것이었다. 그리고 이어서 목포 형무소, 서대문 형무소로 옮겨가며 형을 살아야 했다. 그러다 6·25 전쟁이 발발하자 아버지는 행방불명되었다. 몇 년을 기다려도 소식이 없었다. 가족은 아버지가 돌아가신 줄 알고 매년 생일날이면 제사를 지냈다.

그렇게 시간이 흐르던 어느 날, 문광호 선생의 인생을 송두리째 바꿔 놓는 사건이 발생했다. 중학교 2학년이던 열네 살 때 "너희들과 가장 친한 사람으로부터"라는 편지가 배달됐다. 아버지의 서체가 맞았다. 어머니는 자신이 과부가 아니라고 하며 기쁨의 눈물을 흘렸다. 문광호 선생에게 아버지는 너무 일찍 헤어져 기억도 없는 존재였다. 그는 자신을 붙들어 안고 울던 어머니의 모습을 생생히 기억한다.

아버지는 서대문 형무소의 문이 열리자 북한으로 넘어가 10년 동안 살았다. 그러다 어떤 이유나 경로인지는 모르나 일본으로 넘어가 살게 되었다. 아버지는 일본에서 조총련이나 거류민단 등에도 가입하지 않고 동경에서 식당을 운영하며 집필 활동만 했다. 그렇지만 일본에 거주하던 동생 한 명은 결혼 후 북한 신의주로 떠났고, 또 다른 동생은 부모가 4·3 때 경찰에 희생되는 것을 지켜보고는 전 재산을 갖고 평양으로 떠났다. 작은이모는 동경 조총련 여맹 간부로 자주 북한을 다녀오곤 했다. 나중에 전해 들은 당시 가족들 이야기였다.

연좌제의 늪

아버지의 편지가 당도한 후부터 중학생 문광호에게 감시와 연좌제의 족쇄가 사방팔방으로 채워지기 시작했다. 제사 때면 친척들은 말을 걸지 않았고, 막역한 고교 친구도 그와 친하다는 이유로 여러 번 당국의 조사를 받았다. 대학에 입학해도 공무원이 될 수 없다는 사실을 알게 되었다. 친척들도 사관학교나 공무원 승진에 피해를 보자 분풀이로 그의 집에 와 난리를 피웠다. 그도 공군이 되기 위한 필기시험에 합격했지만, 훈련소에서 아무런 사유도 통보받지 못한 채 강제 퇴소를 당해야만 했다.

인천에 있는 외가의 도움으로 1965년 고려대 축산과를 졸업했다. 정교사 자격증도 있었지만 신원 조회에 걸려 취직조차 할 수 없었다. 그는 제주로 내려가 한동안 소테우리(소몰이꾼)를 했다. 당시 정부에서 축산, 양돈 단지를 조성하던 중이라 3만 평을 평당 10원에 배정받아 목초지를 조성하고, 밭도 만들고 집과 축사도 지었다.

그러던 어느 날 경찰에 근무하는 외사촌 형이 찾아왔다.

"허당 보난 무신 악연인지 너 사건 맡게 되면 어떵 허코, 하영 조들당 고를 말은 고라야 되연 초자 왔져. 이제사 고람쪄. 너 때문에 옷 벗어야 되켜!*"

그 순간 그는 제주의 자연과 더불어 행복하게 살던, 그 꿈 같은 시간을 버려둔 채 고향 제주를 떠나 서울로 올라가야 했다.

정보 기관에서 그를 찾아왔다. 일본에 있는 아버지 문옥주와 가족들을 만나고, 그들에 대해 보고하라는 공작을 강요했다. 직장도 10여 차례 옮길 수밖에 없었다. 그러다 일본에 가서 아버지를 처음 만났다. 100미터쯤 거리를 두고 걸어오는 사람을 보고 "아, 아버지구나!"라고 느꼈다. 눈을 마주치니, 아버지는 말없이 돌아섰다. 따라오라는 신호였다. 아버지는 재가하여 4명의 자식들도 낳은 상태였다. 그들은 그에게 형제자매였지만 제주에서 온 먼 친척과 다를 바 없는 느낌이었다. 1988년 연좌제가 폐지되기 전까지 문광호 선생은 보이지 않는 감옥에서 방황해야 했다.

1990년대 세월이 좋아져 아버지가 고향을 찾았다. 행방불명된

---

* "하다 보니 무슨 악연인지. 네 사건 맡게 되면 어떻게 할까, 많이 걱정하다 할 말은 해야겠기에 왔다. 이제야 말한다. 너 때문에 옷 벗어야 되겠어."

아버지를 기다리다가 재가한 어머니를 호적에서 삭제해야 한다고 했다. 이를 위해 호적상 장남인 문광호가 도장을 누르라고 했다. 그는 거부했다. 아버지는 부자의 연을 끊자고 했다.

"너만 당했냐? 4·3 시국이 세상을 이렇게 만든 거지. 아버지가 만든 게 아니다."

아버지는 1996년도에 돌아가셨다.

화해

문광호 선생은 아들이 고려대 사학과에 진학한다고 하자 할아버지 문옥주의 피를 받아 사회 혁신 운동을 할까 두려워 강하게 반대했다. 4·3 당시 제주 최초 사립 중등학교의 역사 교사이자 혁명가인 할아버지의 역사 인식이 손자인 아들에게 이어질까 불안했다. 문옥주의 손자이자 문광호의 아들은 지금 모 교육청 기록연구사로 근무하고 있다.

문광호는 2008년에 고려대 입학 30주년 동기 모임 문집에 용기를 내어 「부자유친보다 절박했던 아버지로부터의 자유」라는 글을 발표했다. 거기서 그는 "나의 인생에서 연좌제는 꿈과 희망을 송두리째 가두어 버렸다"라고 썼다.

4·3 70주년이 되어서야 아버지를 4·3 희생자로 신청했다. 그동안은 군사재판에서 무기징역을 받은 아버지를 4·3 봉기를 주도한 사람이고, 아버지로 인해 많은 제주 사람이 희생되었다고 생각했

다. 아버지가 책임을 면할 수 없다고 생각했다. 그러다 시간이 지나며 생각이 바뀌었다. 아버지와 자신의 일생이 너무 억울해서 손해배상 소송이라도 해야겠다 생각했다.

4·3 수형자에 대한 재심 판결 절차가 생겼다. 아버지도 대상이었다. 평생 한(恨)을 품고 살다 명예 회복을 위해 재심을 청구했다. 그런데 4·3 재정립 운운하는 단체에서 어깃장을 놓는 소리를 해댔다. 문옥주는 1947년 3·1절 불법 시위에 오현중학교 학생 500여 명의 참여를 독려한 혐의로 무기징역을 받은 인물로 4·3 희생자가 아니다. 그러므로 재심 대상에서 제외되어야 한다. 한때 검찰도 사상 검증을 하는 모양을 취하며 재심 판결이 연기되기도 했다.

2022년 10월 4일 제주지방법원은 문옥주 등 재심 청구인 68명에 대해 무죄를 선고했다. 그는 그 재심 판사 앞에서 그동안 한 많은 삶의 역정을 토로했다.

"연좌제로 인해 제대로 된 직장도 갖질 못했습니다. 교사 자격증도 있지만, 교사를 포함해 공무원으로는 일하지 못했습니다. 제삿집에 친척들과 모이면 친척들이 저에게 말도 걸지 않았습니다. 저랑 대화했다는 이유로 매번 누군가 찾아와 무슨 얘기를 했는지 캐물었습니다. 외사촌이 경찰인데, 어느 날 저를 찾아왔습니다. 외사촌이 네가 제주를 떠나지 않으면 내가 경찰을 그만둬야 한다고 말했고, 저는 그 바로 다음 날 제주를 떠나 생활했습니다."

문광호는 아버지의 무죄를 선고받자 이제야 떳떳한 4·3 유족이 되었음을 알렸다.

4·3은 멀쩡히 살아 있는 부부를 헤어지게 만들고, 한 가족을 세 가족으로 만들어 버렸다. 그리고 연좌제와 함께 모든 짐을 중학생 문광호에게 지우고 말았다. 문광호 선생에게 아버지라는 존재는 무엇일까? 그 아버지는 절연한 아들이 유족 신고와 재심 신청을 하여 무죄 판결을 받은 사실을 하늘에서 알게 된다면 어떤 마음일까? 문광호 선생은 아버지를 원망하지 않으나, 저승에 가면 한번 따져 보겠노라고 한다.

제주4·3의 비극이 만든
재일제주인들의 삶

오대혁[*]

사람의 말은 빗돌과 같다. 특히나 뼈에 사무치는 한을 담은 말들은 발이 없어도 천 리를 내달리고, 70여 년의 세월을 훌쩍 넘기면서도 살아 꿈틀거린다. 제주4·3의 끔찍한 기억을 지닌 채 고향을 등

가족사진 (맨 왼쪽이 고휘창 씨)

지고 살아야 했던 사람들. 그 사람들의 틈을 비집고 들어가 그들의

---

* 필자 소개는 81쪽 참조.

한 서린 삶을 기록하고, 어루만져 주는 일을 하다 떠난 사람이 있었다. 그리고 그 뜻을 이어야 한다며 제주4·3 활동을 다짐하는 동생이 있었다. 고인이 된 누나 고선휘(1960년생) 교수와 남동생 고휘창(1966년생) 사장이 그 주인공이다.

협재 바닷가에 서면 에메랄드빛 바다 위에 떠 있는, 섬 안의 섬 비양도(飛揚島)가 보인다. 화살대와 죽순이 많아 죽도라고도 했던 이 섬은 한라산 봉우리 하나가 날아와 생겨났다고도 한다. 경기도 시흥시 대야동 '담터 우도니마을'에 가면 비양도 출신 고휘창 사장을 만날 수 있다. 그는 안산, 신천동, 대야동 등 6개나 되는 공장에서 제주도 돼지를 주로 하여 육가공을 하고 있으며, 시흥 제주특별자치도민회(회장 양원기) 사람들의 아지트 역할을 하는 우도니마을을 지키고 있다. 필자는 제주4·3을 취재하던 중 우연히 고 사장을 만나, 일본에 간 제주인들의 삶을 연구하다 제주4·3의 진실을 밝혀내는 데 온 힘을 쏟다가 운명을 달리한 그의 누나 고선휘(1960년생) 교수의 이야기를 전해 들을 수 있었다.

일본에서 만난 제주인들의 삶

아버지(고여옥, 1923년생)는 일제 강점기 와세다대학을 다녔다. 해방되자 고향인 금릉으로 돌아와 전라도 영광까지 가서 염전을 내고, 여름이면 고향 사람들을 불러 소금을 생산하셨다고 한다. 지식인이고 사업도 하다 보니 사회에 대한 비판적 목소리를 내곤 했다.

그러다 제주4·3 사건이 터졌다. 아버지를 두고 친일파라고도 하고, 공비라고도 했다. 옳은 소리를 하는 사람들을 집중적으로 찾아내 창으로 찌르고 총으로 쏘는 세상이었다. 아버지는 낮에는 도망 다니고, 밤이면 몰래 집으로 들어오곤 했다. 그렇게 쫓기다 1950년쯤 해서 비양도로 들어갔다. 비양도에서는 섬 아이들 이름을 지어주곤 했는데, 조용히 지내던 아버지는 아들 휘창이 대학교 1학년 때 돌아가셨다.

비양도 섬에서의 삶은 어려웠다. 한림 여자고등학교를 나온 누나는 공부를 더 하고 싶어했지만 서울에 있는 무역회사에서 직장생활을 해야 했다. 그런데 한 4년 일을 하던 누나가 느닷없이 일본으로 유학을 떠났다. 일본에서 아버지를 아는 분들도 만났다고 하고, 일본 주오대학(中央大學校), 주오대학대학원(中央大學大學院)에서 사회학 석사, 박사 학위까지 받았다. 그때 누나가 연구한 주제가 일본으로 떠나온 제주 섬사람들의 생활이었다.

일본어 학교 시절(1985년) 아버지가 돌아가셔서 딸로서 부모님에게 해야 할 최소한의 의무로부터도 자유로워졌습니다. 저는 아버지를 무척 따르는 딸이었기 때문에 부모와 떨어져 자기 길(인생)을 가야 한다는 것을 그때 깨달았습니다. 일본에서의 대학 진학은 인생을 생각할 시간을 버는 것이었습니다. 그 무렵 일본은 '국제화'되기 시작했고, 거품 경기로 외국인 노동자가 많이 몰려왔습니다. 제주도(한림, 비양도)에서도 일본 요코하마에 많은 사람들이 일하러 와 있었습니다. 다시 고향 사람들을 만나는 것이 기뻐서 다니기 시작한 것이 연구를 시작한 계기가 되었고, 그 후의 연구로 이어졌습니다. 저는 남들보다 학교를 오래 다녔고 그것도 일본의 도쿄에서 더욱이나 사립대학에 다녔기 때문에 돈도 많이 들었습니다. 그러나 학교 교육에서 배운 것은 적어 보입니다. 저로서는 어릴 때부터 보아 온 주위 사람들의 살아가는 모습, 살아온 역사, 인간이 살아가는 현실 이상으로 자극적인 것은 없습니다. 저의 연구는 주로 제주도 사람들에 관한 것입니다. 특히 재일 제주도 사람에 관한 연구에서는 글자 그대로 재일 제주도 사람 1세한테서 가르침을 받았습니다. 내 능력의 한계로 가르침을 받은 사실을 제대로 표현 못해 연구 과정은 자신이 느끼는 것과 표현과의 차이로 인해 갈등의 연속이었습니다.*

1996년에 간행된 『在日済州島出身者の生活過程—関東地方を中心に』(新幹社)의 한국어판(2006년) 서문이다. 여기서 고선휘 교수는 아버지가 돌아가신 후 자신이 가야 할 길을 깨달았다고 했다. 고향 사람들을 만나면서 그들이 살아가는 모습, 살아온 역사 같은 것이 자신의 학문에 깊은 자극을 주었다고 했다. 그래서 일본으로 건너온 제주도민 1세대의 삶을 중심으로 한 사회학적 연구 결과를 내어놓게 되었던 것이다.

1991년 당시 제주도 인구는 51만 4,600명이었고, 재일 제주도인은 11만 7,687명이었으니 인구 5명 중 1명이 일본에 사는 꼴이었다. 제주 출신 사람들이 일본에서 살게 된 배경이나 어떻게 살고 있는지에 대한 연구가 전혀 이루어지고 있지 않은 상태였다. 이를

---

* 고선휘, 『재일 제주도 사람의 타향살이—간토지방을 중심으로』, 북제주문화원, 2006, 8~9쪽.

1996년『재일제주도 출신자의   2006년도 한국어판   2007년 간행된『일본으로 돈벌
생활과정』   이 간 제주도 사람』

지켜본 고선휘 교수는 가족, 친지, 마을 공동체의 사람들이었던 제
주 출신 사람들의 생활 실태에 대한 연구가 필요하다고 인식했다.
제주도 출신 1세대, 고령의 사람들을 대상으로 앙케트와 면접 조사
를 병행했다. 일본에 오게 된 배경과 경험, 귀속 의식 등 질적 연구
를 시도했다. 책의 2부에서는 '타향살이 이야기(개인 면접록)'라고 하
여 근현대사 속에서 재일 제주인 19명의 굴곡진 삶을 꼼꼼하게 기
록했다. 제주4·3의 비극은 거기에도 고스란히 아로새겨져 있었다.

그는 재일 제주인을 만들어 낸 제주4·3에 대해 이렇게 썼다.
"1945년 제2차 대전의 종전으로 생활할 땅을 정하지 않을 수 없었
던 상황에서는 제주도에 돌아가지 말고, 일본에 남을 것을 선택한
사람은 일본에서 돈을 벌지 못한 사람이었고, 돈을 벌어서 제주도
에 농지 등을 늘린 사람들은 귀향하여 4·3사건이나 6·25전쟁 발발
등으로 다시 일본으로 왔다. 그 시점을 경계로 하여 가족이 한국과

일본에 떨어져 살게 되고, 후에 가족이 다시 일본으로 올 수가 없어서 제주도와 일본에 이산된 케이스가 많다."* 이런 결론을 이끌었던 그의 인터뷰 기록은 다음과 같이 생생하게 전해진다.

남편은 제주시 가까운 절에서 붙잡혀서 소나무에 매달려 그 밑에서 불로 그슬리고, 팔이 부러져서 1949년 10월에 대구형무소에 보내졌습니다.…중략…1951년 3월 부산에서 밀항선으로 일본으로 향했습니다. 대마도에 닿았어요. 오사카에는 오빠가 있었습니다. 본국으로 철수해 가 버린 사람의 등록 카드를 오사카의 구청 사람을 통하여 브로커로부터 5만 엔에 사서 25년간 썼습니다. 생활은 이틀을 걸려서 저고리를 만들고 하루는 팔러 다니면서 돈을 만들었습니다.…중략…딸이 3명, 아들이 2명으로 둘째 딸은 북한에 있습니다. 고교 때 혼자서 갔어요. 셋째 딸은 조선대학을 나와서 민족학교의 교사를 하고 있었는데…중략…요전에 제주에 다녀왔습니다. 동생이 병으로 죽기 전에 한번 보고 싶어서요. 현재의 체재(한국)는 받아들여지지 않겠지만 그것보다 동생을 만나고 싶었습니다. 살아 있는 동안에 조국이 통일되어서 제주도에 갈 수 있으면 하고 생각합니다.**

1991년 조사 당시 72세(1920년생)였던 이 여성은 제주도 H면 H리*** 출신으로 언니를 따라 14세에 일본 와카야마(和歌山) 방적공

---

* 위의 책, 144쪽.

** 위의 책, 255~264쪽.

*** 책은 면접자들의 신원이 밝혀짐으로써 발생할 수 있는 문제 상황을 고려하여 지명이나 이름 등은 모

장에 취직하여 일본에 살게 된 이후 펼쳐진 파란만장한 삶을 살아야 했다. 고선휘 교수는 이 이야기를 '운명에 굴한 일은 없었다'라는 제목으로 실었다. 해방과 조직 활동, 4·3 투쟁과 5·10 투쟁 등 4·3의 중심을 관통하는 역사를 뚫고 살아온 이야기들이 짧지만 뚜렷하게 아로새겨져 있다. 그리고 자녀들은 북한으로, 형제들은 제주도에 있게 된 사정은 양영희 감독의 다큐멘터리 『수프와 이데올로기(Soup and Ideology)』(2021)를 떠올리게 했다. 제주4·3이 가족사의 비극뿐 아니라 남북 분단과 통일의 문제와도 연결되고 있음을 고 교수의 책이 증명하고 있었다.

제주4·3의 진실을 위해 남겨진 일들

고휘창 사장도 누나의 부름을 받고, 일본으로 떠났다. 동경 상선 대학교에서 석사 학위를 받았다. 일본에서 제주도 친척들도 만났다. 4·3 때 몸을 피해 온 사람들이 집성촌을 이루며 살고 있는 것도 보았다. 파친코나 식당을 해서 돈을 번 사람도 보았고, 공사판 막일꾼으로 어렵게 살고 있는 사람들도 보았다. 그런 제주도 사람들을 하나하나 찾아다니며 그들의 삶을 연구하는 누나를 존경했다. 그렇지만 재일 제주인들이 겪는 애환을 역사 기록으로 남기는 고단한 일을 하는 누나가 안쓰러웠다. 그는 1994년에 한국에 돌아와 사업을 시작했다.

두 알파벳으로 쓰고 있다.

고선휘 교수는 제주4·3특별법이 통과되었지만 해외에 거주하는 유족들을 배려해야 한다는 생각으로 활동을 쉬지 않았다. 남북 분단 때문에 희생자 또는 유족 신고도 하지 못한 사람들, 일본 국적을 갖게 된 제주인들, '조선국자'로 무국적자가 된 사람들 등 제주4·3 특별법이 놓친 문제들을 풀어내려 뛰어다녔다. 그러다 고휘창 사장은 누나에게서 청천벽력과 같은 소식을 들었다.

누나가 췌장암이었어요. 췌장암에 걸린 걸 1년 전에 알아서 한국으로 들어오라고 해도 안 오시는 거예요. 당신이 해야 할 일이 남았다면서요. 아픈데도 4·3 일을 계속하시더라고요. 제발 한국으로 돌아오라고 해도 자기가 그걸 직접 해야 된다고 하시더라고요. 돌아가시기 두세 달 전에 오셔서 저랑 한 십오일을 같이 살았어요. 재일 한국인들의 억울한 삶에 대한 책을 발간해야 눈을 감을 수 있다고 했어요. 지원을 약속한 정부가 미적미적하며 지원을 늦추자 사비로 천오백을 들여 책 인쇄를 하기도 했어요. 시집도 안 가고 혼자였어요.…중략…고향 사람들이 일본까지 가게 된 게 본인의 의지가 아니잖아요. 4·3이라는 비를 피해 일본으로 도망한 경우도 있고, 그래서 고향으로 가고 싶어도 못 가는 사람도 있고. 누나는 일일이 그런 사람들을 찾아다니면서 인터뷰도 하고 세상에 알리려고 노력을 많이 했어요. 왜 그러셨을까? 본인한테는 그게 소명 의식이었을 거예요. 교육을 받지 못하셔서 자신들의 권리를 주장하지 못하는 재일동포 분들의 손발이 되어 애로사항을 해결해 주려 하셨던 게 아닐까 해요.

2023년 1월에 고선휘 교수는 세상을 떠났다. 고휘창 사장은 일본에서 장례식을 치르고 누님이 남긴 책이며 연구 자료들을 일본 주오대학교에 기증했다. 죽음의 목전에서도 놓을 수 없었던 제주 4·3의 비극은 이제 동생 고휘창 사장에게 남겨진 숙제가 되었다. 그래서 제주4·3과 관련된 재경유족회며 제주4·3범국민위원회 등의 활동에 이제 적극적으로 동참할 의지를 내비쳤다.

덧붙임

정준희, 주진오, 전우용의 4·3 역사 콘서트:
역사 부정과의 전쟁, 그리고 4·3

장동석   수난의 족청 시절

정준희, 주진오, 전우용의 4·3 역사 콘서트: 역사 부정과의 전쟁, 그리고 4·3

편집 정리: 하성태

[편집자 주] 실로 문제적인 한 해였습니다. 제주4·3 75주년을 맞은 2023년은 제주4·3의 역사와 의미를 왜곡하는 이들이 본격적으로 출몰한 문제적인 한 해란 평가가 나올 만했습니다. 제주4·3 75주년 희생자 추념식 당일, 4·3평화공원 부근엔 서북청년단을 자처하는 이들이 시위에 나섰고, 4·3 유족들과 대치하는 몰역사적인 사태가 벌어졌습니다. 그에 앞서 제

주 전역엔 4·3의 의미를 부정하고 비하하는 현수막이 내걸렸습니다. 무엇보다 국민의힘 태영호 의원이 자신의 정치적 이익을 위해 4·3에 대한 망언을 일삼으며 4·3의 의미를 부정했습니다. 또 천안시가 4·3 학살의 책임자인 조병옥 홍보 표지판을 태조산 '보훈공원'에 설치하면서 4·3 단체를 넘어 4·3의 역사를 깊이 인식하는 시민 사회의 반발 목소리가 커질 수밖에 없었습니다. 이승만 기념관 건립 반대의 목소리도 계속되는 중입니다. 노

골적이며 광범위하게 벌어지는 4·3의 역사적 사실 왜곡은 70주년을 맞았던 2018년 이후 처음이라 할 수 있습니다. 우리 내부에서도 4·3을 둘러싼 몰역사적이고 비이성적인 '역사 전쟁'이란 평가가 지배적이었습니다. '4·3 역사 콘서트'는 이런 상황을 배경으로 기획되었습니다.

이는 현 정부의 전방위적인 역사 부정, 왜곡과 결부됐다고 볼 수 있습니다. 지난해 하반기 국방부는 육군사관학교에 있는 홍범도 장군을 비롯한 5인의 독립운동가 흉상을 철거하면서 국민의 반발을 낳았습니다. 더 나아가 맥락과 명분도 실리도 없는 현 정부의 뉴라이트식 친일 행보는 현 정부의 실정과 22대 총선의 자장 아래 놓여 있습니다. 4월 10일 총선 투표일로부터 딱 1주일 전에 76주년 4·3 추념식이 치러질 것입니다. 또 다시 어떤 역사 부정과 왜곡을 저지를지 심히 걱정이 됩니다.

이러한 문제의식을 바탕으로 2023년 11월 12일 오후 3시 대학로 한예극장 2관에서 '콘서트: 역사 부정과의 전쟁, 그리고 4·3'이라는 행사를 개최했습니다. 3시간 넘게 출연자로 함께한 미디어 비평가이자 언론학자인 정준희 한양대학교 정보사회미디어학과 겸임교수, 역사학자 주진오 상명대학교 역사콘텐츠학과 명예교수, 전우용 전 한양대학교 동아시아문제연구소 연구교수 세 분은 이러한 문제의식에 적극 공감해 주셨습니다.

4·3의 현재성은 비단 제주만의 문제도 아니요, 4·3을 왜곡하고 부정하는 움직임 또한 한국 정치 일반을 넘어 현 정부의 퇴행과 궤를 같이하며 작동하고 있는 것입니다. 4·3의 의미와 현재를 알고 싶어하는 일반 관객들 역시 콘서트 현장을 가득 채우며 그러한 문제의식에 화답해 주었습니다. 또한 '좋아서 하는 밴드'의 흥겨운 공연이 더해져 풍성한 콘서트가 되었습니다. 서울에서 최초로 개최한 '4·3 역사 콘서트' 현장의 내용을 4·3과 역사 왜곡 문제를 주로 하여 기록으로 남깁니다. 세 분 토론자의 심도 있는

역사 인식과 비판적 논의를 잘 들여다보면 4·3의 역사 왜곡과 부정의 문제를 잘 이해할 수 있을 것입니다. 토론에 참여하여 보수적인 정치 세력에 의한 4·3 왜곡의 실상을 엄중하게 인식하고 뚜렷한 역사 의식으로 대응할 것을 주문하신 주진오, 전우용 교수와 사회를 봐 주신 정준희 교수께 다시 한 번 감사드립니다.

이념이 사람들을 죽였다

[정준희] 제가 두 분의 역사학자와 함께하는 자리를 만든다고 해서 처음엔 거절을 했습니다. 역사학자들이 싫어서가 아니라(웃음) 제가 두 분의 기에 짓눌려 가지고 이 전문적인 주제를 아무것도 모르는 사람처럼 다루면 안 되니까요. 다행히도, 현재와 같은 역사 부정론의 문제가 실제로 심각해진 건 미디어 환경의 변화 때문이라는 확신을 제가 가지고 있거든요. 그래서 미디어학자로서 역사의 문제를 두 분의 정통 역사학자님들과 함께 논의하는 자리를 만들어 보겠다고 (섭외를)제가 받아들였습니다. 이제 주진오 선생님 말씀 한번 들어보시죠.

[주진오] 저는 상명대학교에서 35년간 교수 생활을 하다 작년 2월에 정년퇴임을 했고요. 2017년 11월부터 대한민국 역사박물관장을 3년 동안 지냈는데요. 2018년에 이번 행사를 주최하신 4·3범국민위원회가 그때는 70주년 범국민위원회였습니다. 거기에 제가 상

임 공동대표였다가 대한민국 역사박물관장으로 70주년 기념 특별
전을 저희 박물관에서 개최했었어요. 그 전엔 2016년 9월에 1년
동안 제주에서 안식년을 보내기 전까지 저는 제주와 아무 연고가
없었어요. 그때 4·3에 대해서 깊이 공부를 하고 뭔가 역할을 해야
되겠다는 생각을 하게 됐죠.

4·3 평화공원 많이들 가보셨죠? 거기를 제가 참배하고 거기에 있
는 모든 시설을 빠짐없이 한번 돌아보면서 가슴속에 이런 생각이
들었어요. 그 당시 제주도민들이 얼마나 외로웠을까. 육지로부터
정말 고립되어 아무도 도와주지도 않고 아무도 관심 가져주지 않는
상황 속에서 겪어야 하는 어떤 죽음의 공포, 이게 제 가슴속에 너무
깊이 들어와서 미력하지만 뭔가 좀 같이하고 싶다. 더 이상 외롭게
하지 않는 데 좀 도움이 됐으면 좋겠다. 이런 생각을 그 당시에 좀
했는데 그러다 보니까 자꾸 저한테 4·3에 대한 역할이 계속 주어지
더라고요.

지금은 그만두신 강창일 전 국회의원이 저보고 "4·3 영령의 명령
이니까 그대로 따르라" 하시기도 했고, 거기다 참 뜻깊게도 제 아버
님(편집자 주: 고(故) 동촌 주종환 동국대 명예교수)이 50주년 4·3 기념
사업할 때 고문 같은 걸 하셨다고 해요. 그러니까 제가 지금 대를
이어서 4·3과 함께하는 '육지 것'입니다(박수). 그리고 제가 우리 역
사 교과서를 계속 대표 집필했었는데 그러다 보니 과거 한국 근현
대사 파동이라든가 교학사 파동이라든가 국정교과서 파동이 있을
때마다 좀 앞장서는 역할을 해왔거든요. 그렇기 때문에 역사 전쟁

이라는 말이 너무 익숙해요. 그래서 좀 벗어나야 될 텐데 그래도 제가 힘이 닿는 데까지는 한번 열심히 해보려고 생각하고 있습니다.

[정준희] 역사라고 하는 것은 우리가 미래를 잘 만들어가기 위해 현실의 모습을 어떻게 만들어 나갈 것인가, 그걸 위해서 (역사를) 배우는 것이다, 그렇기 때문에 그것을 제대로 안다는 것이 참 중요한 것 같다, 그렇게 말씀을 드릴 수 있을 것 같습니다.

우리가 역사에 대해서 모든 걸 다 알지 못하고, 사실은 역사학자 분들도 전공하시는 특정 시대에 대해서 아주 깊이 있게 알지 전체를 다 하나하나 세세하게 다 알고 계시지는 않잖아요. 역사를 알고, 제대로 알아 가다 보면 생기는 겸손함이 저는 있다고 생각을 하는데요. 겸손하지 않고 정말 마음대로 질러버리는 사람들이 우리 정치의 상층부에 있고 의사 결정을 하는 데서 주는 어떤 불행이 얼마나 큰지의 문제를 좀 말씀드리고 싶기도 합니다. 전우용 선생님은 오늘 어떤 마음으로 이 자리에 오셨는지 말씀 한번 들어보겠습니다.

[전우용] 지난 4월 3일에 신촌에서 자그마하게 4·3 서울 행사가 있었어요. 거기서 간단하게 인사말을 했었습니다마는 어떤 마음이냐 하면 지금도 답답한 마음으로 이 자리에 왔어요. 최근 백 년 사이에 사람을 제일 많이 죽인 게 뭔가 하면 저는 '이념'이라고 생각해요. 윤석열 대통령도 "이념이 가장 중요하다"라고 얘기를 했잖아요. 그

이념이 가장 중요하다고 생각한 사람들이 그 이념 때문에 사람을 죽이면서도 죄의식을, 죄책감을 안 가졌어요. 그게 제주4·3으로 나타났고요. 좀 앞서서는 유대인 학살로, 또 4·3과 비슷한 시기에 장개석의 타이완 원주민 학살로 나타났었고, 조금 뒤이어서는 미국의 매카시즘으로 나타났었고요.

사실 우리가 일상적으로 정의라는 말을 참 많이 써요. 그리고 이 정부의 캐치프레이즈도 공정과 정의, 상식 이런 얘기를 하죠. 근데 저는 정의만큼 무서운 게 없다고 생각을 해요. 올바르지 않은 정의감을 가지면 자기의 모든 범죄 행위를 정의로 꾸밀 수가 있어요. 지금도 검찰이 하고 있는 일들을 보면, 본인들은 자기들이 정의롭다, 정의를 구현하기 위해서 한다고 주장을 해요. 그리고 그 정의론에 휩쓸려 버리면 자기 죄를 스스로 인식하지 못하는 그런 지경에 빠지게 되죠. (중략)

(우리 선조들은) 인도주의에 뒷받침되는 정의와 양심, 인간의 도리를 잊어버리고서는, 인간이 어떻게 살아야 하는지에 대한 가장 기본적인 생각을 빼놓고서는 어떤 이념도 올바른 이념이 될 수 없다, 이렇게 생각했어요. 제가 최근 특히 윤석열 대통령의 이념이 가장 중요하다는 얘기를 들으면서 소름이 끼쳤던 것은 다시금 이념을 빌미로 인도주의를 외면하고 인간의 가치를 짓밟고 인간의 존엄성을 무시하는 그런 시대를 열려고 하는 것 아닌가 하는 두려움 때문이었거든요. 그러니까 인도(주의) 없는 정의관과 자기 일방적인 정의관, 인도(주의) 없는 이념에 휩쓸리고 사로잡혔던 사람들의 광기, 그

광기에 학살당했던 사람들을 생각하면서 (4·3을 논하는) 이 자리에 있기 때문에, 지금 제가 하고 싶은 얘기는 그거예요. 무엇도, 그 무엇도 인간다움을 벗어나서는 안 된다. 물론 이제 인간다움이 무엇이냐는 다음에 말씀드리겠습니다. 첫마디는 이걸로 하죠.

4·3의 역사 왜곡은 왜 일어나는가?

[정준희] 첫마디였습니다(웃음). 사실 우리가 왜 이 자리에 모였는가. 4·3은 언제나 기억돼야 하고, 끊임없이 재확인돼야 되는 아주 중요한 상처고, 국가 폭력에 의해 수많은 사람이 학살당하는 그런 과정에 대해 이게 다시 안 일어날 일이냐는 부분을 우리가 언제나 되새기기 위해서라고 생각하는데요. 또 한 가지 중요한 계기는 말씀드렸던 것처럼 책임지는 자리에 있는 사람들의 무책임한 발언들이 너무나 뻔뻔하게 나오고 있다는 겁니다. 올해 중요한 촉발자가 바로 태영호 의원이었죠. 이와 같은 망언과 무지, 의도적 왜곡 같은 것들에 대해 말씀을 좀 듣고 싶습니다.

[주진오] 사실 태영호의 발언에 대해 가장 바람직한 대응은 팩트를 통한 대응입니다. 이것을 이념 논쟁으로 몰고 가면 결코 바람직한 결론을 내릴 수가 없어요. 우선 북한에서 그렇게 가르치지 않습니다. 북한은 4·3에 대해 관심이 없어요. 말하자면 북한의 교과서 어디에도 김일성이 4·3을 지시했다는 말을 하지 않습니다. 그 이유

는 뭐냐 하면 4·3은 결국 실패했잖아요. 실패를 수령님이 지시했다고 절대로 그렇게 (교육)하지 않고, 실제 모든 객관적 증거는 당시에 4·3에서 봉기를 일으키는 사람들은 남로당의 중앙당도 아니고, 제주도당의 당원들이 일으킨 겁니다.

그렇기 때문에 그것을 김일성으로 몰고 가는 것은 우선 팩트 자체가 틀렸고요. 거기다가 북한에서 배웠다는 것도 거짓말입니다. 말하자면 4·3 특별법을 부정하는 사람들의 얘기까지 우리가 수렴할 필요는 없다. (중략) 현재 제주도 그렇고 우리 사회 안에 아주 극소수가 여전히 4·3을 공산 폭동설, 북한의 지령설 같은 걸로 믿는 사람들이 있는데요. 그 사람들은 이제 자기의 정치적 기반으로 (4·3을) 이용하기 위한 그런 술책이지 이게 어떤 역사적 사실에 근거해 이야기한 것이 아니기 때문에 우리가 그거에 대해서 뭐 따져 묻고 이래야 될 가치가 없는 그런 발언이다, 이렇게 생각을 하고 있습니다.

[전우용] (태영호가) 북한에서 가르치는 역사가 전부 왜곡이라고 평소 주장해 오다가 태영호(의 4·3) 발언에 대해서는 마치 그것이 사실인 것처럼 보도하는 언론이 더 큰 문제다는 것이 제 생각이고요. 그래서 이게 단지 태영호의 개인적인 4·3에 대한 왜곡된 기억 아니면 거짓말로 짚고 넘어갈 일은 아니다. 여기에는 어떤 역할 분담 같은 게 있지 않았겠는가. (4·3이) 일종의 (김일성의 지시에 따라) 계획된 폭동이었고 그걸 진압한 것은 정당했다, 이런 이야기를 사회에 퍼

뜨리려는 어떤 모종의 담론 공작이죠. 언론 공작이고요. 이런 공작의 적격자로 태영호가 뽑힌 게 아닌가 생각을 했어요. 본인이 배우지도 않은 걸 북한에서 그렇게 가르친다는 주장을 펴려면 태영호가 적격이었기 때문에. 그리고 그 내용을 보도하는 한국 언론들의 태도가 정말 구토가 날 지경이었어요. 그리고 거기에 많지는 않지만 또 현혹되는 사람들이 있어요. 그게 문제다, 이게 바로 이념이 사람을 바보로 만드는 현상이다. 그 이념이 정말 옳은 이념인지는 또 한 번 더 따져 봐야 되겠습니다마는, 그래서 그런 일들이 지금 우리 사회에서 굉장히 광범위하게 벌어지고 있다. 이건 4·3 희생자 또 희생자 유가족들에 대한 폭행일 뿐만 아니라 우리 역사 전반에 대한 상식을 어떤 방식으로든 뒤집으려고 하는, 좀 더 넓은 범위 내에서의 어떤 작전 내지는 공작의 일환이었다고 저는 생각을 합니다.

[정준희] 공작 말씀을 또 마침 주셔서요. 이게 예전에 무슨 '알바들'이라고 부르는 세력들이 풀렸다고 했고, 실제로 그 실체가 국가하고 연관됐다고 하는 것도 나중에 드러나긴 했었죠. 근데 이번엔 좀 새롭게 보이는 흐름들이 있는데, 그중 제가 정말로 충격을 받았던 건 제주 시내에 서북청년단 명의의 플래카드가 걸렸다는 사실입니다. 어떻게 이 사람들은 이런 패륜적 행동을 할 수가 있는가. 그리고 서북청년단에 들었던 사람들이 조상이라면 그 사람들의 후손임을 자랑스럽게 생각한다는 소리인데, 이렇게 공감하지도 못하고 뻔뻔하고 또 이상해 보이는 그런 행동들이 일어나고 그게 (현수막으로)

'쫙' 하고 걸렸잖아요.

[전우용] (이명박, 박근혜 정권 당시) 그때 국정원 휘하에서 국정원 지시를 받아 가면서 그리고 나중에 알려진 바로는 이명박 정권 때부터 이 국정원 내에서 이런 작업을 하는 팀에 전문 심리학자들까지 들어가 있었다는 사실까지 나왔어요. 그런 팀들이 정부 기관에서 벗어나 손을 떼면 우리 사회가 그런 일들이 없어졌느냐 하면 그 이후에도 터무니없는 일들, 이른바 인터넷에서의 왜곡 공작들 또 현수막 다는 일들 이런 것들이 민간으로 옮겨서, 아니면 국정원에서 하는지 안 하는지 모르는 방식으로 옮겨서 여전히 진행되고 있기 때문에—일종의 좀 뭐랄까요?—정치 공작 또는 담론 공작, 이데올로기 공작의 민영화가 진행된 건 아닌가. 그 정도까지만 말씀을 드리겠습니다.

[주진오] 저는 지난 4·3 추념식 때 제주 현장에 있었습니다. 현수막을 건 집단은 사실은 유족이라든가 피해자 그리고 4·3 운동 쪽에 대해 말하자면 대응을 일부러 유도한 거죠. 유도해서 그걸 가지고 법적 고소를 한다든가 또 그런 걸 통해서 또 여러 가지 수익을 창출한다든가. 실제로 이번에 그렇게 했고.

　제가 참 유감스러운 거는 경찰이 그들을 막지 않았어요. 그들을 정말 평화적인 방법으로 막으려고 했고, 휘말리지 않으려고 애썼던 분들을 오히려 또 기소를 했어요. 그럼 도대체 이 법은 뭔가. 그러니까 제주도민들에게 서북청년단이라는 것이 어떤 의미인가. 말하자면 과거 정말 아픈 상처에 소금을 뿌리는 아주 비열한 짓이거든요. (중략) 사실 제주도민 분들이, 피해자 분들이 거의 50년이 지나도록 자신이 입은 피해를 제대로 말하지 못했습니다. 말을 하면 또 엄청난 탄압이 있었고요. 그래서 겨우 지금 70주년까지 오면서 이제야 그 상처로부터 조금씩 회복되어 가고, 그 과정은 어쨌든 대통령의 사과, 특별법 개정, 보상 이런 것들을 통해 하나하나 단계별로 가고 있는 거거든요. (서북청년단 등이 출몰한) 지금은 옛날로 다시 돌리겠다고 하는 그런 행동인 것이죠. 그러니까 이런 행동을 그들은 이렇게 얘기하겠죠. 자유민주주의 사회는 언론과 표현의 자유가 있다고. 하지만 자유에는 반드시 책임이 따르는 것이고 그 책임은 반드시 물어야만 하는 것인데 그런 것들이 제대로 이루어지지 않고 있죠. 이런 것들이 나타나는 이유 가운데 사실은 최고 권력자가 그런 소위 이념 전쟁을 부추기고 있는 거죠. 부추기니까 내가 이렇게 해도 된다고 생각해서 하는 거예요. 저는 그것이 굉장히 큰 문제라고 생각합니다.

보수는 왜 이승만 기념관을 세우고자 하는가?

[정준희] 저는 왜 우리나라 보수가 이렇게 모범으로 삼을 만한 인물이 없나. 국부라고 불리는 사람이 고작해야 이승만이어야 하는가. 그리고 이미 역사적으로도, 그리고 정치적으로도 1960년대에 이미

우리 민주주의에 의해 퇴출당한 인물이 갑자기 다시 되살려져 국부로 세워지고 건국절이라는 이야기가 나오는가. 두 가지 뿌리일 텐데, 하나는 북한으로부터 쫓겨 온, 쫓겨 나온 서북청년단으로 대표되는 그런 인물들과 그들이 이제 또 선택한 기독교에서, 미국에서 유래된 어떤 좀 더 근본주의적인 기독교적 태도, 그것이 결합돼서 미국이 뒤에서 또 뒷배가 되어 주는 어떤 이념, 이게 보수를 대표하는 어떤 이념적 주류여야 하는가에 대해서 굉장히 한탄하는데, 그거를 실제로 밀고 나갈 줄은 잘 몰랐거든요. 뉴라이트 때도 좀 되게 놀랐던 적이 있었습니다만, 이번에 (이승만) 기념관 건립, 흉상 얘기들까지 나오는 걸 보면서 과연 이게 정말 무슨 생각으로 이렇게 할 수 있고, 이게 사람들을 끌어모을 수 있는 일이라고 생각하는지 되게 궁금하긴 하거든요.

[주진오] 지금 아주 열심히 (이승만 기념관) 건립 추진 운동을 하고 있는데, 사실은 이승만을 무덤에서 다시 꺼내 되살리려고 한 지는 꽤 오래됐죠. 지금 이 정부 들어서 본격적으로 진행하고 있는데 이것이야말로 정말 우리 역사의 퇴행이에요. 그러니까 사실은 이승만 자체는 건국이라는 표현을 쓰지 않았거든요. 자기모순이기도 합니다. 이승만은 한 번도 건국이라는 표현을 쓰지 않았어요. 그는 대한민국 정부 수립이라는 말을 썼습니다. 그리고 자신이 대한민국 임시정부를 계승했다는 것을 굉장히 자랑스럽게 생각했던 사람입니다. 특히 제가 교과서를 써서 여러 가지 논란이 있을 때 그런 얘기

들을 하거든요. 왜 북한은 건국이라고 하고 우리는 정부 수립이라고 하느냐. 이게 친북 아니냐 말하자면 건국이라고 하는, 더 멋있는 표현을 북한한테 쓰게 하느냐. 그런데요, 이건 정말 역사에 대해 무식한 거죠. 왜 우리는 정부 수립이라는 말을 썼냐면, 우리는 대한민국 임시정부의 법통을 계승하는 것이 우리의 헌법 정신입니다. 여러분, 헌법 전문을 보세요. 그런데 북한은 대한민국 임시정부를 인정하지 않습니다. 그렇기 때문에 그들은 건국이라는 표현을 쓰는 것이고 우리는 대한민국 정부 수립이라고 하는 표현을 쓰는 거예요. 절대 그것이 우리의 그런 과정을 폄하하거나 그런 것이 아니거든요. (중략)

이 얘기는 뭐냐 하면 과거 친일 행위를 했다 하더라도 대한민국 정부 수립의 과정에 참여한 사람은 유공자가 되는 거예요. 지금 여러 가지 맥락을 쭉 보시면 그렇습니다. 그렇기 때문에 예를 들면 이들은 아주 과감하게 김구 선생도 대한민국 건국에 기여한 바가 없는 사람이라는 얘기를 아주 당당하게 하고 있죠. 그런 맥락에서 지금 이제 이승만 기념관을 건립한다고 하는 것은 당시에 우리 해방 정국에서 남북 협상을 통한 통일 정부 수립이라든가 이런 가치는 전혀 인정하지 않고 그야말로 이제 단독 정부를 수립해서 우익만의 나라, 그런 나라가 이제 정통성을 지닌 나라라고 하는 그런 것을 만들고자 하는 것이죠. 기념관을 지금 만들겠다고 하는 것처럼요.

그들은 왜 가짜 정보를 확산시키는가?

[정준희] 사실 오늘 이런 자리를 하게 된 중요한 이유 중의 하나가 초기에도 말씀드렸지만 미디어 환경이 바뀌었기 때문에 생기는 '무지의 확산 현상'이라고 하는 게 분명히 있습니다. 아까 소개 영상에도 잠깐 나왔습니다만 (윤)대통령 발언에 이런 게 있었어요. "자유 사회를 교란시키는 심리전을 일삼고 있다." 자유 사회를 빼고, '교란시키는 심리전'을 요약하면 이른바 가짜 뉴스거든요. 이게 이제 '디스인포메이션(disinformation)'이라 부르는, '교란 정보'라고 제가 부르는 영역인데요. 의도적으로 기존의 지식을 흔들어 사람들의 마음을 다른 쪽으로 돌리려 하는 굉장히 목적의식적인 행동을 말합니다. 이게 이제 미디어를 통해 실제로 나타나는 건데, 저는 대통령의 발언을 들을 때마다 놀라운 게 왜 자기가 하는 일을 남이 하는 거라고 얘기를 하지? 이게 맨날 놀라운 것들 중의 하나였어요. 왜 머릿속에 그렇게 돼 있을까 싶은데요. 실제로 역사 문제를 다루시면서 이런 이른바 가짜 뉴스 현상 또는 이렇게 교란시키는 심리전의 현상들의 심각성 수준은 어느 정도까지 느끼는가 이 부분을 마지막으로 들어 보죠.

[주진오] 지금 이 정부가 그리고 이승만 기념관을 만드는 사람들이 하고 있는 것은 하나의 역사 쿠데타입니다. 그런데요 지난 20여 년 동안 제가 나름대로 그것과 맞서는 역할의 일각을 담당해 온 (사람

으로서) 결론은 역사 쿠데타는 단 한 번도 성공하지 못했다는 겁니다. 말하자면 지금 우리의 역사의식을 교란시키는 것은 저들이지 우리가 아닙니다. 우리가 이 나라의 주류입니다. 그렇게 돼야 돼요. 말하자면 그들이 생각하는 그런 나라가 이 나라의 주류, 물론 지금 현재 정치 경제적인 힘은 그들이 더 갖고 있을지 모르지만, 그러나 이 나라를 지탱하는 정신은 우리에게 있습니다. 저들이 지금 쿠데타를 일으키는 것이지 우리가 교란하는 게 아니에요. 그것에 대해 분명히 아주 당당하고 뚜렷한 주체적 의식을 가지고 대응해 나갔으면 좋겠다고 생각합니다.

[전우용] 진실에 관한 현대적 사고가 좀 변했어요. 그러니까 진실은 영원하고 불변이고 확실하다는 믿음이 포스트모더니즘에서는 어떻게 얘기를 하냐면, 진실이 있는 것이 아니라 진실이라고 믿게 만드는 서사가 있을 뿐이다. 보통 요즘 그렇게 얘기를 해요. 보고 싶은 것만 보고 믿고 싶은 것만 믿는 사람들이 많다. 이건 일종의 시대 현상이라고 생각하고, 진실 자체보다 자기가 알고 싶은 진실에만 관심을 갖는 사람들이 많기 때문에 심리전 교란 전술이 작동할 영역이 넓어졌어요.

게다가 언론이 바로 이 심리전 교란 전술을 지적하고 거기에 교란되지 않도록 사회와 사람들에게 일종의 판단 증거들을 제시해 줘야 되는데, 오히려 심리전 전사가 돼 버렸어요. 지금 한국의 언론들은 심리전 스피커들이에요. 사실은 그래서 우리 주진오 선생님은 낙관적으로 "역사 쿠데타가 성공한 적은 없다"라고 말씀을 하셨습니다마는, 저는 이제 주권자들이 우리 시민들이 정말 '진실이란 없는 것인가', '아무나 마구잡이로 이렇게 난도질해도 되는 것이 진실인가'라는 문제에 대해 한 번 더 생각하시고요, 그리고 이 엄청난 스피커 공세에 대비해 자기 중심을 잃지 않으려고 노력할 때에만 이 역사 쿠데타를 막을 수 있다, 어려운 싸움이다, 저는 그렇게 생각합니다.

역사 부정의 논리와 문제점

[정준희] 이른바 역사 부정론이라는 게 뭐냐, 이것을 각각 어떻게 생각하느냐는 이야기를 간단하게 먼저 좀 해 보면 어떨까 싶어요. 역사 부정론은 굉장히 중요한 뿌리들을 가지고 있고, 이게 최근에는 심지어 과학 부정론으로까지 연결되는 게 중요한 지적 흐름이라고 얘기하면 좀 이상한데, 무지적 흐름이라고 얘기하는 게 좀 나을 텐데요. 이게 도대체 왜 등장하고, 역사학계의 관점에서는 어떻게 바라보고 계시는지 전우용 선생님 먼저 말씀해 주시지요.

[전우용] 거슬러 올라가면 나치의 유대인 학살 부정론이 있고요, 일본의 남경대학살, 관동대지진 역사, 위안부 강제 동원 등 이런 모든 것들을 없었던 일로 하려고 하는 그런 역사 부정으로 가죠. 대개 국가 단위의 폭력, 국가 단위의 범죄에 대해서 국가와 자신을 일체화

하는 사람들이 우리 국가가 이럴 리가 없다, 우리 독일이나 우리 일본인이 이렇게 야만적인 일을 할 리가 없었다고 하는, 자기 합리화 또는 자기 정당화 기제로써 역사적 사실을 없애려는 행위들이 반복돼 왔어요. 사실은 어떤 '무지적 흐름'이라기보다는 '본능적 흐름'에 가까운 것들이었죠. 그런데 한국에서는 이 학살이 민족과 민족을, 국가와 국가를 경계로 이루어진 것이 아니라, 한 민족 안에서 '이념'을 경계로 이루어졌단 말이에요. 피해자도 같은 민족이고 가해자도 같은 민족 구성원인데, 이 가해자들이 이 가해의 역사를 반성하고 또 실제로 좀 직시하고 참회하면서 "어쩔 수 없었다" 처음에는 그랬다가, 나중에는 한걸음 더 나아가서 "우리가 이렇게 했기 때문에 이만큼 발전한 것이다"라는 데 이르기까지 자기 행동을 정당화하는 논리를 만들어 내고, 그걸 확산하려고 노력하는 거죠. 이른바 역사 부정들은 늘 반복돼 왔어요. (중략) 이런 문제들에 대해 객관적이고 집단 지성에 의한 사실에 입각하여 확인이 필요하고, 부정하는 자에게 들이대고 이래야 하는데, 문제는 한국 현대사에서 이런 가해자들이 단 한 번도 "아, 내가 반성해야 되겠구나"라고 하는 압력을 느끼지 못한 채 살아왔기 때문에 청산되지 않고 있는 것이다. 저는 그렇게 생각을 합니다.

[주진오] 역사 부정론이라고 하는 것을 저는 어떻게 보면 약간 좀 수입품 같은 느낌이 들 때가 있어요. 그러니까 일본의 역사 부정론에서 쓰던 용어까지도 그대로 수입해다 쓰고 있는 경우가 굉장히

많거든요. 그래서 저는 이제 이걸 뭐라고 표현하냐면, (그들은) 반성 없는 피해의식에 젖어 있다. 역사의 가해자들이 그들 역시 어떤 피해를 입은 것을 굉장히 극대화시킵니다. 예를 들자면 우리가 히로시마와 나가사키의 '원폭평화기념관'을 가 보면, 비극의 시작이 원자폭탄 투하부터 시작해요. 이렇게 되면 누가 역사의 피해자입니까? 일본인들입니다. 왜 그런 일이 벌어졌는지, 그 전에 자신이 어떤 일들을 범했는지에 대해서는 이야기하지 않아요. 그런데도 자신들은 원폭의 피해를 입었지만 그것을 평화로 심화시키고 있다고 해서 '평화기념관'이라는 말을 쓰는 거예요. 반성이 전혀 없어요. 그러니까 이런 식으로 이제 역사 부정론이라는 것이 이야기됩니다.

역사 교과서 문제도 똑같습니다. 모임을 만들고 정치 권력이 개입해 일본의 과거를 반성하는 역사 교과서를 '자학사관(自虐史觀)'이라는 이름으로 공격했거든요. 우리나라의 뉴라이트들이 우리나라 교과서를 비판할 때도 자학사관이라는 표현을 썼습니다. 그래서 제가 그때 좀 창의적일 수 없냐? 일본에서 쓰던 말을 그대로 갖다가 이렇게 꼭 써야 하느냐?

역사학계가 견지해 왔던 항일운동과 민주화운동, 이것이 불편한 사람들이 있어요. 이승만을 끌어내리기 위해서 4·19를 일으켰는데, 끌어내려서 여기 이화장(梨花莊, 이승만 대통령이 거주하던 곳)으로 돌아올 때 나와서 눈물을 흘렸던 사람들이 있다고요. 그게 같은 사람(이승만을 끌어내린 사람)이 아닙니다. 그런데 마치 같은 사람이 그런 것처럼 윤색을 하는데요. 그러나 현실은 4·19혁명으로 쫓겨났어요.

그 이후 박정희, 전두환, 노태우로 이어지는 흐름 속에서 그 후예들이 이 나라에서 주도권을 행사해 온 겁니다. 그런데 뭐가 빠져 있냐면, 역사에 대해서만큼은 주도권을 행사할 수가 없어요. 친일, 독재의 협력자에서 벗어날 수가 없었던 겁니다. 그동안 마이너(비주류)가 될 수밖에 없었던 역사 문제에서 그것마저도 주도권을 행사하는 주류가 되겠다고 하는 시도가 지금의 역사 부정론으로 나타난 거죠. 그렇기 때문에 역사 쿠데타란 얘기를 하는 것이고요.

그런데 우리 국민은, 항상 그런 것은 아니지만, 현명하십니다. 과거에도 국정교과서 찬성하는 비율이 처음에는 높았어요. 왜냐하면 그런 공세를 계속하니까, 우리나라 역사 교과서 문제가 심각하다, 계속 그러니까 국민이 거기에 호응했는데, 나중에 역사학계도 대응하고 시민 사회가 대응하고 하면서, 그렇지 않다고 반응하게 됐습니다. 우리나라에서 제일 쉬운 방법이 종북 프레임을 거는 거예요. 북한에 대한 위기의식을 우리 국민이 많이 갖고 있기 때문에 독재자들이 늘 써왔던 방식이었어요. 그런데 처음으로 실패한 사건이 바로 국정교과서 문제였어요. 국정교과서로 가지 못하고 오히려 정권을 뺏기는, 탄핵에 이르는 계기가 된 거거든요. 그거 우리 국민이 한 겁니다. 그래서 그것을 쿠데타라 하는 것이고요.

역사 부정론은 겉으로 보면 굉장히 힘이 센 것 같이 보여요. 왜냐하면 정치 권력과 결합해 있잖아요. 그런데 저들은 정치 권력이 없으면 움직이지 않아요. 문재인 정부 때 뉴라이트들이 굉장한 투사로 변신해 싸울 줄 알았어요. 제가 2017년에 대한민국역사박물관장에 취임했을 때『조선일보』에 "역사 전쟁의 무대가 교과서에서 박물관으로 옮겨갔다. 우리 주의해야 한다"는 칼럼이 실리기도 했어요. 저는 대한민국역사박물관장에 취임하고 처음에 뉴라이트들이 만들어왔던 전시를 다 뜯어냈습니다. 물론 지금 이 정권이 다시 옛날로 돌아가려는 모습이지만 다 바꾸지는 못해요. 우리는 역사 부정론을 무서워하고 굉장히 힘이 있는 것처럼 그럴 것이 아니라, 그것이 뭐가 문제인지 정확하게 인식하고 함께 노력하면 막아낼 수 있을 것 같아요.

[정준희] 방금 주신 말씀 중에 인상적으로 들었던 구절이 "저들은 굉장히 오랫동안 자원도 다 독점하고, 권력도 가지고 지배해 왔다. 그런데 유일하게 지배하지 못했던 것, 그러니까 자신의 친일 흔적을 지우지 못했던 것, 그것 때문에 정통성을 갖기 어려웠고 역사에서 마이너일 수밖에 없었다"라는 것입니다. 이제 한 번 더 강조해서 말씀해 주시면 좋을 것 같습니다. 예를 들면 원래 사학을 공부하신 분들이 아닙니다만 경제사학이나 이런 것을 했다고 하면서, 위안부 문제라든가 식민지근대화론이라든가 이런 것들을 많은 자료를 화려하게 동원하면서 마치 자신들이 새로운 사실을 발견해서 기존에 있었던 주류적 견해를 붕괴시킬 수 있다는 것처럼 시도하고 자랑하는 그런 흐름들이 있잖아요.

[주진오] 대부분은 통계 자료인데요. 통계 자료는 중요한 것이 뭐냐

하면 통계를 누가 만들었느냐입니다. 통계는 얼마든지 조작할 수 있습니다. 통계만을 가지고 역사의 진실을 이야기하는 것은 굉장히 위험한 발상입니다. 가장 대표적인 것이 식민지근대화론이라고 하는 건데, 그러니까 식민지하에서 우리 스스로 근대화할 수 있는 능력이 없었는데 식민지가 됨으로써 근대화됐다는 얘기거든요. 이런 식의 발상으로 간다면 친일파가 시대의 흐름을 앞장선 선각자가 되는 겁니다. 거꾸로 그것에 맞섰던 사람들은 시대의 흐름을 잘 모르는 뒤처진 지진아가 되는 거예요. 그 때문에 그들이 항일운동의 역사를 끌어내리려고 하는 것입니다. 최근에 홍범도 장군뿐만 아니라 이런 분들을 왜 지우려고 하는가? 그것이 역사의 주류가 되는 한 친일파들은 영원히 역사에서 죄인이 될 수밖에 없는 겁니다. 그들이 생각하는 힘 있는 자, 문명, 그것이 이제 일본이 되겠고, 그다음 해방 이후에는 미국이 되겠죠. 그들이 구상하고 있는 세계 질서, 동아시아 질서에 우리가 편입돼서 그것에 하나의 첨병이 되는 것이 우리가 가야 될 길이라고 보는 겁니다.

[전우용] 90년대 초중반쯤 얘기인데요. 한번 제가 말씀을 드려볼 테니까 저를 좀 비판 좀 해주세요. 따지고 보면 김구가 한 일이 뭐가 있냐? 젊은 사람들 꼬드겨 폭탄 던지게 하고 아까운 목숨을 잃게 만들었지. 윤봉길, 이봉창이 폭탄 던졌다고 우리가 해방되기나 했나, 일본의 식민 통치 방침이 달라지길 했나, 그것으로 달라진 게 뭐가 있나? 김성수는 친일이라고 욕하지만, 학교도 세웠고 언론사도 만

들었고, 공장도 지었고, 그게 다 남아서 우리나라 국가 건설에 도움이 된 거 아니냐? 북한을 봐라. 친일파 청산한다고 난리쳤어. 일제강점기 근대 식민지 시대에 우리가 일본으로부터 배운 지식 경험, 이런 거 다 내동댕이쳐 버리니까 저 거지꼴이 돼 있지 않느냐? 우리가 이만큼 사는 게 다 누구 덕이냐? 식민지 시대에 일본인들로부터 근대 과학과 기술과 지식을 받아들여서 잘 보존하고 그걸 발전시켰기 때문에 이렇게 된 거 아니냐?

이렇게 저를 설득하려 하신 분이 있어요. 식민지근대화론의 핵심은 그거예요. 일제강점기 식민지 시대에 우리가 근대화했느냐 아니냐가 아니에요. 어느 나라나 식민지 시대에 문명의 요소들이 새로 들어오기는 해요. 그런데 그 들어온 것들이 과연 온존돼서 해방 이후 2차대전 이후에 국가 발전에 제대로 토대가 되었느냐, 아니냐에 대한 해석의 문제예요. 이 사람들은 그게 핵심이라고 생각을 해요. 그래서 당연히 독립운동은 정말 사회를 혼란시키는 것이고 아무것도 달라진 게 없잖아요. 지금 뉴라이트가 주장하는 핵심 중 하나가 그거예요. 독립운동가가 독립에 무슨 기여를 했는지, 미국이 원자폭탄 터뜨려서 우리가 해방된 거지 우리 독립운동가가 해 준 게 뭐가 있냐는 거죠. 답변을 하실 수 있으시겠어요? 비판해 줄 수 있겠어요? 쉽지 않을 겁니다.

1940년 경에 일본인들이 3대 국민 과목이라고 하는 거를 만들어요. 우리도 해방 이후에 계속 썼어요. 국어, 국사, 국토 지리. 여기에 전두환 때 국민 윤리까지 국민을 넣은 과목이 만들어져요. 국민을 하나의 가치관으로 묶어 내는 과목이라는 뜻이죠. 그래서 국가 정신을 체화한 사람들로 만든다고 했던 거였어요. 역사는 거기서 굉장히 핵심적인 위치를 겸했었죠. 같은 상황을 보더라도 여성이 보는 역사와 남성이 보는 역사가 다를 수 있어요. 같은 사건에 대한 기억이라도 그 회사 사장이 기억하는 것과 노동자가 기억하는 게 다를 수밖에 없어요. 그걸 어떻게 하나로 묶어 하나의 진실이 있다고 얘기할 수 있느냐, 그것을 묻기 위해 만든 것이 역사관이고, 그 기반에 깔려 있는 것이 인간관이에요. 인간관이 역사관, 세계관, 가치관 전반을 다 규정하는 중요한 거예요.

인간이란 어떤 존재인가에 대한 질문에 대한 답으로 몇 가지 유형이 있어요. 물에 빠진 사람을 보았을 때, 첫째 유형으로 그냥 앞뒤 안 가리고 뛰어들어 건지려고 하는 사람들이 있어요. 둘째로는 자기가 위험하지 않은 선에서 하다못해 밧줄을 찾아 던져 주든지 뭘 하려는 사람들이 있죠. 셋째 유형은 그냥 누구 좀 도와달라고, 자기는 못하겠고 "여기 사람 빠졌어요" 소리 지르는 사람도 있겠죠. 넷째 유형은 못 본 척하는 사람도 있을 거예요. 다섯째 유형은 헤엄도 못 치는 사람이 뭣 하러 물에 들어가서 저런 일을 당하냐고 비난하는 사람들도 있을 거예요. 유형으로 볼 때 다 가능해요. 다 가능한데 인류가 약속해 온 가치관은 대략 둘째, 셋째 사이에 있어요. 그런데 첫째 유형의 사람이 훌륭한 사람이다, 이 사람 존경해야 된다, 자기에게 이익되는 것도 없으면서 누군가를 구하려고 자기를 희생하는 사람, 그 사람을 존경하고 모범으로 삼아야 인간 공동체가 유지된다고 수천 년간 그렇게 이야기를 해 왔어요. 그런데 다른 부류의 사람들을 모범으로 삼으려고 하는 시도가 나오고 있어요. (중략) 시장 바닥에서는 서로 경쟁하는 인간이 될 수밖에 없죠. 뉴라이트 인간관의 핵심에는 바로 이 시장에서 드러난 인간만을 인간의 표준으로 보려고 하는 그게 깔려 있어요. 이기심에 가득 차서 자기 이익을 위해 남을 도구화할 수 있는 인간, 그리고 인간과 인간관계는 거래 관계나 경쟁 관계밖에 없다고 믿는 인간. 이런 사람들이 볼 때 독립운동가가 이해가 안 돼요. 자기한테 돈 되는 것도 없는데 도움 되는 것도 없는데 뭐 하러 목숨을 걸고 다른 사람 구하려고 하느냐 이거죠. 힘이 하나도 없으면서 엄청나게 막강한 세력을 상대로 싸우는 자들도 이해가 안 돼요. 국방부 장관이 그랬잖아요. 이완용도 이해가 된다. 이렇게 막강한 일본 앞에서 그렇게 항복하는 게. 그 뭐하러 국방부 장관이 돼요? 항복부 장관이 돼야 되지. 그런데 그렇게 생각을 하는 거예요. (중략) 오래된 인간의 약속을 뒤집으려고 하는 거예요. 친일파는 주어진 조건에서 자기 이익을 극대화하기 위해 최선을 다했던 사람들이고, 우리 주변에 그런 사람들 한둘이 아니지 않느냐? 어떻게 보면 그 사람들이 볼 때는 그런 사람들을 중심으로 역사를 새로 써야 된다, 그러는 거죠.

예전에 시장이라고 하는 건 좀 멀리 있었어요. 자기가 시장을 위해 생산을 하든 무얼 하든 간에 일을 하는 동안에는 동료들과 거기에 무슨 경쟁 관계가 있는 것도 아니고, 거래 관계가 있는 것도 아니에요. 그런데 현대인들은 손바닥 안에 시장이 들어와 있어요. 매일 시장 속에서 살아요. 매일 최저가 검색하면서 살거든요. 시장형 인간으로 사람들을 바꾸는 힘이 교과서나 어떤 훈련보다도 이게 훨씬 더 강해요. 시장형 인간은 이기주의자예요. 자기 이익만 추구하면 된다고 생각하는 사람들이거든요. 이런 상황들이 계속 많아질 수밖에 없는 사회적 흐름이 지금 진행되고 있기 때문에 시민들은 뭘 해야 되느냐. 사실은 무슨 윤석열 정부의 궤변에 저항하는 것이

아니라 자기를 시장형 인간으로 만들고 있는 이 상황에 저항해야 돼요. 그래서 저는 인간다움에 대해서 늘 잊지 말아야 된다고 생각해요.

수난의 족청 시절

장동석

[편집자 주] 고(故) 장동석 선생(1929~ 2004)의 「수난의 족청 시절」은 1993년 『신동아』 제29회 9백만 원 논픽션 공모 최우수작으로 선정된 작품이다. 선생은 제주제일중학원(현 오현중) 재학 시 조선 민족청년단 활동을 하다 제주4·3의 소용 돌이 속에서 우익 대동청년단과 경찰 및 서북청년단으로부터 무자비한 고초를 당 하여 필사적으로 살아남기 위해 분투한 일을 생생하게 기록으로 남겼다. 고인의 생생한 경험이 세월에 묻혀 잊혀지지 않 도록 유족과 『신동아』의 허락을 구하여 여 기 다시 싣는다.

애월심상소학교(涯月尋常小學校) 야마나카(山中貞治) 교장은 비록 일본 사람이지만 다른 교사와는 달랐다. 그는 우리들에게 "너희들 도 부지런히 공부하여 독립 국가를 만들라"는 은근한 교훈을 심어

준 분이었다. 그러므로 일본이 패망하여 돌아갈 때에도 부락민들은 그를 깍듯이 모셔 보내 드렸다.

야마나카 교장은 우리를 5학년 때부터 이태를 담임했다. 그가 부임한 후부터는 '국어 상용 딱지' 제도가 없어졌다. 이 제도는 '국어'(일본어)만을 사용토록 하기 위한 간사한 '조선어 말살 정책'의 하나였다. 월요일에 딱지 열 장을 나눠 주고, 조선말을 쓰는 친구가 있으면 한 장씩 빼앗는다. 주말에 얼마만큼 딱지를 압수했는지에 따라 성적이나 품행에 참고하는 제도다. 야마나카 교장은 그 제도를 없앴다. 그리고 검도부를 조직해 토요일이면 두 시간씩 훈련을 시키는 것이었다. 그와 10여 분 연습할 때는 정신이 어지러울 정도로 죽검으로 맞는다.

"이 자식 용기가 모자라. 살이 끊어지면 뼈를 자르라"면서, 천장이 무너질 정도로 큰 소리로 기합을 준다.

그는 진정 고마운 교육자였다. 일본어 시간에는 늘 하이쿠(俳句, 일본의 짧은 정형시) 두 수씩을 지으라고 해서 어린 소년 소녀들에게 문학의 꿈을 심어 주었다.

소학교 졸업 무렵 아버지께서는 제주농업학교(제주도 유일의 중학 과정) 입학을 권하셨다. 그런데 야마나카 교장은 아버지를 부르셔서, 농업학교보다는 동경제일중학(東京第一中學)이 적격이니 그리로 보내라고 하시며, 입학지원서며 내신서며 도항증명서를 주선해 주었다.

42년 3월 일본으로 떠나기 전날, 어머니께서는 찰떡 한 말 몫을 만들어 가방에 넣어 주셨고, 속옷 안쪽에 돈주머니를 따로 만들어 1백 원짜리 지폐 7장을 집어넣고는 실로 꿰매며 당부하셨다.

"이 돈은 밭 열 마지기(1천 평)를 살 수 있는 돈이다. 동경에 가면 하숙 주인에게 잘 부탁해서 저금하고, 그 이자로 매부와 같이 학비에 쓰거라."

매부는 동경 치바(千葉) 중학교 2년생이었다. 초저녁 달이 뜰 무렵, 어머니께서는 준비해 둔 제물을 진설하여 향을 피우며 아들의 소원 성취를 기원했다. 그날 밤, 어머니는 나를 껴안으시고는 놓아 주질 않으셨다. 아버지께서는 떠나는 아들에게 마지막 훈계를 잊지 않으셨다.

"너의 증조부님은 전주(全州) 유학까지 하셨다. 흉년이 들자 육지에서 쌀을 사 들여와 일가족과 동네 사람들을 구제하셨고, 향공진사(鄕貢進士)로 한학 서당을 세워 많은 제자들을 키워 내셨다. 한양을 출입하며 무역으로 곽지리 제1의 부자가 되셨고, 배에서 풍파를 만나 중국까지 표류되었으나 무사히 귀가, 『표류기』(제주 선비 장한철이 남긴 『표해록』을 가리킴)도 남기셨다."

거둬들인 보리짚가리가 얼마나 높았던지 뱃길의 사공들이 이 보릿짚가리를 대중 삼아 노를 저었다는 일, 조부님도 전주에 유학한 후 서당을 여신 일, 숙부님도 대를 이어 전주에 유학하시고 한학과 문필에 뛰어나셨던 일 등을 말씀하시며 문필의 가통을 은근히 권하시는 것이었다.

이튿날 아버지와 함께 제주시를 향했다. 매표소에서 부산행 표한 장을 사신 아버지께서는 일금 35원을 주셨다.

사방에 땅거미가 짙어갈 무렵, 나는 종선(從船, 큰 배로 실어나르는 작은 배)에 올라탔다. 저만큼 멀어져 가자 아버지가 보일락 말락했다.

"동석아, 잘 가거라아…."

희미한 저 건너에서 아버지의 목메인 소리가 들렸다. 생전 처음 겪는 이별에, 황혼을 배경 삼아 울려 퍼지던 아버지의 그 목소리는 반세기를 지난 지금도 귓전에 생생하다.

동경 유학 가던 중 체포, 구금되다

부산에 도착해서 동경 매부에게 전보를 쳤다.

'저녁8시관부연락선으로감아침급행으로출발마중바람'

관부연락선 금강호(金剛丸, 일본명 '공고마루')는 다음 날 새벽 시모노세키에 도착했다. 나는 승차권을 사고 동경행 급행을 탔다.

차창엔 처음 대해 보는 이국의 풍경이 펼쳐졌다. 처음 보는 비행장 전투기, 굵다란 황죽, 균형 갖춘 보리밭과 농촌 풍경. 밀보리는 잘 다듬어져서 내 고향 보리와는 비교가 안 되리만큼 3~4배 이상 자라고 있었다.

이국의 낯선 풍경에 정신을 잃고, 초라한 내 고향 풍경을 더듬을 때였다. 누가 나의 등을 툭 치는 것이었다.

"신분증 보여라."

쳐다보니 40대의 중년 신사였다. 한눈에 형사임을 느꼈다.

"돈을 얼마나 가지고 있나?"

그는 매서운 눈으로 나를 노려보았다.

"7백 원을 가지고 있습니다."

그는 다짜고짜 나의 양손에 수갑을 채우고 내 소지품을 자기가 들더니 기차에서 내리라고 했다. 야마구찌현(山口縣) 보후(防府)의 미타리 지역이었다. 그는 일본의 사복 고등계 형사였다.

나는 도리없이 그를 따라 내렸다. 우리가 간 곳은 조그만 파출소였다. 그는 나에게 도항하게 된 동기와 거액의 출처에 대해 조사했다. 그는 조서와 함께 나를 미타리지 경찰서에 인계했다. 나는 인계받은 경찰관과 왜 내가 경찰서로 와야 하느냐고 10여 분간 말다툼을 했다.

얼마 후 간수 두 사람이 나의 몸수색을 하고, 허리띠를 풀게 하며, 나를 수감하려 들었다. 나는 너무나 억울하여 울면서 반항했다. 내가 무슨 죄를 지었느냐고…, 입이 약간 비뚤어진 간수 한 사람은 "학생이 조건 없이 당한 것은 인정한다. 그러나 이렇게 된 이상 이틀간만 기다리라"고 하면서 달래는 것이었다. 나는 동경에서 기다리는 매부와 고향 부모에게 전보를 칠 수 있게 해 달라며 몸부림쳤으나, 그들은 여기서 나갈 때까지는 아무 연락도 안 된다며 감방에 처넣었다.

감방에는 껍질도 없는 찢어진 이불솜만 몇십 개 있을 뿐이었다. 솜에는 이가 우글거리고 있었고, 이도 굶주렸는지 색깔이 하얗게 변해 있었다. 나의 자리는 변기통 옆이고, 감방의 넓이는 약 2평 정도. 변기 청소와 감방 청소는 나의 차례였다. 밤에는 이불이 없어 몹시 추웠다. 이불솜으로 발을 덮고 자려고 해도 이 떼를 생각하면 도저히 그럴 수 없었다.

식사는 나무로 만든 도시락에 보리밥 세 숟갈 정도였고, 반찬은 죽순을 소금에 절인 것이었다. 3일간은 냄새 때문에 식사를 못해 굶고 살았다. 간수에게 어머니가 만들어 준 떡을 갖다 달라고 해도, 간식은 안 된다며 거절했다. 감방살이 4일째부터는 배가 고파 감방 밥을 남김없이 먹게 되었으나 1주일이 지나도 대변이 나오지 않았다.

나는 영문도 모르고 구금당한 지 22일 만에 또다시 영문도 모르고 출감하며 보관했던 소지품과 돈을 찾았다. 찰떡은 변하여 던져 버렸다. 토요일이었다. 보슬비 내리는 거리는 한결 처량하게만 느껴졌다. 나는 경찰관에게 동경으로 갈 수 없느냐고 물었으나 일언지하에 거절당했다. 당장 귀가시킨다는 것이었다.

얼마 후, 그 일본 형사(나를 처음 잡았던 형사)와 함께 시모노세키행 기차를 탔다. 기차 안에는 등교하는 학생들로 만원이었다. '조센징', 단지 민족적 차별로 입학시험도 못 치르고 돌아가는 억울함이 처량하기만 했다. 한 맺힌 가슴을 풀 길이 있을 것인가? 막연하고 답답하기만 했다.

'가미카제' 징병 피해 화부(火夫) 생활

시모노세키에 도착, 형사의 감시하에 이발을 하고 나서 관부(關

釜) 연락선에 올랐다. 형사는 나를 3등실 한쪽 새끼줄로 둘러막은 다다미방으로 데리고 가서 승무원 형사에게 인계하고 나갔다. 객실에 격리 수용된 인원은 40명쯤이었다. 여자도 5명이 있었다. 나는 한편 구석에서 가방을 베개 삼아 누워 있었다. 30대의 중년 한 분이 다가왔다.

"학생은 어째서 부산으로 가는 길이지?"

나는 자초지종을 이야기했다. 그는 자기도, 내가 지원했던 동경제일중학을 졸업하고 동경제국대학에 다니다가 사상 관계로 퇴학당하고 조선으로 강제 송환되는 중이라고 했다. 같이 있는 사람들도 모두 조선 사람이며 독립운동 자금을 조달한 혐의로 체형을 마치고 조국으로 송환되는 애국자들로, 재산까지 전부 몰수당했다며 격분하는 것이었다.

"소년도 거금 7백 원을 독립운동 자금으로 오인해 구금한 게 틀림없어."

그는 나를 위로해 주며, 나라 없는 설움을 곱씹는 듯 비장한 표정을 지었다. 그는 또, 자기와 같이 중국 북경으로 가면 책임지고 대학까지 공부시켜 줄 테니 함께 북경으로 가자고 했다. 그러나 나는 외아들이라 북경으로 가면 부모님이 걱정해 오래 못 사실 것이므로 거절하지 않을 수 없었다.

부산항에 도착해 그들과 헤어졌다. 식당에 가서 오랜만에 생선구이로 요기를 하고 제주 연락선으로 귀가했다. 어머니 품 안에 안겼을 때, 어머니는 살아서 돌아온 것만도 다행한 일이라고 반겨주셨으나 나는 목이 메어 말을 잇지 못했다.

집에서 마냥 놀 수만은 없어 42년 4월 애월 청년훈련소에 입소, 44년 3월 청년훈련소 본과 2년을 마칠 때까지 농사일을 도우며 훈련소를 다녔다.

졸업할 때가 되자 훈련소에서는 '일본청소년 항공특공대'로 지원 입대하라면서 지원서를 나눠주었다. '항공특공대'란 그들 말로 '요카렌(豫科練)'이라고 해서 중학교 2년 수료 정도의 소년을 입학시켜 비행 연습 훈련을 시키고는 비행사관(飛行士官)이나 비행하사관으로 임명하여 전쟁터의 총알받이로 내보내는 교육기관이었다.

'신푸타이(神風隊)'('가미카제(神風)특공대'라고도 함)라면 너무나 유명했다. 이는 제2차대전 중 일본 해군 특별 공격대로서 비행기를 탄 채 적의 함정에 맞닥뜨리는 자폭 특공대였다. 완전히 '총알'로 죽는 악종 전투법이요, 쌩쌩한 청춘들을 죽음의 지옥으로 몰아넣는 야만적인 살육 방책이었다. 전 졸업생들에게 바로 이 특공대에 지원 입대하라는 것이었다. 그렇잖아도 일본에 대해 적개심이 가득한데, 그들을 위해 목숨을 바치라니….

애월 지서에 지원서를 내는 척하다가 몰래 호주머니에 넣어 가지고 와선 찢어 버렸다.

며칠 후 지서에서 출두 통지서가 왔다. 나는 아버지와 의논해 한림항(翰林港)에서 일하는 장기숙 삼촌의 건착선(고등어잡이 배) 화장(火長)이 되어 피신했다. 6개월간을 그곳에서 지냈다. 그 후 전쟁이 끝나기를 기다리며 농사일, 노무자일, 아버지를 대신한 강제 노역

등으로 어려운 나날을 보내다 해방을 맞았다.

민족청년단 가입, 조직책 맡다

우리는 한 줄기 단군의 피다.
죽어도 또 죽어도 겨레요 나라
내뻗치는 정성 앞에 거칠 것 없다.
젊은 맘 한창에 억센 팔다리
많은 힘 쥐어 치면 벽력이 나고
발 맞추어 걷는 걸음 초목도 떤다.
우리는 한 줄기 단군의 피다.
칼 먼저 의를 갈아 서릿발치니
삼천만을 구해 낼 이 우리뿐이다

민족청년단 단가다. '민족 지상 국가 지상', '죽어도 겨레 위해, 또 죽어도 나라 위해'를 모토로 했던 민족청년단원들이 푸른 목소리로 외쳐 부르던 멋진 노래였다. 이범석(李範奭) 장군이 일으킨 민족청년단은 그의 독립 투쟁, 특히 청산리 싸움 등의 비화로도 선풍적 인기였으니 당시의 정치 상황을 봐서도 매우 타당한 취지요, 운동이었다.

'사상'에 앞서 '민족'을 위한다는 일념이 마음에 들어 나는 이 운동에 가담했고 우리 학교(당시 제일중학 = 현 오현학원)의 조직책까지 맡았었다. 그러나 그게, 내 생명을 건 모험의 빌미가 될 줄은 누가 알았으며 외아들을 둔 부모의 애간장 타는 수난의 꼬투리가 될 줄을 누가 알았는가.

해방되자 일본에서 돌아온 고향 출신 인텔리들이 모여 학교를 일으켰다. '제주제일중학교'였다. 나는 거기에 늦깎이 학생이 되어 배우고 있었다.

극우파와 극좌파, 그 싸움의 소용돌이가 제주에도 밀려왔다. 왼쪽은 남로당계의 민애청(民愛靑)이고 오른쪽은 한민당계인 대동청년단(大同靑年團)이었다. 민애청은 지하로 스며들어 분간하기 어려웠지만, 대동청년단(학생연맹 = '학련'이 중심)은 노출되어 쉬 알아볼 수가 있었다.

우리 학교에서도 양 파로 갈려 교원 간에도 학생 간에도 불협화음이 점점 높아져 갔다. 나는 나이도 들고(당시 20세) 키가 커서 주위의 시선을 모으기도 했을 것이나, 이범석 장군의 민족청년단에 관심을 가졌었다.

'신성한 학원에서 진리 탐구에 매진할 수 있는 길은 민족 지상, 국가 지상의 깃발 아래 단결하여 청년들의 주체 세력을 양성하는 것이다. 민족의 장래는 현실 정치의 와중에 뛰어들기보다 내일을 위한 착실한 준비에 달려 있다.'

이런 생각으로 나는 우리 학교에 민족학생과를 조직하였다. 이때가 1947년 11월, 4·3의 봉홧불이 오르기 5개월 전이었다.

'민족학생'의 조직책이 되면서 나는 우익인 대동청년단 상급생 5

명에게 테러를 당해 죽을 뻔한 위기에 처하기도 했다. 이때부터 나는 우익 계열의 테러 대상에 올라 가시밭길에 들어서게 되었다.

이러던 중 4·3사건이 일어나고야 말았다. 1947년 3·1절 기념식을 발단으로 한 3·10 총파업의 검속으로부터 1948년 4·3 발발 직전까지 1년여간 도민 2천5백 명이 구금되었다고 하면 저간의 상황을 짐작하고도 남으리라.

4·3이 터진 한 달 후였다. 계엄령으로 학교도 무기 휴업하여 집에서 외출을 삼가며 공부에 전념하고 있었다. 밤 11시, 밖에서 수군거리는 소리가 들리더니 대문을 발길로 차는 소리가 요란했다. 나는 직감적으로 대동학생단 테러 조직임을 알았다. 나는 재빨리 뒷문으로 뛰쳐나갔다. 그 순간 30여 명이 마당과 집안을 덮쳤다. 누가 누구인지 분간이 가지 않았다. 나는 그들의 대열 속에 섞인 채 "저기로 도망간다"고 외치며 위장 전술을 썼다. 같이 뛰어도 나를 같은 패거리로만 알았지 테러의 목표 인물인 줄은 몰랐다.

그들 손에 잡혔다면 영락없이 저승에 갔을 것이다. 그때 학련(대동청년단)에 붙잡혀 소식 없이 불귀의 객이 된 학우들이 많았다. 자기네 편이 아니면 무조건 적으로 몰았던 철부지들의 불장난, 어느 한 사람의 눈에 거슬려도 전 동아리의 적으로 치부하여 피에 굶주린 이리 떼의 이빨로 물어뜯던, 법도 도의도 체면도 양심도 깡그리 얼어붙은 '피바다의 광란'이 전개되었다.

경찰·서북청년단·학련이 삼위일체가 되어 온 섬은 피비린내 나는 아수라장으로 변했다. 그들의 득세는 날로 기승을 부렸고, 순박한

도민들에게는 가슴을 죄는 공포와 전율의 나날이었다.

그날 밤 나는 무사히 외할머니집으로 피신할 수 있었다. 외할머니집에서 은신하며 20여 일을 보냈으나 계엄령은 풀릴 성싶지 않았다. 거기에 오래 있는 것이 외사촌형에게도 미안쩍었다. 부담이 가는 듯하여 고향(애월읍 곽지리)으로 갈 것을 결심하였다.

낮에는 군경, 밤에는 공비에게

5·10선거 때도 제주도에선 남한만의 단독 선거에 반대하여 투표가 이루어지지 못했다. 거기에 9연대에서 하사관을 포함한 41명의 병사들이 입산한 사건까지 발생하여 먹구름이 온 섬을 에두르고 있었다.

나는 고향에 갈 양으로 8촌 동생 장승언(현재 구엄국교 교장)을 찾아갔다. 48년 5월 말경이다. 서문통 친척 집에서 하숙하고 있던 그도 찬성하여 함께 제주시를 출발하였다. 고향 곽지리까지는 열 참(20km), 걸어서 네 시간이면 닿는다. 딱 중간 지점 되는 하귀리를 지나 병풍내 다리를 눈앞에 둔 지점에 이른 때였다. 길섶 보리밭에서 갑자기 사복에 철모를 쓰고 철창을 든 청년 5명이 우리를 포위하는 것이었다.

"너희들 경찰 연락원이지?"

"아닙니다. 학생입니다. 방학이 되어 집으로 돌아가는 길입니다."

그들은 우리를 수산리 한 농가로 끌고 갔다(수산리는 후에 집단 학살된 마을임). 그 농가는 인민위원회 수산리 자위대 본부였다. 자위대 한 사람이 우리를 연락원이라며 취조하기 시작했다. 나는 이 마을 출신 동창생인 강철호 생각이 났다.

"이 마을의 강철호가 동창입니다. 물어보면 저희에 관해 잘 알 겁니다."

이윽고 그들은 강철호를 데려왔다. 그는 내가 족청(민족청년단) 학생과 조직책으로 극우파인 대동청년단(학련)에 시달림을 받는다는 것을 아는지라 나의 신상을 확인해 주었다. 그 덕분에 우리들은 풀려나왔다.

이튿날 나는 마을 동향이 궁금했다. 각 마을마다 산 쪽이다 바다 쪽이다 하여 난리고, 한 마을 안에서도 누구는 어떻고 누구는 어떻고 하며 의논이 분분할 것이 뻔한 일이기 때문이었다. 동네 학생 몇 명을 만나서 마을의 돌아가는 소식을 들었다. 학생들 몇 명과 동네 거리로 나와 있을 때였다. 동네 어른 한 분이 골목길에서 나오면서 소리를 치는 것이 아닌가.

"얼른 들어가거라. 어디서 놀고 있냐! 거리에 얼씬도 말아라!"

양쪽 세력이 대등하여, 여기도 무섭고 저기도 무서운 세상이었다. 흙 파먹고 사는 농촌에 그 무슨 사상이 필요 있고, 적이 필요하랴. 낮에는 군경에게, 밤에는 산의 공비들에게 시달려야 하는 것이 그즈음 농촌의 참상이었다.

시국의 추이를 살피며 집에서 책을 읽던 6월(48년) 어느 날 밤. 나는 경찰의 습격을 받았다. 대동청년단의 테러 대상이므로 경찰에서도 의당 좌익으로 몰아붙여 나를 제거하려는 것은 이미 알고도 남는 일이었다. 나는 재빨리 뒷집으로 내뺐다. 밤이라 나를 붙잡지 못하고 그들은 돌아갔다.

나는 어머니께 이웃 마을 귀덕리로 피신하겠다고 얘기했다. 귀덕리로 가려면 금성리를 통과해야 한다. 그 금성리 웃턱에 바로 붙은 정짓내(하천)를 통과하고 잣길목에 다다랐을 때였다('잣길'이란 성(城) 위의 길로서 제주 방언으로 성을 잣이라 함. 즉, 밭과 밭 사이 돌담 위에 난 길). 약 50m 전방은 삼거리였다. 총검에 실탄을 장전하는 철거덕 소리가 나더니 순간 큰 소리로 수하를 한다.

"누구냐!"

이런 경우 위축돼서는 안 되겠기에 나도 큰 소리로 태연한 척 되받았다.

"오, 수고한다. 나는 순찰대장인데 이상 없느냐?"

"예, 이상 없습니다."

나는 잣길로 유유히 걸어, 삼거리를 비껴 딴 방향으로 꺾었다. 아찔한 순간이었다. 동네를 막 빠져나갈 때 총성과 함께 비명 소리가 멀리서 들렸다.

"땅, 따땅."

"아이고, 아이고!"

밤이 깊기를 기다리다가 친구인 김상호의 집을 찾아들었다. 이튿날 아침 상호 군 모친께 인사를 하고, 상호네 밭에 나가 함께 보리를 베고 묶었다. 상호 군은 나처럼 테러의 표적이 아니어서 비교적 안정된 상태였다. 나는 상호 누나를 통해 어머니에게 무사하다는 소식을 전해 달라고 부탁했다. 점심때 돌아온 누나의 말에 의하면, 어젯밤 귀덕리에서 두 형제가 토벌대에게 총살당했다는 것이다. 그렇다면 내게 수하를 했던 그자가 바로 토벌대가 아니었던가? 내가 그냥 순순히 잡혔더라면…. 등골이 오싹했다.

맷돌 방석에 숨어 있다 들켜, 경찰에 압송

농촌에서는 보리타작이 한창이었다. 하루는 상호와 같이 윗마을 (귀덕리 4구)에 사는 동창 강희부(姜禧富)네 집을 찾아갔다. 반가이 맞아 주었다. 어도리(귀덕리 윗마을) 출신 강 모(이름 잊음)도 같이 있었다. 우리는 서로 인사를 나누고 점심을 같이했다. 오후가 되자 강은 자기 집에 가면 좋은 벌꿀이 있으니 저녁도 들 겸 같이 올라가자는 것이었다. 의논대로 넷이서 어도리로 올라가 저녁 식사와 함께 꿀물도 맛있게 먹었다. 김상호와 강희부 두 벗은 시국이 안정될 때까지 하루씩 번갈아 도와주겠다며 나를 안심시켰다.

어스름이 되어 우리들이 내려가려 하자, 강은 "밤이 되었으니 오늘은 나하고 얘기나 하며 쉬고 갑서" 하며 나를 붙잡는 것이었다. 나는 호의가 고마워서 응낙했다. 둘(김상호, 강희부)은 내려가 버리고, 나는 강과 모기장 안에서 얘기를 하다 잠이 들었다.

새벽 네 시경. 인기척 소리에 퍼뜩 잠을 깼다. 뒷문으로 나가 보니 뒷길에 경찰 토벌대가 꽉 차 있었다. 앞마당까지 완전 포위하고 있었다. 밖으로 도망한다는 것은 불가능하다고 판단되었다. 나는 부엌의 솥 뒤 잿더미 속에 숨으려고 하였다(제주 시골에는 솥을 앉힌 뒤에 그 잿더미를 쌓아두는 공간이 있음). 잿가루로 위장하여 숨으려 했으나 잿가루는 한 줌도 없이 말끔히 치워진 상태였다. 어쩔 수 없이 부엌 구석에 있는 맷돌 방석으로 몸을 휘감고 숨어 있었다. 가만히 엿들으니 주인 강은 잠자리에서 끌려가는 눈치였다.

경찰은 날이 밝도록 철수하지 않았다. 분명, 강이 내가 집 안에 있다는 것을 말한 것으로 생각되었다. 집 안을 몇 번이나 수색하던 경찰은 "밖으로 도망가진 않았을 텐데…." 하며 마룻널까지 뒤지는 모양이었다. 시간이 한참 지났다. 경관 한 명이 내가 숨어 있는 맷돌 방석을 발로 톡톡 찾다.

"여기다!"

순간 5명이 달려들어 맷돌 방석 세워 둔 걸 뒤엎었다.

"요 새끼, 하마터면 놓칠 뻔했네. 누가 멍석 속에 숨어 있을 줄 알겠어."

나는 멱살을 잡힌 채 앞마당으로 끌려 나왔다.

20여 명의 발길질이 사정없이 퍼부어졌다. 건장한 몸(신장 175cm, 체중 75kg)이 물먹은 창호지마냥 흐물거렸다. 사나운 주먹질로, 구둣발 질로, 총대 개머리판으로 사정없이 맞았다. 실신해 버렸다. 실신한 채, 동네 네거리로 질질 끌려갔다. 나의 아랫바지는 배설물로 뒤범벅이 되었다. 토벌대는 몸이 더럽고 냄새가 나서 더 이상 접근하지 않았다. 이윽고 스리쿼터 한 대가 왔다. 차에는 경감과 경위 한 명씩 타고 있었다.

"올라타."

경위는 나에게 차에 올라타라면서 수갑을 채우려 들었다.

"몸이 더러우니 저 못물에 몸을 씻고 가겠습니다."

나는 허락을 받고 마소 먹이는 못물에서 몸에 붙은 오물을 씻고, 옷을 대강 헹궈 짠 뒤 그대로 입었다. 못 주위에는 50여 명의 동네 사람들이 빙 둘러선 채 나를 바라보고 있었다. 온몸이 쑤시어 견딜 수가 없었다. 두들겨 맞은 자리가 송곳 끝으로 찌르는 것 같았다.

어도리를 출발한 시각은 아침 10시가 조금 넘었다.

"장동석, 이 새끼 죽고 싶지."

제주경찰서로 연행하는 스리쿼터 안에서 경감은 나의 목에 권총을 들이대며 몇 번이나 물었는지 모른다. 나는 아무 말도 하지 않았다. 조그만 거물(?) 하나 잡았다고 의기 늠름해하는 모습도 우습거니와, 체포의 전공(?)을 뽐내는 듯한 거동이 여간 유치해 보이지가 않았다. 말대꾸보다 아픈 데에 신경이 더 쓰였다.

제주경찰서에 도착, 제5감방에 수감되었다. 두 평 정도의 감방에 16명이 수감되어 있었다. 무릎을 맞대고 앉을 수밖에 없었다. 악취와 땀 냄새가 물씬물씬 숨통으로 드나들었다. 개중에는 나처럼 얻어맞아 운신이 매우 불편한 사람도 있었다.

"총살되더라도 누명 쓰지 않겠다"

3일째 되던 날, 나는 조사를 받기 시작했다. 조서 작성은 이틀 만에 순조로이 끝나고, 며칠이 지났다. 조사관은 다시 나를 불렀다. 신문조사관으로 경찰 50여 명이 제주에 파견되어 있었다. 연령은 거의 40대 이상이고, 일제 때의 형사들이었다. 나는 그중 50대가량의 조사관에게 취조를 받게 되었다. 조사관은 아주 매서운 눈초리에다, 얼굴 생김새도 온후한 곳이라곤 하나도 없었다. 목소리와 말투도 고약했다. 최초의 신문 내용은 여섯 가지였다.

① 남로당 입당 여부

② 눌루싯동산(마을 입구의 일주도로)과 정지냇목(곽지와 금성 사이의 내) 도로 차단과 전신주 절단 여부

③ ○○○ 살해 사건 가담 여부

④ 곽지리 청소년독서구락부 조직 내용

⑤ 제일중학 민족학생과 조직 현황

⑥ 기타, 곽지리 좌익 가담자 명단

조사를 받는 사이, 저쪽 방 이쪽 방에서 고통을 참지 못하는 신음소리와 아우성 소리가 요란했다.

"허, 허, 허. 응, 응, 응…."

소 울음소리 같은, 땅이 꺼지는 소리가 바로 등 뒷방에서 들려왔다. 고약한 피 냄새로 퀴퀴한 조사실은 지옥 바로 그것이다. 발밑에 깔린 가마니 거적은 피로 얼룩져 있었다.

나는 '곽지리 독서구락부 조직'과 '민족학생과' 조직 외에는 하나
도 모르고 있는 것들이었다. 사실은 사실대로, 모르는 것은 모른다
고 하였으나 조사관은 곧이듣지 않았다.

　수없는 각목 세례, 열 손가락을 전선으로 묶는 고문. 어깨며 허리
는 거뭏게 피멍울이 엉겼고, 손가락은 마디마디 상처가 났다. 그러
나 아니한 일을 했노라고 하여 죄를 뒤집어쓰고 싶지는 않았다.

　'총살되는 한이 있더라도 누명을 쓰고 죽지는 말자.'

　나는 이렇게 단단히 각오했다.

　"왜 모른다고 해?"

　"모르니 모른다고 할밖에 더 있습니까?"

　그러면 조사관들이 조서를 쓰다 말고 매타작을 하였다.

　"이 새끼, 어린 것이 말대답 잘한다."

　세상살이 바르게 살려는 나였다. 일본으로 건너가 중학교에 들어
가려다가 나쁜 일본 형사 한 놈 때문에 한이 맺혔는데 다시 내 나라
사람한테 이렇게까지 무자비하게 일제 때의 고문 방법 그대로 되풀
이 받아야 되는 것인가! 어린 나의 눈에도 조사관들의 행동 짓거리
들은 인간 이하였다.

　그들에 비하면, 내가 민족청년단에 들어가 '민족 지상 국가 지상'
의 거룩한 기치 아래서 더 넓고 큰 포부와 꿈을 가졌다는 게 그 고통
의 와중에서도 자위가 되었다.

　'나는 너희들보다 위에 존재한다.' 이렇게 스스로 마음을 쓰다듬
음으로써 현실을 다스리자고 몇 번이나 다짐하곤 했다. 그들은 조

사 시작 7일 만에 자기네들 멋대로 죄명을 들씌운 다음 나에게 서명 날인하라고 윽박질렀다.

"사실대로 정정하지 않는 한, 날인하지 못하겠습니다."

나는 버텼다. 그러자 두 명이 합세하여 나의 손을 붙잡고 강제로 손도장을 찍게끔 억지를 썼다. 일제 때, 이런 식으로 우리 애국지사들을 얼마나 못 견디게 굴었고, 그분들은 독립을 위해 얼마나 큰 고통을 당했을까 하고 생각하니 해방 조국의 앞날이 참담하기만 했다.

족청, 반강제로 해체되다

서울에서는 민족청년단(족청)이 확장일로의 기세였다. 46년 1월 9일 발족한 민족청년단은 그해 말 제1기 수료식을 계기로 전국에 조직되었고, 유능한 젊은이들이 운집하여 그 기세가 자못 우람하였다. 어느 청년 단체보다 힘이 있었고 족청의 휘장은 자랑스럽게 여겨졌다. 창단 1주년을 맞은 47년 가을엔 9만 9천 명의 단원으로, 전국적으로 대적할 단체가 없을 정도였다. 더 나아가 48년 10월에는 공청 단원 숫자가 1백15만 명을 헤아리게 되었다.

그러나 48년 8월 이범석 장군이 국무총리로 인준받고 48년 12월 19일 '대한청년단'이 결성됨과 함께 1백30만 단원들은 '조용한 해체'의 눈물을 머금어야만 했다. 민족청년단의 그 씩씩하고 늠름했던 2년 6개월(46. 10. 9. ~ 48. 12. 19.)의 '보라매 드라마'가 서러운 종말을 고하고 만 것이다(족청의 상징이 '보라매'였다. 이는 정인보(鄭寅

普) 선생의 주창인즉, 보라매는 백두산 일대에 서식하는 희귀한 매의 일종으로 어미를 갓 떠난 새끼라도 길들이면 곧 사냥에 쓸 수 있는 영특하고 용맹한 날짐승이다. 정 선생은 훈련생들에게 이 '보라매론'을 강조했다고 한다). 이범석 장군은 정치 수완에 능숙한 이승만의 계략(족청계의 세력을 꺾어야 하겠다는 생각)으로 결국 국무총리로 입각하게 되고 서울운동장(동대문)에서 있은 '대한청년단' 결성 대회에서 족청의 반강제 해체 선언을 하게 된다.

"사리사익보다 단리단익(團利團益), 단리단익보다 국리국익(國利國益)이 앞서야 한다고 나는 늘 말해 왔습니다. 이제 이 대통령의 족청 해산 결의가 확고한 이상…."

이범석 장군의 침통한 목소리에 참석자들은 실망과 비애를 되씹었다.

민족청년단은 결코 좌익에 가까울 수도 없고 그들과 손잡거나 공모한 바가 없었다. 민족청년단은 '순수한 민족주의'를 몸소 실천한 이범석 단장의 애국심이 시초였고 종말이었다. 물론 모략과 중상이 없었던 것은 아니다.

'남들은 공산당 때려잡느라 피를 흘리고 있는데, 민족청년단은 팔짱 끼고 바라보기만 한다.'

'피는 우리(우익 청년 단체들)가 흘리고, 이삭은 민족청년단이 주워 간다.'

이는 민족혼의 진작에만 열중한 나머지, 정치 현실을 외면한 데 대한 당연한 비판일 수도 있다. 그러나 정작 무시할 수 없는 비아냥도 없는 것은 아니었다.

'족청이 비정치·중립을 표방하고 대공 투쟁을 외면하기 때문에 지하의 남로당 민애청 등 좌익분자들이 족청을 합법적 은신처로 삼고 있다.'

'빨갱이 소굴로 변한 족청은 과연 민족 진영인가? 기회주의 집단인가?'

중앙에서도 논란과 비난의 화살이 표독스러운데 하물며 지방에서야 말해 무엇하랴. 그리하여 민족 청년계도 좌익으로 몰려 그들이 휘두르는 몽둥이와 총부리의 표적이 안 될래야 안 될 수 없었다.

수감된 지 20일. 몽둥이로 맞은 온몸에 멍이 든 핏독이 양 어깨와 양 다리 하퇴부에 덩어리져 곪기 시작한다. 고통이 심해 죽을 지경이다. 저들도 눈은 있어 조치를 해 줄 수밖에 없었으리라. 적십자병원에서 네 군데를 수술받고 하루에 한 번씩 업혀 다니면서 치료를 받아야 했다.

아버지께서는 이틀에 한 번씩 면회를 오셔서 간식을 넣어 주셨다. 40여 일 만에 나는 병보석으로 나왔다. 지옥에서 생명만 보전하고 나온 기분이었다. 죄명도 근거도 없이 구금되기 40일. 학련이 아니라는 이유로, 이쪽도 저쪽도 아니라는 탓으로 이렇게 무지막지하게 사람을 잡아 족칠 수가 있는가?

사상적 색깔로 생명들이 도살되던 계절이었다. 적과 흑, 그 중간의 회색은 인정되지 않았다. 소극은 없고 적극만이 예찬되던 시절이었다. 총대를 메고 빨갱이를 찾아내거나 쏘아 버리는 자만이 거리에 활보할 수 있는 상황이었다. 관이나 극우파의 사감(私感)을 사거나 털끝만치의 의심이라도 있으면 여지없이 당했다. '사상적 간판.' 그것이면 어떠한 만행도 어떠한 실수도 모두 정의로 호도되던 시절이었다.

점점 짙어가는 먹구름이 나의 몸, 그리고 한라산을 감싸 죄어드는 느낌이었다. 통원 치료 2주일 만에 나는 고향으로 돌아와 두문불출하고 지냈다.

토굴 생활로 연명

48년 9월, 제주 지역에 다시 계엄령이 선포되었다(실제 제주도에 계엄령이 선포된 것은 11월 17일). 나는 신변에 쇠고랑의 검은 그림자가 다가옴을 느꼈다. 아니나 다를까 용의자에게 체포령이 내렸다는 풍문이었다.

때는 조 수확이 한창일 때여서 나는 부모님과 함께 연자방앗간에서 조코고리('코고리'란 이삭의 방언)를 손질하고 있었다. 군인 2개 중대가 마을을 포위하더니 2인 1조로 가가호호 가택 수색을 하기 시작했다. 수색이 끝난 집은 대문에 분필로 암호 표시를 했다. 나는 박운형(소학교 동창) 집으로 급히 피신했다. 동네의 김재호, 장구석 두 분이 마루에 앉아 있었다. 박운형은 동창으로서 친한 사이인데다, 그의 집안은 4·3 때 폭도에게 피해를 당했던 터라 '이곳이면 안전하겠지' 하는 생각으로 갔는데 웬걸! 조금 있더니 그곳에까지 군인 둘이 들이닥쳤다.

나는 재빨리 뒷담을 뛰어넘었다. 그 순간 찰카닥! M1 소총에 실탄 쟁이는 소리가 등 뒤에서 들렸다. 그들은 나를 추격했다. 나는 몇 집의 담을 뛰어넘어 우리 집 대밭으로 피신했다. 군인이 우리 집으로 오면 앞집으로 숨고, 앞집으로 오면 우리 집으로 숨고 하기를 몇 번 되풀이하는 사이 내가 멀리 피한 줄 알고 그들은 그냥 돌아갔다. 아슬아슬하게 위기를 모면하기는 했으나 심정은 착잡하기만 했다.

'이대로는 안 되겠다. 이렇게 쫓기다가는 언젠가 잡히고 말리라.'

나는 동네 사람과 같이 일본으로 밀항하기로 작정을 했다. 배까지 마련하고 출발의 시기만을 의논하던 중이었다. 그러나 어머니께서는 끝내 허락하지 않으셨다. '아들 하나 있는 것, 일본에 가 버리면 무얼 의지하고 사느냐'는 속내를 모르는 바 아니어서 '내가 살아야 효도도 있고, 집안도 있는데' 하고 대꾸할 염두가 나지 않았다. 결국 나는 일생을 아들 하나 의지하고 살아오신 부모님의 마음을 거역할 수 없어, 사 놓은 배며 계획이며를 깡그리 포기할 수밖에 없었다.

"금성리 네 고모 집에 조짚 눌 밑을 파서 땅속 지하실을 만들어 두었다. 당분간 거기 가 있거라."

아버님의 말씀이었다. 금성리란 곽지리 바로 서녘 마을이요, 옛날에는 한 마을이었던 동네다('눌'이란 짚단으로 노적가리처럼 쌓아두는 것으로서 보리 짚가리 조 짚가리로 쌓아 두었다가 땔감이나 마소 먹이로 쓴다). 나는 아버지 지시대로 고모 집으로 갔다.

식사는 굴 밖으로 나와서 하고, 낮에는 주로 굴속에서 지냈다. 밤에는 어둠을 이용하여 가끔 외출을 했고 친구 이구행을 통해 밖의 소식을 듣기도 했다. 밖은 대낮인데도 어두컴컴한 굴속은 늘 밤 같았다. 굴속에 갇혀 있는 것도 하루 이틀이지 그리 쉬운 일이 아니다. 그러나 '목숨을 지탱하는 길은 이 길밖에…' 하고 체념하며 살아야 했다.

하루는 밥을 먹으려고 막 굴에서 나올 때였다. 순간 이웃집 소년이 굴 입구가 바라보이는 울담에 앉아 망을 보는 듯이 나를 보고 있지 않은가!

'아뿔싸! 이상하다.'

소년은 휙 고개를 돌리고 못 본 체하며 딴전을 피우고 있었다. 오싹 짚이는 게 있었다. 나는 무심한 듯하면서도 그 소년의 행동거지를 눈여겨보았다. 아니나 다를까. 소년은 담 구멍으로 나를 감시하는 게 아닌가. 그날 밤, 나는 고모님께 사실을 말하고 우리 집으로 몸을 옮겼다.

이튿날 내가 숨어 살던 굴이 경찰에게 발각된 탓에 고모와 고모부는 경찰 파견소에 끌려가 모진 고문을 당했다고 한다. 후에 이 얘기를 전해 들은 나는 고모님 내외분에게 끼친 누를 곱씹으며 마음속 깊이 사죄해야만 했다.

겨울이 되면서 해안 일주도로에 접해 있는 마을은 모두 외곽 성을 쌓고, 중산간 부락은 모두 해변으로 소개하라는 명령이 내려졌다. 나의 고향 마을도 담을 두르기 시작하고 있었다.

아버지께서 만들어 주신 굴은 고모님 댁 땅굴과 구조가 비슷하여 쉬 발각될 위험이 있다고 느껴졌다. 그래서 비상 은신처 세 군데를 내 손으로 더 만들어 두었다. 우선 북쪽 문순경네 집 보리 짚가리 속과 뒷집 종형 집 보리 짚가리 속에 만든 후, 문순경 집 곳간 볏짚 속에 하나를 더 만들었다. 모두 내 집 울타리 담과 붙어 있어 유사시 피신하기가 쉬운 장소였다.

49년 2월 학련은 경찰과 합체하여 우리 집을 기습 포위했다. 내가 문순경네 집 보리 짚가리 속에 있을 때였다. 이튿날 내가 숨어 살던 우영밭(텃밭) 땅굴이 발각되고 말았다. 그들은 우리 집 구석구석을 하나하나 파헤치기 시작한 것이다.

삼다삼무(三多三無)의 시달림

좋은 밭이 많은 우리 집은 마을에서도 부유층에 속했다. 곳간에는 오곡이 언제나 가득 찼었고 쌀 걱정 돈 걱정을 하지 않아도 되었다. 우리 집은 또 그 무렵 공비들의 습격에 대비하여 텃밭에 쌀 80여 가마니를 쟁여 보관하고 있었다. 경찰과 학련은 그것이 '공비에게 제공할 식량'이라는 이유로 트럭을 대고 모두 약탈해 갔다.

그러나 아버지와 어머니에게는 그게 문제가 아니었다. '아들만 산다면 쌀이야 명년에 다시 거두면 되지.' 이렇게 생각하고 대단치 않게 여기셨다. 그러나 쌀만 빼앗긴 게 아니었다. 조상으로부터 물려받은 책과 나의 책까지 모두 가져가 버렸다. 그중에는 증조부님이 쓰신『표류기』도 있었고, 조부님이 쓰신『한시집(漢詩集)』과『동의보감』도 있었다. 그 책들은 지금쯤은 꽤나 구하기 어려운 희귀본들로 짐작된다. 더구나『표류기』는 가보 중의 가보였다. 증조부께서 중국까지 표류됐다가 직접 겪으신, 고난의 기록이기 때문이다.

부모님은 자식 내놓으라고 갖은 고문을 당하셨다. 열다섯 살 난 누이동생은 발가벗긴 채 거꾸로 매달려 물고문까지 당해야 했다. 내 누이도 나와 같이 뚝심이 있었던지, 목숨이 자지러질 때까지 말을 하지 않았다고 한다. 나 하나로 인해 부모님은 물론 연약한 누이까지 사람으로서는 차마 겪을 수 없는 곤욕을 치러야만 했다. 처녀가 남에게 보일 수 없는 나체를 드러낸다는 것은 생명을 빼앗기는 것에 버금가는 혹독한 체형이 아니던가. 나는 언제나 이 단 하나밖에 없는 내 누이(위로 누님 한 분, 밑으로 누이 하나 모두 세 남매임)를 생각하면 술이 생각나곤 했다. 아주 독한 술 말이다.

내가 숨어 있는 곳은 텃밭 구석에 있는 울타리에 붙은 소먹이는 꼴가리의 밑쪽이었다. 학련 책임자가 동네 후배 김관식(金寬植, 당시 애월중 학생, 현재 곽지리 거주)을 꼴가리 옆에 앉혀 놓고, 나와 '곽지리 청소년 독서회'에 관계된 내용을 일일이 캐묻는 것이었다. 나와 지척의 사이여서 하나하나 죄 들을 수가 있었다. 나는 그때 감기에 걸려 기침이 자꾸 나와 여간 곤혹스럽지 않았다. 기침이 나올 때마다 양손으로 입을 막아도 '쿡' 하고 소리가 새 나왔다.

불과 1m 거리! 경비하는 학생들이 못 들을 리가 만무하나, 이상한 일이다. 내 굴을 거들떠보려고도 하지 않았다. 아마 귀가 멀었거나 아니면 이웃집 할머니의 기침 소리로 착각하였을까?

　포위된 지 닷새째, 목이 말라 죽을 지경이었다. 밤낮으로 지키고 섰는 그들 때문에 밥 한술 물 한 모금 공급받지 못했다. 견디다 못해 소변을 받았다. 입에 넣기는 하였으나, 영영 삼키지 못하고 다시 뱉어 버리고 말았다.

　굴속의 생활은 인간의 한계와 맞싸우는 피나는 결투였다. 7일간을 굶었기에 소변이나 대변이 나올 리 없어 번거롭지는 않았다. 내가 굶고 살았던 7일간, 어머니께서도 거의 굶다시피 하셨다는 얘기를 후에 듣고서 불효자식의 죄책감과 함께 모정의 고마움을 새삼 느꼈다.

　굴속 7일간의 시간은 한 마디로 삼다삼무(三多三無)의 시달림이었다.

　첫째, 다한(多恨)이다. 어째서 우리나라는 한 민족끼리 싸워야 하나. 사상이란 한낱 변소의 휴지 조각 같다고 했는데 말이다.

　둘째, 다회(多悔)다. 내가 민족청년단에 가입하지만 않았어도 괜찮았을 것을 불효의 길을 걷게 된 뉘우침이 뼈를 깎는다.

　셋째, 다번(多煩)이다. 번뇌가 어두운 굴속에 가득 찬다. 갈피 없는 고뇌가 잠시도 머릿속을 떠나지 않는다.

　'삼무'란 식무(食無), 편무(便無), 우무(友無)이다. 말 상대가 없는 무료함이 완전한 고독을 자아냈다.

할망당 젯밥으로 빈속을 채우고

보초 경비 엿새째 되는 날, 밤 깊을 때. 밖을 엿보았다. 보초가 잠시 어디로 갔는지 인기척이 없는 듯했다. 어둠을 이용하여 뒷집 문순경네 집으로 살금살금 기어들어 갔다. 솥뚜껑을 열어 보니, 밥은 한 톨도 없다. 도마 위에 다행히 무 두 개가 있었다. 한 개를 껍질째 베어 먹었다. 살 것 같았다.

굴을 벗어난 나는 우선 밥을 먹어야 했다. 배에 뭔가 들어가야 움직일 힘이 생길 것이다. 퍼뜩 떠오른 것이 할망당이었다. 할망당이란 일종의 서낭당같이 액막이를 도맡은 할망(할머니)을 모신 곳으로, 숲을 이룬 곳에 색 대님 같은 헝겊을 달아매고 무당이 요령을 치며 축원하는 곳이다. 액막이를 빌기 위해 아녀자들은 평소에 좀체 먹기 힘든 쌀밥에 생선을 굽고 제를 올렸다.

또 어머니들은 매일처럼 새벽 물 길으러 가는 길('할망당'은 물통에 가는 중간에 있었다)에 제를 올리러 가서는 젯밥이며 제물을 제단이나 숲에 던져 두고 온다. 거기엔 젯밥이며 먹을 것이 있겠지. 나는 할망당으로 가서 구석에 있는 대숲에 숨어 있었다.

새벽녘이 되자 아니나 다를까 동네 아주머니 한 분이 향불을 든 채 할망당으로 들어섰다. 그 아주머니는 나를 발견하고는 질겁을 하며 놀랐다. 할망당 귀신이 사는 신성한 성역에 내가 숨어 있을 줄은 꿈에도 생각지 못했을 터였기 때문이다.

"아이고게(에구머니)!"

"아주머니, 좀 도와주십시오. 굴속에서 이레를 굶으니 못 살겠습니다. 아무에게도 말하지 말아 주십시오."

두 사람은 더 말을 하지 않았다. 그 아주머니는 제를 지낸 뒤에 제물 나머지를 모두 나에게 주고 돌아갔다. 일주일 굶은 창자에 처음 먹는 쌀밥과 생선구이의 맛은 내 목숨이 붙어 있는 한 평생 잊지 못할 것이다.

하지만 할망당도 안전한 곳은 못 되었다. 길 바로 옆이어서 물 길러 다니는 부녀자는 물론이고, 서동(西洞)으로 통하는 지름길이라서 사람의 왕래가 매우 빈번하기 때문이다. 때때로 파견된 경찰대장이 말을 타고 할망당 앞을 지나기도 했는데 옛 포도대장처럼 위세가 당당했다. 때로는 학련 단원들도 5~6명씩 떼를 지어 지나가기도 했다. 나는 낮이면 대밭에 눕고, 밤이면 일어나 앉아 지나가는 사람들의 걸음 소리며 얘기 소리를 엿들었다. 나를 잡으러 왔던 학련 5~6명이 밤길을 더듬으며 지나가기도 했다.

학련 단원들은 그때 이미 완전한 정치 집단으로 탈바꿈했다. 학원의 적화를 막고 나라는 구한다는 구호 아래 발족했는지 모르나, 해방 정국의 지방에서는 행패가 극에 달했었다. 군대와 경찰과 서북청년단과 학련, 그 틈바구니에서 목숨을 지탱하던 세월! 그들에게 끌려가면 그뿐, 영영 돌아오지 못하기가 십상이었고 불려 간 남편, 아들, 동생, 조카들의 소식은 말 한마디 전해 듣지 못했다.

'잡히면 죽는다.' 이게 불문율처럼 퍼진 당시의 표어였다. 돌아온 사람도 드물거니와 불귀의 객이 된 이웃이나 아는 사람들이 너무나 많았다. 우리 곽지리 출신 좌창림(ㅊ昌林)도 그들(서북청년단)에게 호출당해 가서 영영 돌아오지 못했다. 그는 제주시에서 병원을 열고 있던 의사로 일제 때부터 독립운동을 해 온 분이었는데, 서북청년단에서 데려다가 (좌익으로 지목해) 죽이고는 고깃배에 싣고 먼바다에 가서 버렸다는 얘기가 들렸다. 당시 향리 출신 판사 김방순(金邦淳, 이분도 정체불명의 청년들에게 피랍된 후 행방불명됨)이 백방으로 수소문했으나 묘연할 뿐이었다고 술회한 바 있다.

또한 민족청년단 쪽인 문봉택(文鳳澤, 당시 도단장)도 12명과 함께 총살당했다. 산 쪽과 우익 쪽과의 평화적 해결을 위해 무던히 애를 쓰다 결국 자신의 생명을 빼앗긴 셈이다.

이처럼 좌익만이 아니라 '절충'을 꾀하거나 '수습'을 내세우는 쪽마저도 가차 없이 처단해 버리는 '극단'의 전횡! 어떠한 의견도 타협도 발붙일 곳이 없었다. 오직 거기엔 하나의 철칙이 있을 뿐이었다. 의심나면 검거, 검거되면 고문-죄 씌우기-총살….

할망당에 피신한 지 사흘째 되던 날 아침이었다. 학련들은 더 이상 감시해도 별 효과가 없음을 알았던지 드디어 전원 철수하는 기색이었다. 할망당 대밭에 누워 아침 하늘을 바라보고 있는데, 인기척이 났다. 어머니였다. 어머니께서는 할망당 제단에 제수를 올리고 기도를 드린 다음, 집으로 가자는 것이었다.

"장권아(張權兒)를 통해 군부대에 자수하기로 돼 있다. 어서 집으로 가자."

며칠 만에 보는 어머니의 얼굴은 초췌해 있었다(장권아는 몇 해 전

작고한 동네의 유지였다. 그의 외아들은 경찰 지서 주임이었는데 동복(東福) 경찰 지서에 근무할 때 공비 습격으로 처참하게 죽었다).

나는 할망당에 고마운 인사를 하고 집으로 향했다. 긴 머리를 자르고 물을 데워 목욕도 하였다. 어머니는 미리 준비해 두었던 명주 바지저고리를 갖다 주셨다. 오랜만에 거울을 봤다. 백지장같이 하얘진 얼굴은 핏기라고는 찾아보기 힘든 송장의 바로 그것이었다.

군(軍)에 자수, 테러 위협에서 벗어나다

어머니께서 군대에 가면 생명은 보장이 된다고 입대를 권하셨다.

"경찰에 잡히면 살 길이 막연하나 군대는 죄가 없으면 생명은 보장한단다. 사전에 약속하여 자수하기로 하였으니 애월로 가거라."

애월(涯月, 군대가 애월 국민학교에 주둔했었음)은 면사무소 소재지다. 아버지와 같이 아침 식사를 하고 방에 있으니, 10시경 사복 차림 군인 한 사람이 무장 군인 두 사람을 데리고 왔다.

"기분이 어떤가?"

"천당에 가는 것 같습니다."

모두가 크게 웃었다. 오랜만에, 정말 오랜만에 집안에 웃음소리가 퍼진 것이다. 학련들이 빈틈없이 감시하던 8일은 온 동네가 숨을 죽인 듯 공포에 떨었었다. 내가 만일 어느 집에 몰래 숨어들어 갔다가 그 집에서 잡히는 날이면 그 집 주인도 곤욕을 치러야 했기 때문이다. 동네 어른들은 나 하나로 해서 얼마나 많은 곤욕을 치렀

으랴. 고마운 마음으로 동네 어귀 문간마다에 목례를 건네고 애월로 길을 떠났다.

10시 반경 부대장에게 보고하고 그들은 나를 정보과로 인계했다. 12시 정보과 사무실에서 점심을 먹고 조사를 받기 시작했다. 전광섭(田光燮, 충청도 출신) 조사관이었다.

"자수서를 쓰되, 사실대로 솔직히 쓰라."

나는 백로지 5장을 사다가 16절지 크기로 오려서 잉크 펜으로 썼다. 무려 30여 장이다. '양심적으로 바르게 써야 나를 살려 줄 것이다' 하고 성의를 다해 쓴 뒤 철끈으로 보기 좋게 철하여 제출했다. 전 조사관은 쪽 한번 읽어 보고 일어섰다.

"나를 따라와."

부대장 숙소였다. 그는 부대장 방에 들어가고, 나는 마루에서 기다렸다. 조사관은 내 자수서 결재를 올리고 나서 나를 부대장 앞에 꿇어앉혔다. 부대장은 한참 내려다보더니 몇 마디 물었다.

"이 자수서는 학생의 친필인가?"

"조금의 거짓말도 없는가?"

"예. 사실 그대로입니다."

부대장은 체구도 좋았고 얼굴도 잘생긴 사람이었다. 나중에 알고 보니 육군 소령 이원익(李源益)이었다.

"이 자수서 내용이 진실이라면 학생은 하등의 죄가 없다. 외아들이라 부모가 걱정할 것이니, 집으로 보내 줄 터이다. 그리고 학생의 신상은 부대장이 보장해 주겠다."

나는 그 자리에서 부대장에게 큰절을 하면서 사정했다.

"부대장님, 일생 동안 큰 은혜를 잊지 않겠습니다. 그러나 저의 신상은 늘 위험합니다. 충성을 다하여 일할 것인즉, 부대장님 밑에서 일할 수 있도록 도와주십시오. 진정 부탁드리겠습니다"

"정 그렇다면…, 전 조사관이 데리고 있으시오."

드디어 구세주의 복음이 내려졌다. 군대의 보호 아래에 있으면 목숨은 부지할 수 있겠고, 그 지긋지긋한 추격을 안 받아도 되는 것이었다. 나는 껑충껑충 뛰며 환호작약하고 싶어 좀이 쑤셨다. 생명의 위험은 완전히 없어졌구나, 신은 나를 버리지 않으셨구나, 하고 생각하니 왈칵 눈물이 나올 지경이었다. 아니, 8일간의 그 굴속의 초조하고 불안한 것만 면해져도 어느 조상의 은덕인가 하는 터에, 군대에 안전한 보호막 속에서 오늘부터 발을 뻗고 잠을 잘 수 있다니….

저녁때 어머니께서 학생복을 갖다주셨다.

"어머니, 오늘부터 나도 잠을 잘 수 있게 되었습니다."

나는 어머니의 손을 잡았다. 따뜻한 체온이 주름진 거친 살갗을 타고 내 혈관으로 전해왔다. 눈에서는 굵은 눈물이 떨어졌다.

부대명은 '육군 제6여단 독립대대' 일명 '유격대대.' 본부는 애월국민학교에 두고 있었고, 정보과 사무실은 학교 앞 민가에 있었다. 취사장은 운동장 옆에 천막을 쳐 설치하였고, 취사원으로 민간인 부녀 6명을 고용하고 있었다. 나의 임무는 사무실 청소, 식사 당번, 사무 보좌, 전령 등이었다.

그러나 경찰과 학련에서는 매일 3~4명씩 몰려와 나를 중상모략했다. 한번은 우리 정보원에게 나에 대한 중상 무고를 하자, 정보원은 단단히 혼을 내면서 "다시 그따위 소리를 하지 말라"고 못 박아 놓았다. 그 후부터는 일절 내 주변에 나타나지 않았다.

"신이여, 내 고향과 겨레를 지켜 주소서"

나는 날이 갈수록 근무에 익숙해 갔다. 모든 군인들에게 신임을 받게 되었으며 군인 개개인들과의 교분도 두터워졌다. 부대의 전방 지휘소는 '흙붉은오름'에 진을 치고 있었으며, 나는 가끔 그곳까지 전령으로 가기도 했다. 편안한 잠, 걱정할 것 없는 식사, 순조로운 군대 업무 등 안전한 나날을 보내던 중, 우리 부대는 광주로 이동 명령이 내려졌다.

49년 3월 어느 날 아침, 조회 때였다. 선임 하사관 김학동(金學東) 상사는 나를 자기 방으로 불렀다.

"부대장님 지시인데, 자네는 독자이고 더욱이 학생의 신분이라, 시국이 안정되면 다시 학교에 가야 할 터이니 집에 돌아가서 공부나 하고 있도록 하게. 자네의 의견은 어떤가?"

순간 가슴이 뜨끔했다. 군대의 문을 나서기만 하면 그날로 학련들은 꿀단지에 불개미 모여들 듯 달려들어 나를 해치려 할 것이다. 죽자 사자 매달릴 수밖에 없었다.

"선임 하사관님, 생각해 주십시오. 제가 이 부대를 나가기만 하면 그날로 학련이 달려들어 나를 처치할 것입니다. 민족청년단과 대동청년단은 닭과 지네입니다. 그들의 제일 표적은 민족청년단 학생 단원인데, 죄 있어 그런 건 아니라는 걸 잘 아시지 않습니까? 광주에서 신병으로 입대하여 군인이 될 것을 혈서로라도 맹세하겠습니다. 제 목숨을 구해 주시는 셈 치시고 저를 데려가 주십시오. 제발 부탁드리겠습니다."

절박한 내 하소연을 들은 선임 하사관은 한참 동안 말이 없었다. 그는 나를 깊이 동정해서인지 정보과 요원들과 함께 부대장에게 가서 나의 사정을 말하고 협의를 한 모양이었다. 돌아온 그는 나에게 "자네를 군속으로 발령하여 고용하기로 합의를 보았네"라고 말했다.

"고맙습니다."

나는 땅에 엎드려 큰절을 올렸다. '군속 발령', 이 얼마나 기쁜 소식이더냐. 신분이 완전 보장 받는 것 말고 다시 무엇을 바라랴! '살아남는 일', 당시로서는 이것이 나에게 지워진 지상 과제였다. 그게 해결된다는 것이고 보면, 한라산을 메고 뜀박질한들 무거울 것 같지 않았다. 이 세상이 갑자기 환한 황금빛 햇살 가득한 낙원으로 비쳤다.

나는 하늘과 바다를 바라보며 깊은 숨쉬기를 되풀이하였다. 지성이면 감천이라고 그새 성의를 다하여 근무를 했고, 내가 좌익이 아니라는 그들의 심증이 큰 도움이 되었으리라. 업무의 협조성, 근무 태도의 신뢰감 등이 두루 그들의 믿음을 얻었기 때문이었으리라고 여겼다.

얼마 후 우리 부대는 광주로 가서, 거기서 1개 대대 병력을 모집하여 훈련 교육할 것을 명령받았다고 했다. 그날 오후, 정보 요원의 호위를 받으며 집으로 갔다. 부모님과 이웃 친척 형님께, 그리고 내 문제를 주선해 주신 장권아 님께 인사를 하고 고향 떠나는 마지막 작별을 고했다. 끝으로 나 때문에 모진 고문을 당한 누이를 바라보았다. 누이는 너무 기뻐서인지 오히려 무표정한 듯 보였다.

"명선아, 잘 있거라."

그제서야 누이의 눈에서 진한 눈물이 줄을 지었다.

내가 숨었던 제1땅굴, 제2땅굴, 제3땅굴, 제4땅굴에 눈인사를 주고는 고향을 떠났다. 몇 사람이 동네 어귀까지 배웅을 해 주셨다. 어머니께서 어렵게 마련해 주신 노자를 주머니에 넣고 애월로 떠났다.

부대에 돌아와 사무실, 취사실 청소를 하였다. 정보과 사무실에서 보내는 마지막 밤이었다. 만감이 교차하는 다감한 밤이었다. 나의 생명을 보호해 준 모든 시설이 새삼 다정하고 고맙게만 보였다.

이튿날, 대정 모슬포(육군 제2훈련소가 있는 곳)로 떠났다. 다른 중대 병력과 합류, LST 수송선에 올랐다.

바다 건너 바라보이는 내 고향 제주, 바다로 둘러싸인 이 섬은 장차 어찌 될 것인가? '초토화 작전'이다, '전도 소각 작전'이다 하여 불안한 소문만 들끓는 와중에, 선량한 도민들의 생존은 장차 어찌 될 것인가?

제주도에 하나뿐인 『제주신문』(이 신문도 서북청년단의 강탈에 의하여 48년 12월 25일부터는 그들의 기관지화됨)에 의하면 토벌 작전으로

'공비 몇십 명 사살'이니 하는 엄청난 전과를 올리고 있다는데, 그 이면에 숨겨진 비극은 어찌한단 말인가….

멀어져 가는 모슬포의 항구가 수평선 저 너머로 감추어진다. LST 갑판 위에서 나는 북받치는 감정을 억누를 수가 없었다. 사랑하는 누이를 호랑이 소굴에 둔 채 혼자 도망쳐 떠나가는 듯한 죄책감, 그것이었다.

'신이여, 내 고향과 겨레를 지켜 주소서.'

나의 기도를 들었는지 못 들었는지, LST는 줄곧 해 저무는 수평선을 향하여 전진할 따름이었다.

[장동석 연보]

1929년 2월	제주도 북제주군 애월읍 곽지리 출생
1941년 3월	애월심상소학교 졸업
1942년 3월	동경제일중학 입학을 위해 도일했으나 고향으로 송환됨
1947년 11월	조선민족청년단에 가입하여 '민족학생과' 활동
1948년 5월	오현중학교 졸업
1948년 7월	미군정 포고령 위반, 전신법 위반, 살인 예비 혐의로 재판에 회부
1948년 8월	미군정 포고령 위반 및 살인 예비 혐의는 대통령 사면령에 따라 면소
1949년 4월~1953년 9월	군 복무
1954년 12월	위의 전신법 위반에 대하여 징역6개월(집행유예 1년) 선고
1955년	재향군인회 애월분회 직업보도대장
1963년 4월	한국전력 입사
1984년 4월	한국전력 정년퇴직
1985년	애월라이온스클럽 회장
2004년 10월	사망
2021년 2월	위의 전신법 위반에 대해 유족이 재심을 신청하여 무죄 판결받음

4·3문학회의 발자취

4·3문학회는 문학을 통해 4·3
의 진실을 찾아가는 서울 지역
사람들의 모임이다. 이 모임은
2017년 4월 재경제주4·3희생자
유족청년회 회원들이 주축이 된
『화산도』 읽기 모임으로 시작되었

다. 2021년부터는 4·3 관련 자료와 작품 전반을 읽고 토론하는 모임으로 확장하고, 이름을
'4·3문학회'로 바꿨다. 월 1회 정기 모임을 8년째 이어가고 있다. 현재 회원은 30여 명이고
회장은 양경인, 좌장은 김정주가 맡고 있다. 2024년 초까지 진행된 독서 토론 작품과 기타
활동들을 간략히 기록하여 남긴다.

2017. 4. 17.	『화산도』 읽기 첫 모임 시작
	제1기 참가자: 김동욱, 양경인, 강법선, 윤정인, 고임순, 이경자, 한경아, 김현희, 김지민, 김대술
2017. 9. 17.	제1회 이호철 통일로문학상 수상자로 내한한 김석범 작가를 만나 『화산도』를 읽으며 궁금했던 점들을 질문
2017. 12.	『화산도』 9회에 걸쳐 12권 완독
2018. 1.	『화산도』 읽기 2기 모임 시작
	제2기 참가자: 양경인, 윤정인, 고임순, 김동욱, 이경자, 한경아, 김정주, 양영심, 김성례, 한경희, 이영숙, 안진영, 이재홍, 양호인, 하수인
2018. 4. 6.	'김석범과 현기영이 4·3을 말한다' 대담 참석

2019. 1.	『화산도』 읽기 3기 모임 시작. 제3기 참가자 신입: 백경진, 변경혜, 김애자, 홍영표, 하수인, 이상영
2020.	코로나19 여파로 모임 휴식기
2021.	『화산도』 읽기 모임'을 '4·3문학회'로 개명. 2부로 나누어 『화산도』 읽기 진행하고, 4·3 관련 문학 작품 읽기 병행
2021. 2. 27.	'4·3 문학의 현황과 전망'을 주제로 홍기돈 교수 초청 강연(zoom으로 진행)
2021. 3.	현기영, 『변방에 우짖는 새』(창비, 2013) 독서 토론
2021. 4.	4·3 관련 시(김명식, 이산하, 김경훈, 이종형, 김수열, 현택훈 등) 독서 토론
2021. 5.	김석범, 『까마귀의 죽음』(각, 2015) 독서 토론
2021. 6.	김소윤, 『난주』(은행나무, 2018) 독서 토론
2021. 7.	한림화, 『꽃 한 송이 숨겨놓고』(한길사, 1993) 독서 토론
2021. 8.	김석범·김시종, 『왜 계속 써왔는가, 왜 침묵해 왔는가』(제주대학교출판부, 2007) 독서 토론
2021. 9.	한강, 『작별하지 않는다』(문학동네, 2021) 독서 토론
2021. 10.	고시홍, 「유령들의 친목회」(1989) / 현길언, 「깊은 적막의 끝」(1989) 독서 토론
2021. 11.	현기영, 『마지막 테우리』(창비, 1994) 독서 토론
2021. 12.	김시종, 『잃어버린 계절』(창비, 2019) 독서 토론
2021. 12. 12.	제주4·3 73주년 추모문화전시회 '겨울나기 좋은 방'에 4·3 문학회 도서 전시
2021. 12.	『화산도』 무대인 산천단과 관음사 일대, 절물, 이덕구 산전 일대, 의귀리 송령이골, 현의 합장묘 등 역사 기행
2022. 1.	이민진, 『파친코』(문학동네, 2018) 독서 토론
2022. 2.	메도루마 슌, 『물방울』(문학동네, 2012) 독서 토론
2022. 3.	김시종, 『이카이노시집』(1978, 2012) 독서 토론
2022. 4.	이산하 시인 '내가 만난 제주4·3'을 주제로 초청 강연
2022. 5.	양경인 작가 『선창은 언제나 나의 몫이었다』 북토크
2022. 6.	토니 모리슨, 『빌러비드』(문학동네, 2014) 독서 토론
2022. 8.	바오닌, 『전쟁의 슬픔』(아시아, 2012) 독서 토론

2022. 9.	커트 보너것, 『제5 도살장』(문학동네, 2015) 독서 토론
2022. 10.	E. L. 닥터로우, 『래그타임』(문학동네, 2012) 독서 토론
2022. 11.	스베틀라나 알렉시예비치, 『전쟁은 여자의 얼굴을 하지 않았다』(문학동네, 2015) 독서 토론
2022. 12.	양영희 4·3 다큐영화 『안녕 평양』, 『굿바이 평양』, 『수프와 이데올로기』 감상 나누기
2023. 1.	정지아, 『아버지의 해방일지』(창비, 2022) 독서 토론
2023. 2.	시바 료타로, 『탐라기행』(학고재, 1986) 독서 토론
2023. 3.	김훈, 『하얼빈』(문학동네, 2022) 독서 토론
2023. 4.	이영권, 『새로 쓰는 제주사』(휴머니스트, 2020) 독서 토론
2023. 4. 30.	현충원 역사 기행 및 김익렬 장군 묘역 참배 행사 참가
2023. 5.	김주혜, 『작은 땅의 야수들』(다산북스, 2022) 독서 토론
2023. 6.	이즈미 세이치, 『제주도』(여름언덕, 2014) 독서 토론
2023. 7.	김석범, 『만덕유령기담』(보고사, 2022) 독서 토론
2023. 8.	정운경, 『탐라문견록, 바다 밖의 넓은 세상』(휴머니스트, 2008) 독서 토론
2023. 9.	임철우, 『돌담에 속삭이는』(현대문학, 2019) 독서 토론
2023. 9. 3.	『제주도우다』출간 기념 서울 북콘서트 '청년이 묻고, 현기영이 답하다'에 참석
2023. 9. 22.	'문상길 중위, 손선호 하사 진혼제'에 참석
2023. 10.	문경수, 『문경수의 제주과학탐험』(동아시아, 2016) 독서 토론
2023. 11.	장한철, 『표해록』(범우사, 2013) 독서 토론
2023. 11. 12.	정준희, 주진오, 전우용의 '4.3 역사 콘서트: 역사 부정과의 전쟁, 그리고 4.3' 참석
2023. 12. 23.	현기영, 『제주도우다』(창비, 2023) 독서 토론, 송년회
2024. 2. 24.	제임스 조이스, 『죽은 사람들』 독서 토론
2024. 4.	4·3문학회 문집 『글아보카』 창간호 발간

후원인

많은 분이 후원과 주문 예약을 해 주셔서 『굴아보카』 문집을 순조롭게 출판할 수 있게 되었습니다.
깊이 감사드립니다. 도움 주신 분들입니다.(존칭 생략)

강법선	강영진	강철지	고대립	고은경	고인봉	고임순	고휘창
권지영	김경범	김동욱	김미령	김민규	김상수	김선아	김애신
김애자	김영훈	김오진	김윤경	김정옥	김현진	김효정	문순현
문재혁	박정아	변경혜	부숙희	안진영	양성찬	양지혜	양태윤
오경환	오대호	오성준	오원호	오은주	오재훈	유정숙	유착희
윤정인	이상언	이영순	이영은	임은주	임재희	정진숙	조애란
최선예	한경아	허능필	한용수	현민종	현병훈	현승은	현주홍
재경제주4.3희생자유족청년회							

4·3문학회 문집 창간호

굴아보카

발행일 2024년 4월 3일

발행인 4·3문학회(대표 양경인)
편집위원장 김정주
편집위원 김현희 양경인 오대혁 이경자 한경희 현민종

본문 디자인 김재석   **표지 디자인** BookMaster **K**
발행처 아마존의나비(대표 오성준)
등록번호 제2020-000073호
주소 서울특별시 은평구 통일로73길 31
전화 02-3144-8755, 8756   **팩스** 02-3144-8757

ISBN 979-11-90263-25-2   03800
정가 12,000원